육체

탐구

생활

육체탐구생활

2015년 9월 30일 초판 1쇄 발행

지은이 · 김현진

펴낸이 · 이성만
편집인 · 정해종

책임편집 · 이기웅, 이한아
마케팅 · 김명래, 권금숙, 김석원, 최의범, 조히라, 강신우
경영지원 · 김상현, 이윤하, 김현우

펴낸곳 · 박하
출판신고 · 2006년 9월 25일 제406-2012-000063호
주소 · 경기도 파주시 회동길 174 파주출판도시
전화 · 031-960-4800 | 팩스 · 031-960-4806 | 이메일 · info@smpk.kr

ⓒ 김현진 (저작권자와 맺은 특약에 따라 검인을 생략합니다)
ISBN 978-89-6570-278-8 (03810)

김현진
산문집

—

육체

탐구

생활

박하 BAKHA PUBLISHERS

차례

4.　차마 그러려니 할 수 없었던 날들

우리가 사랑한 모든 것들은
'몸'에 깃들어 있다

"몸을 대하는 걸 보면 땅을 어떻게 대하는지, 동물을 어떻게 대하는지 알 수 있습니다. 책임의 일부는 천국과 하느님이 저 바깥 어디엔가 있다고 하는 우리의 신탁에 있고, 제일 큰 문제는 이원론에 있습니다. 육신을 영혼으로부터, 정신을 물질로부터, 자연을 은총으로부터 분리하려고 하는 게 문제입니다. 이런 것에는 정치적인 문제가 있지요. 사람들이 자기 신체로부터, 자기 체험으로부터 멀어지게 되면 제국의 건설자들은 그 빈자리를 소비재나 군사적인 승리로 채울 수 있지요. 신체로부터 멀어진다는 것은 뱃속에서 치밀어 오르는 도덕적 격분으로부터 멀어진다는 뜻이지요. 마찬가지로 동정도 느낄 수 없게 됩니다. (⋯⋯) 자기 영혼을 되찾는 데는 두 가지 길이 있습니다. 하나는 상심하는 것이고, 하나는 사랑에 빠지는 것이죠."

성공회 신부인 매튜 폭스가 쓴 글을 읽지 않았더라면 '육체'라는 단어를 오래 생각하지 않았을 것이다. 개신교 집안에서 자라면서 나는 육체를 멸시하고 영혼을 찬양하는 아우구스티누스적 이분법에 나도 모르게 깊이 물들어왔다. 돌이켜보니 우리가, 내가 사랑한 것들은 다 몸에 깃들어 있어서 만날 수 있었던 것을.

나는 수없이 사랑에 빠졌고 끝도 없이 상심해왔다. 내 영혼을 되찾기 위해, 뭔가 진짜인 걸 만져보고 싶어서 그렇게 헤맸으나 내 손에 만져지는 것은 오직 육체가 전부였다. 슬픔과 기쁨, 모든 기억들은 죄다 몸에 새겨져 있었다. 당신도 그럴 것이다. 너나 할 것 없이, 우리는 모두 몸을 지니고 이 세상을 살아간다.

나를 스쳐 간 당신의 몸,

당신의 이마를 한때 어루만졌던 누군가의 손,

아스팔트 위에서 사정없이 깎여나가던 누군가의 피와 살,

철탑에서 얼거나 타들어가는 몸들,

당신이 나를 낚아채주길 바라면서

숨죽여 뺨을 대보았던 당신의 쇄골.

몸은 당신이 기억하지 못하는 은밀한 삶을 알고 있다.

이것은 그 '몸'에 대한 이야기다.

뱃속으로부터 끓어오르는 도덕적 격분과, 돌이켜보기 싫은 몸의 기억과, 상심했던 시간들과 내가 멸시하고 함부로 대했던 내 육신이 실은 우리 삶을 이루는 모든 것이었음을 나는 아주 늦게 깨달았다. 지난 몇 년 동안 나는 사랑에 빠지기도 했지만 아주 깊이 상심하느라 담즙처럼 쓴 시간을 보냈다. 내가 사랑했고 나를 사랑했던 이들이 불시에 재가 되었다. 그 조각을 손가락으로 더듬어보면서, 제발 내가 죽거나 미치기를 바랐으나 아무 일도 일어나지 않았다. 내 영혼을 되찾기엔 아직 길이 먼 모양이다. 그러면서 마구 함부로 해왔던 내 육신이 이제는 나를 용서하기를. 그리고 당신의 육체에도 부디 축복이 있기를. 사랑에 빠지고 또 상심하시길, 우리가 끝내 어딘가에 닿을 때까지. 또 그 여정 동안 당신의 육체가 영혼을 지탱해줄 만큼 튼튼하기를.

2015년 가을 들머리에서
김현진

1.　　　　슬픔이 말을 걸어오거든

내 생애 가장 차가웠던 '그'와의 키스

내가 본 육신 중 가장 차가운 것은 내 아버지의 것
이었다. 아버지가 그것을 입고 웃고 울고 화내고 나와 다투고 먹고
마시고 기도하며 이 땅에서 산 것은 채 50하고도 몇 년 밖에 되지
않았다. 적게 살았다 할 수는 없지만 백세시대라는 말이 유행병처
럼 떠도는 이런 때에 부친을 좀 일찍 잃은 억울함이 없을 수는 없
다. 이럴 줄 알았더라면 울고 화내고 다투기보다 웃고 먹고 마시고
기도하기를 더 할 것을, 언제나 후회해보았자 부친은 이미 가고 없
다. 아버지가 이 땅에서 60년도 살지 못하고 떠난 지 벌써 3년이
되어간다. 형제 없이 하나 있는 외동딸이라 삼일장 내내 장례의 전
과정을 따라다니면서 이것저것 사소한 일들을 결정하거나 실제로
하다가, 마침내 마지막 목욕을 한 아버지를 어마어마하게 커다란

냉장고 한 칸에 넣었다. 오래 앓지도 않은 죽음이었다. 우리가 마지막으로 나눈 대화는 "롯데하고 기아가 12:12로 연장전까지 갔는데 그래도 승부가 안 났다" 뭐 이런 시시한 것이었다.

그를 그 냉장고에 집어넣기 전에 나는 차가운 그의 얼굴을 살살 만져보았다. 참 많이 사랑했고 미워했고, 너무나 사랑받고 싶었고 미움받기 싫었던 얼굴이었다. 그리고 혈색이 가신 그의 입술에 살짝 입을 맞추었다. 내가 태어나서 해본 것 중 가장 차가운 키스였다. 그렇게 나와 마지막으로 입을 맞춘 그는 화장터로 옮겨졌다. 체구가 크지 않았는데도 그의 육신은 참 오래도록 탔다. 그가 새하얀 가루가 되어가는 동안 양쪽 집안 사이에 긴장이 생겼다. 장모에게 몸과 마음을 오래 기대고 살았던 만큼 사랑하고 사랑받은 장모, 그러니까 자기 어머니 옆에 모시고 싶었던 내 어머니와, 안동에서 한참을 더 들어가는 영양이라는 시골에서 꼬장꼬장하게 살아가는 아버지 집안 일동과의 충돌이었다. 아버지의 형제들은 아홉 형제 중 두 번째로 어린 동생이 가장 먼저 떠난 것에 황망해 있었지만 그가 고향 선산에 묻혀야 한다는 것에 대해서는 완강했다. 법도와 인륜 같은 단어들을 경상도 사투리로 한참 동안 들으면서, 나는 아버지가 고열로 태워지는 근처에 오지도 못하고 한쪽 구석에서 눈물을 흘리는 어머니의 작은 등을 보았다. 아버지의 형제자매들이 아버지를 사랑하고 그에게 베푼 것보다 어머니의 어머니가 사위에게 베푼 것이 많은 것은 맞는 이야기였다. 잠깐 생각하다가 나는 경쾌하게 말했다.

"가서 종이컵들 가져오시죠."

친척들이 웅성거렸다. 나는 계속해서 명랑하게 지껄였다.

"우리가 매장을 한다면 팔 하나 잘라 대구에 묻고, 다리 하나는 영양에 묻고 할 수가 없지만 어차피 화장이지 않습니까? 한 줌 가루가 된다고 하는데 제가 보기에 모두가 나눠 갖기에는 충분히 많네요. 원하시는 분들은 다 밀폐용기를 가져오시면 공평하게 나눠 갖기로 하겠습니다. 제 아버지를 오래 간직해주시면 감사하겠습니다."

영양에서 올라온 일동은 당황한 기색이 완연했다. 잠시 의논 좀 하겠다며 그들이 사라진 동안 나는 뼈가 되어 나타난 아버지를 만났다. 내가 입 맞춘 입술도 타버렸을 것이다. 화장터 일꾼이 뼈를 바수는 동안 나는 생각했다. 젠장, 이걸 봐버렸으니 이제 다시 뼈다귀 해장국은 못 먹겠구나. 영양 일동이 돌아왔다. 장모에게 그토록 많은 사랑을 받았으니 장모 옆에 묻히는 것이 맞다고 중지를 모았다고 했다. 부담 갖지 마시고 종이컵 가져오시라고 해도 다들 손사래를 쳤다.

나는 그때 일종의 취재를 위해서 녹즙 배달을 하고 있었는데, 나중에는 내 정체성이 녹즙 배달원인 양 착각해버릴 지경이었다. 뒷사람이 채워질 때까지만, 이라고 지사와 약속해놓고 결국 만기 병장처럼 22개월을 채우고 있었더니 내 자의식이 끈끈한 녹즙과 철썩 붙어 떨어지지 않았다. 삼일장 중 그 이틀이 22개월 중 유일하게 배달을 빼먹은 두 날이었다. 토요일 발인을 마치고 월요일 출근을 했더니 몇몇 손님들이 화를 냈다. 부친상을 당했기 때문이라고 설명하자 대부분의 손님은 이해했지만 한 손님은 계속해서 "또 이런 일이 있으면……" 하고 입을 비죽거렸다. 나는 말했다. "걱정하지 마십시오. 저희 아버지가 두 번 돌아가실 일은 없으니까요." 그때서야 그녀는 불평을 멈췄다.

아버지와 함께 지내던 집에 엄마를 놓아두기 걱정이 된다는 이유로 이모들은 엄마와 대구 행 열차를 탔다. 아버지의 유골함도 함께였다. 그 집에 나는 남았다. 아버지가 두 번 돌아가시지 않을 테니 배달은 해야 했으니까. 내가 태어나서 가장 사랑한 강아지 한 마리, 그리고 그저 그렇게 사랑한 강아지 한 마리와 함께였다. 그저 그렇게 사랑한 강아지는 당뇨병을 앓고 있어 매일 인슐린 주사를 놓아주어야 했다. 여러 모로 엄마와 함께 갈 수도, 그렇다고 술에 취하지 않은 상태로 멀쩡하게 남아 있기도 힘든 상태였다. 엄마에게 유골을 조금 덜어 놓고 가기를 부탁했다. 영양 일동은 졌지만 아버지를 고향 산천에 모시고 싶은 마음 때문이었다.

　유골함이라고 별것 필요 없다 싶어 핑크색의 예쁜 프림통을 샀다. 아버지를 넣어놓으려고 프림통을 샀다. 아버지가 프림통에 있다. 하지만 아버지는 그 전에 더 심한 곳에 있었다. 기차를 타고 떠난 엄마가 문자를 보냈다. "아빠 청국장통에 있다." 엄마도 참, 하필이면 아버지를 왜 청국장통에 담았담. 집으로 돌아가 보니 빈 청국장통에 아빠가 조금 들어 있었다. 예쁜 통에 아버지를 옮겨 담고 빈 통을 헹구는데 한때 아버지였던 가루들이 물에 동동 떠올랐다. 이걸 하수구에 쏟아버리자니 손목이 안 움직여서, 결국 나는 아버지였던 가루들이 섞인 물을 마셨다. 원샷이었다. 바스락, 입 안에서 아버지가 씹혔다. 아버지, 아버지. 그렇게 나에게 뼈와 살을 준 아버지는 또 내 뼈와 살이 되었다. 그 차가운 입맞춤, 차갑던 뺨. 벌써 아버지가 떠난 지 3년이 되어간다는 게 실감이 나자, 다시 입 안에서 아버지의 감촉이 느껴진다. 마지막 그 육신의 감촉이. 우리의 마지막 접촉이. 뽀드락, 뽀드락······.

봄날은 잘 간다

4월 중순의 볕은 따스하고 아름다웠다. 나는 비참하고 화가 나기 시작했다. 이젠 날씨가 좋아도 난리냐 하면, 누군가를 잃은 날씨와 너무나 흡사한 날은 그대로 그날을 판화로 떠낸 듯 한구석에 억지로 처박고 여며놓았던 슬픔이 질기게 찾아와서 비참해지는데, 하필 아버지는 날씨가 한창 화창한 봄날에 세상을 떠났다. 아버지가 숨을 거두자마자 슬픔에 빠질 겨를도 없이 장례용품점 담당자와 '네고'부터 시작한 기억이 벌써, 햇수로 2년째 된다. 그때 계속 안 해요, 돈 없어요, 를 반복하는 나에게 그래도 고인을 좋게 모셔야 하지 않느냐고 설득하던 담당자는 없어요, 안 해요 말고는 단 한마디도 안 하는 내 완강한 태도에 다소 진정성이 느껴졌는지 그러면 굳이 수의를 하시지 말고 목사님이시니 생전에 입으시던 양복을 가져오시는 게 어떠냐고 살짝 팁을 주었다. 상복을 입지 않겠다는 어머니에게 맘대로 하라고, 한번 입고 버릴 것에 우리가 몇만 원씩 줄 여유는 없으니까 마음대로 하자고, 나도 대충 검은 옷으로 갈아입고 아버지 양복도 가지러 스쿠터에 시동을 걸었다. 그때 녹즙을 배달하던 시절인데, 안 그래도 기분이 이상해 새벽에 일어난 날 병원에 있던 엄마가 전화를 걸어와서 빨리 와야겠다, 라고 말했다. 그날이 내가 22개월 동안 녹즙을 배달하면서 빼먹었던 이틀 중 첫날이었다.

한시라도 빨리 병원에 가서 아버지와 작별해야 하는데 뛰쳐나가기 전에 입고 있던 츄리닝을 얼른 벗고 예쁜 원피스에 카디건으로 갈아입고 거울을 봤다. 아버지가 보는 마지막 내 모습이 츄리닝에 푸석한 모습은 아니었으면 했다. 어렸을 때 예뻤다가 커서 못나졌다는 타령을 수도 없이 하시긴 했지만, 뭐 그건 사실이다, 그래도 마지막 아버지 가는 길에 예쁘게 보이고 싶어서 택시를 잡아타고 뒷좌석에 앉아 비비크림을 처덕처덕 처발랐다. 사람의 숨이 점점 끊어져가는 모습을 보는 것은 아팠다. 워낙 운동을 게을리하지 않아 신체 나이 40대로 나오던 아버지는 그렇게 50대에 세상을 등졌다. 물론 내가 애 낳으면 양육해주겠노라 장담했던 약속은 공수표가 되고 말았다. 이제는 엄마가 어디가 아프다 하면 가슴부터 철렁 내려앉는다. 나를 그렇게 불쾌하게 만들던 봄 날씨가 우중충해지고 비가 쏟아지자 하늘이 참 고마웠다. 화사하고 바람도 없이 잔잔한 날이면, 돈 아끼기 위해 아버지에게 수의 대신 입히려고 양복을 가지러 스쿠터 타고 양화대교를 건널 때 천연덕스럽게도 청명하기만 했던 그 햇살이 떠올라 누군가에게 욕이라도 퍼붓고 싶었다. 한동안은, 나도 아버지처럼 그들에게 자리를 내어주어야 한다는 걸 알면서도, 꼬물거리는 어린 아이들조차 미웠다. 이 아이들이 태어나서 우리 아빠가 밀려난 것만 같아 아이들이 웃는 모습마저 보기 고까웠다. 어른이 된다는 것은, 뭔가를 잃은 기억이 많아지는 거라고 나는 서른도 넘긴 나이에 알게 되는 모양이다. 싫어지는 날씨, 싫은 기억들, 피하고 싶은 자리, 터질 것 같은 심장을 움켜쥐고도 회사에 타임카드는 찍어야 한다는 것. 그때 녹즙 배달을 걸렀다고 화를 내던 손님은 또 이런 일은 없겠죠? 라고 말했다. 나는 입술을 깨물고 대답했다.

그럼요, 저희 아버지가 두 번 돌아가실 일은 없으니까요.

햇살이 너무 좋은 날은 스쿠터 말고 처박아둔 125cc 오토바이를 타고 최대 속도로 달려서 한강 어딘가에 처박히고 싶지만, 다행히 봄날들이 지나간다. 이 잔인한 봄날들이. 어떤 사람들은 내가 쓰는 글이 웃겨서 좋다는데, 나는 자꾸 슬픔 따위나 어루만지고 있다. 어른이 된다는 게 뭔가 자꾸 잃어간다는 거라면 대신 얻는 것들도 있어야 할 것 같은데 그것들을 잘 모르겠다. 아, 아직도 나는 서른 넘은 청소년이다. 질풍노도의, 반항하고 싶은데 할 상대가 없는. 20년째 사춘기, 20년째 모라토리엄. 이렇게 봄날은 간다. 가줘서 너무 고맙다. 아버지가 두 번 돌아가실 일이 없어 다행이다. 이걸 차마 두 번은 못 견딜 테니.

내 안에, 아버지

지금은 안 계신 아버지와 저는 사사건건 부딪혔죠. 특히 정치 성향에서는 말할 것도 없이 달랐어요. 집에서는 신문을 두 부 구독했는데 하나는 기독교 계열 일간지였고, 하나는 판매 부수 1등의 보수 일간지였죠. 전자는 목사인 아버지가 무조건 봐야 하는 업계 소식지 같은 거라서 어쩔 수 없었지만, 후자의 구독이라도 중단하기 위해 노력을 거듭하다 자해 소동까지 벌인 다음에야 간신히 구독을 저지할 수 있었어요. 지금 생각해보면 뭐 그렇게까지 할 것 있었나 싶긴 하지만 열아홉 살은 펄펄 끓는 나이 아니겠어요? 그때는 신문 구독을 저지하는 게 쿨한 거라 생각했지만, 그건 사실 아버지와 멀어지지 않기 위한 본능적인 노력이었던 것 같아요. 아버지의 모든 말씀은 그 신문의 헤드라인을 그대로 베껴놓은 것 같았거든요. 아버지가 그럴수록 우리는 자꾸 멀어졌고, 나는 그 신문을 아빠로부터 떼어놓기만 해도 상당 부분이 해결될 것만 같았어요.

MB가 대통령 선거에 나왔을 때니까 벌써 오래전이네요. 부모님 양쪽으로 3대째, 좀 지나치게 독실한 기독교 신자인 집안답게 이모님들은 글쎄 새벽기도에 나가서 그를 대통령으로 만들어달라고 기도를 드리지 뭐예요. 그렇게 효험이 있을 줄이야, 진작 저를 위해서도 기도해달라고 할 것을.

어쨌거나 선거가 며칠 안 남았을 때 마침내 칼을 뽑아들었어요. 최후의 수단으로 표 매수에 나선 거죠. 부모님을 마장동으로 불러 신선한 한우 특수부위를 사드리며 아버지에게 애걸복걸하기 시작했습니다.

"아버지, 제가 그동안 아버지에게 학비를 대달라고 했어요, 용돈 한번 받아 써본 적이 있어요, 옷을 사달라고 했어요, 신발을 사달라고 했어요? 그동안 아버지께 얻어 가진 것 하나도 없어도 뭐라고 한 적 없잖아요. 지금 제가 아버지한테 뭘 해달라는 게 아니에요. 그냥 하루만 투표를 하지 말라는 거예요. 제가 좋아하는 누굴 찍어달라는 것도 아니고요. 제발 사표를 만들어줘요, 아버지…… 그냥 어디 놀러나 가세요. 네? 제발 아무도 찍지 마시라고요."

그에 아버지는 기름소금장에 기름기가 자르르 흐르는 갈매기살을 열심히 찍어 드시며 저에게 일갈했죠.

"네가 지금 옛날 자유당 막걸리 선거를 욕할 수 있냐!"

그리고 우리는 차돌박이를 더 주문했어요. 마블링이 선명한 고기가 익는 동안 아버지는 된장찌개를 한 숟갈 뜨시며 마침내 말씀하셨죠. "알겠다." 카드 영수증에 찍힌 액수에 위가 좀 아팠지만, 소기의 목적을 달성한 저는 만족스럽게 자취방으로 돌아갔어요.

선거 당일 아침, 엄마에게서 전화가 걸려왔죠. "야, 아버지 투표하러 갔다." 일찌감치 당선될 리가 없는 후보에게 표를 던지고 방에서 뒹굴고 있던 저는 대노해서 벌떡 몸을 일으켜 부모님 집으로 달려갔어요. 아니, 목사가 거짓말해도 돼? 안창살이며 차돌박이를 그렇게 알뜰히 드실 때는 언제고…… 제가 서슬이 퍼레서 집으로 뛰어 들어가자 숨을 몰아쉬고 있는 저를 보며 인터넷 장기를 두던 아버지는 해맑게 미소를 지었답니다.

"나 이인제 찍었다."

그날 포털뉴스에 오랜만에 이인제가 나온 걸 보니 갑자기 위가 아파지더라구요. 그날의 기억 때문이었어요. 이인제 씨에게는 미안하지만, 그런 생각을 했거든요. 에이 죽 쒀서 개 줬네…… 그래도 죽은 계속 쒀야 하지 않겠어요? 개를 줄망정, 줄 수 없는 놈들 때문에 멈출 순 없죠. 그 뒤로 이인제가 포털뉴스에 간혹 등장할 때마다 저는 사무치게 아버지가 보고 싶었어요. 딸이 당비를 내고 있는 당을 절대 찍어주진 않지만 죽 쒀서 개라도 주는 아버지가 보고 싶었어요.

그리고 아버지가 가신 지 벌써 몇 년. 아버지, 이제는 당신의 얼굴이 잘 기억나지 않아요. 정말 당신한테 1000원 한 장 받아 써본 적 없고 목회 한 길만 가야 한다며 경비 일이라도 하라고 애걸복걸해도 꼼짝도 안 하던 당신. 회사 안은 전쟁이고, 밖은 지옥이라고 하죠. 어쩌면 당신은 여린 겁쟁이가 아니었나, 이제야 감히 생각해보곤 해요. 이렇게 강퍅한 세계에서 살아가기에는 갓 탈피한 새우처럼, 약하고 작고 사랑스럽고 부드러운 생물이 내 아버지였다고. 그러면서 내 책이 안 팔리거나 내가 쓴 영화 시나리오가 망하는 건 하나님에 대한 내 신앙이 똑바로 되어 있지 않아서 그렇다고, 네가 신앙 안에 바로 서기만 하면 하나님이 모든 물질적 성공을 부어주실 거라며 모든 것을 결국 내 탓으로 만들던 당신. 내 신앙이 성장하기를 바라고 한 말이라는 건 알아요. 하지만 그 말들을 시원스럽게 꿀꺽 삼키기에는 내 타는 듯한 목에 걸리는 게 너무 많았어요.

　아버지, 이제 눈을 감아도 당신의 얼굴이 떠오르지 않아요. 다만 벽제 화장장에서 아버지를 태운 몇 개의 뼛조각은 선명하게 기억이 나요. 저는 그 순간에도 '인체란 이렇게 생겼다'라고 말하듯 내부 구조가 선명한 뼛조각들을 보며, 젠장 앞으로 뼈다귀 해장국은 다 먹었네, 라고 생각하고 말았어요. 미안해요 아빠. 이런 생각을 하고 있는 제게 당신은 뜨거운 화덕을 지나 고운 가루가 되어 돌아왔죠. 이제 인터넷 장기나 바둑 좀 그만하고 목사가 됐으면 설교 준비나 하라고 저와 투닥거리거나, 너는 신앙이 그 따위라 만나는 남자마다 개판이라고 잔소리할 수 없는 말없는 고운 가루가 되어서 말이에요. 장례가 끝나자마자 엄마는 자매들, 그러니까 이모님들에게 끌려 쉬기 위해 고향으로 갔어요. 저야 녹즙 배달의 역군이니 못 갔죠. 엄마가 안 계신 사이 옷장을 열었더니 아빠 냄새가 훅 끼치는 옷들이 잔뜩 걸려 있더군요. 집에 오자마자 제가 한 건 그 옷들을 죄다 재활용박스에 집어넣는 것이었어요. 마치 당신을 쫓아내듯이. 엄마에게 이 일을 맡길 수 없었기 때문에, 마지막으로 당신을 유배시키듯 옷과 신발을 밖으로 쫓아냈어요. 키가 나만 했던 아빠, 웬 깔창은 그렇게도 좋아하셨는지, 당신이 무슨 슈퍼주니어라고…….

내가 따로 간직하려고 엄마에게 아버지를 좀 놓고 가라고 했더니 엄마도 참, 아버지를 빈 청국장통에 넣어놨지 뭐예요. 핑크색 프림통에 당신을 한 점 흘리지 않고 무사히 옮겨 담고 빈 통을 헹구려 하니, 물에 둥둥 뜬 당신의 조각들이 왜 그렇게 눈을 찌르듯 아파왔을까요. 아버지, 당신이 살아 계셨다면 얼굴을 찡그렸을 테지만 차마 당신을 하수구로 흘려보내 김치찌꺼기니 어느 집의 먹다 남은 찌개국물이니 하는 것과 섞이는 걸 볼 수 없어서 저는 당신을 원샷했답니다. 웬일로 목에 걸리는 것 없이 넘어가준 아버지는 아무 맛도 나지 않았어요.

고작 3, 4년인데, 아버지, 이제 당신의 얼굴이 잘 기억나지 않아요. 아버지를 떠올리려고 애쓰면, 다만 그 입안의 '뽀드락'하는 감촉이 떠올라요. 한때 당신을 구성했고 나를 만들었던 당신의 조각들, 차마 배수구에 버릴 수 없어 내가 꼭꼭 씹어 삼켜버린 당신의 조각들, 갈매기살과 차돌박이를 배불리 먹고 나서 이인제에게 표를 던진 당신의 조각들. 평생을 다투면서도 남의 집 반찬 나부랭이와 섞이게 할 수는 없었던 당신의 조각들, 지금도 당신의 조각들이, 내 몸 어딘가에 남아 있겠죠.

아버지를 아들처럼 사랑했던 외할머니 옆에 묻힌 당신의 묘소에 아직 묘석 하나 세우지 못했지만, 당신의 조각들을 남김없이 꼭꼭 씹어 삼킨 내가 어쩌면 당신의 묘비이겠군요. 아버지, 신통치 않은 묘비라서 죄송해요. 우리가 했던 그 많은 싸움에도 불구하고 당신이 왈칵 보고 싶은 날이면 나는 내 몸 어딘가를 지금도 떠다닐 당신의 조각들을 생각해요. 내 입 안에서 이루어진 우리의 마지막 이별과, 끝내 내가 당신의 묘비가 됨으로써 우리가 완전히 헤어지지는 않았다는 것이 가끔은 위로가 돼요. 아주 실낱같더라도, 아버지.

전혀 스마트하지 못한 이야기

3GS도 아니고 3G 아이폰을 쓰고 있었는데 애프터
서비스를 받으러 갔더니 대우일렉트로닉 기사분이 한숨을 푹 쉬었
다. 하긴 핸드폰 꼴이 좀 그렇긴 했다. 몇 번 떨어뜨렸더니 액정이
박살나고 슬립 버튼이 언젠가부터 안 되더니 그 다음엔 진동이 안
되고, 아참 진동 버튼은 몇 번 더 떨어뜨렸더니 어느 날 갑자기 되
기 시작했다. 얘가 녹즙 가방에서 샌 물을 여러 번 마시더니 드디어
터치가 안 되는 등, 어쨌거나 스티브 잡스가 봤다간 끌어안고 시댁
에서 맞고 온 딸자식 보듯 끌어안고 엉엉 울 만한 꼴이었다. "스마
트폰이 왜 스마트폰이겠어요. 스마트하게 살게 해주니까 스마트폰
이잖아요. 이걸로 할 수 있는 일이 얼마나 많은 줄 아세요?" 기사
님은 준엄하게 나를 야단쳤지만 나는 그걸로 할 수 있는 일들에서

오히려 떨어지고 싶었다. 스마트한 삶을 살려고 아이폰으로 바꿨던 것도 아니고 삼성에서 좀 벗어나 보려던 몸부림이라서, 내 인생에 애플이 좀 끼어들었다고 해서 전혀 스마트해지지 못했다. 트위터야말로 수평 혁명이라고 흥분하는 사람들에게 내심 스마트폰을 쓸 형편이 되는 사람들 사이에서나 혁명이겠지, 하고 피식 쪼갠 것도 사실이었다. 사실 스마트폰은 나보다 훨씬 똑똑한 것 같아서 쫄아 있었다. 게다가 아버지가 요즘 목사님들은 아이패드로 성경을 본다며 하나 갖고 싶다고 하는 바람에 애플은 왜 그 따위 걸 만들어내서 이토록 나를 괴롭히는가, 하며 스마트한 것들이 딱 질색인 참이었다.

아이패드를 갖고 싶다던 아버지는 고작 아이폰도 못 가져보고 그런 거 없어도 행복할 천국에 갔다. 딸 하나밖에 없는 장례식장이 초라하다고 쓸데없이 나불대는 사람들이 있었지만 딸 하나밖에 없는 바람에 초라할 틈 없이 바빴다. 주로 이거 비싸다, 저거 안 한다, 좀 깎아줄 수 없느냐, 비싸다, 뭐 그런 거, 이른바 '네고' 하느라 분주했다. 장례가 끝난 후 다행히 어머니는 자매들이 있어서 바로 대구에 가서 지냈다. 나는 녹즙 배달하느라 같이 못 갔다. 토요일에 발인하고 월요일부터 바로 배달했다. 아버지도 없고 어머니도 없는 텅 빈 집에는 날파리만 들끓다가 급기야 어느 날 쥐가 나왔다. 얼른 낚아채서 잡았는데 막상 죽이자니 새끼쥐라 불쌍해서 씻기고 먹을 걸

주고 따뜻해지라고 종이상자에 두었는데 반나절 있다가 그만 죽었다. 아버지가 밤낮 돌보던 교회 화단에 실컷 먹고 배고프지 말라고 제 몸만 한 고구마 한 조각이랑 같이 묻었다. 쥐가 안쓰러워서 멍하니 있다가 앞으로는 MB를 쥐라고 부르지 않기로 했다.

왕십리에서 자취할 때 누가 병들어 버린 걸 주워 키운 개 올리베르토는 아버지보다 더 오래 아팠었다. 백내장이 심해져서 눈도 멀었고, 당뇨병에 걸려서 아침저녁으로 인슐린을 맞아야 했다. 아버지가 주사를 놓아줬는데 이제는 내가 어디 브룩클린 같은 데서 으슥한 데 앉은 마약쟁이 같은 꼴로 손을 덜덜 떨면서 주사를 놓아줬다. 상경했다 도로 대구로 간 어머니가 그 꼴을 못 보겠다며 동물병원에 입원시켰다. 데려가지 말라고 몇 마디 해봤지만 소용없었다. 둘이 애인 사이라고 놀릴 만큼 아버지를 따르던 개라 더 마음이 그랬다. 쥐나 나오는 집에 다른 개 한 마리랑 있다 보니 좀 을씨년스러웠다. 다행인지 불행인지 옆 라인을 담당하던 배달 아줌마 한 분이 갑자기 그만두는 바람에 새벽에 벌떡벌떡 일어나서 녹즙 더블헤더를 뛰느라고 청승 떨 틈은 없었다.

몇 주 후에 어머니가 집으로 돌아왔다. 병원에 갇혀 있던 올리도 돌아왔다. 눈먼 개는 더듬더듬 아버지를 찾았지만 아버지 물건도 내가 이를 악물고 어머니 오기 전에 죄다 갖다 버려서 개가 아무리 찾아도 아버지 냄새조차 나지 않았을 것이다. 아버지 돌아가신 지 딱 한 달 후에, 올리가 갑자기 아버지를 따라가는 듯 새벽에 조용히 죽었다. 잠깐 날카로운 비명을 질렀다는데, 올리는 무슨 말을 하고 싶었을까. 오래 귀여웠던 개는 이제 쭉 뻣뻣할 거였다. 어머니는 그냥 동물병원에 가져다 줘서 화장시키자고 했지만 날도 덥고, 개 눕혀놓고 눈물이 그렁한 어머니도 안쓰럽고, 내내 동물병원에 맡겨져 있다가 죽어서도 동물병원으로 돌아가는 게 마음 아파서 내가 얼른 빼앗아 안아 들고 삽을 가지고 나갔다. 대우일렉트로닉 기사분이 하도 한숨을 쉬어서 큰맘 먹고 리퍼 받은 핸드폰은 놓고 나가려는데, 엄마가 울먹이면서 혹시라도 걱정되니까 핸드폰 가지고 가라, 해서 주머니에 넣었다. 죽은 개를 들쳐 메고 하염없이 걷다 보니 고작 한 달 사이에, 쥐까지 합치면, 도대체 장사를 몇 번 치르는가 싶었다. 미리 봐뒀던 나무 밑을 열심히 팠다. 아버지는 화장했는데 개는 매장이었다. 아버지랑 폭설이 쌓일 때마다 둘이서 교회 앞 눈 치우는데 쓰던 눈삽이라 땅이 영 안 파졌다. 이건 애초에 땅을 파라고 만든 삽이 아니었던 거였다. 튼튼한 손잡이가 달린 야전삽 같은 거여야 했는데. 한참을 파다 보니 남자들이 군대 가서 삽질한 이야기를 왜 그리 오래들 하는지 아주 약간은 이해가 갈 것도 같았다. 땀을 닦고 다시 나무뿌리를 손으로 뜯어내며 땅을 팠다. 한 시간쯤 낑낑거리고 파니 겨우 개 하나 아늑하게 누울 구덩이가 생겼다. 털실로 짜줬던 이불로 꼭꼭 싸고, 입고 갔던 점퍼를 벗어 잘 여며 개를 눕히고 흙으로 폭신하게 덮었다. 낙엽으로 잘 덮은 뒤 잠시 이 영혼을 주님에게 맡깁니다, 하고 짧은 기도를 올리고는 흙투성이가 된 채 헉헉대며 가려고 보니 이런, 지난주에 리퍼 받은 아이폰이 온데간데없었다. 여기저기 파헤쳐 찾아봤지만 낙엽이며 흙이며 온통 파놓은 거기서 그 조그만 아이폰을 찾을 수 있을 리가. 죽은 개 묻다가 아이폰을 묻어버리다니 하도 한심한 일이라 슬프다가 갑자기 우스워졌다. 그렇다고 무덤을 다시 파헤칠 수는 없는 일. 터덜터덜 집으로 돌아오다가 비직비직 웃었다. 올리야, 그래 아이폰 가져가라. 아버지 갖다 드려라. 아버지가 아이패드 갖고 싶어 하셨는데 이거라도 갖다 드려. 네가 가져다 드려. 보고 싶으면 전화할게. 잘 지내고, 가끔 카톡해라…….

이것이, 내가 리퍼까지 받고도 끝내 스마트한 인생을 살지 못한 한심한 이야기다.

나한테 그만 소리 질러 이것들아

      돌아가신 아버지에게 감사한 것을 꼭 하나만 고르라고 한다면 돈 아쉬운 생각을 별로 않고 살게 해주신 것이라고 하겠다. 아버지가 돈 걱정을 별로 안 시켜서 그랬느냐, 당연히 그건 아니고 매도 너무 맞다 보면 무감각해져서 아픈 걸 모르듯이 돈이 없는 상태에 너무 익숙하다 보니 있어도 있는 줄 모르고 없어도 없는 줄 모르고, 안 굶으면 그만에 학자금 이자가 연체 안 되면 그것만으로도 기뻤다. 콩알만 한 단칸방 전세 자금 대출을 다 갚았던 날은 뛸 듯이 기뻐서 친구를 끌고 신나게 술을 마셨다. 보통 속이 상할 때 술을 많이 마셨는데 기뻐서 술 마신 날은 그날이 처음이었다. 몇 년 후 그 돈은 아버지가 목회하시던 교회 건물이 경매로 날아가는 바람에 같이 공중으로 날아갔다. 그때도 에라 내 이럴 줄

36

알았지, 하고 별로 아까운 생각이고 뭐고 안 들었다. 어려서부터 목사는 돈이 없는 것이 정상이다, 가난한 목사가 진짜다, 하는 생각을 쭉 주입시켜주셨기 때문인데 바로 이게 감사한 면이라는 것이다. 요즘 잘 나가는 목사들은 벤틀리 끌고 룸살롱에서 양주 한잔씩들 하신다던데 그런 거야 생판 남의 일이고, 우리 아버지는 한마디로 돈맛을 전혀 몰랐으며 나 또한 그렇게 키워주셔서 무심하게 잘 살았다. 서른 넘기고도 온갖 싸구려들을 먹고 입고 신으면서도 별 생각 없이 덤덤하게 살 수 있는 건 아버지 덕이 톡톡하다 싶다. 혼자되신 어머니 모시려면 그래도 안정된 직장이 있어야 하지 않느냐는 주변의 근심 걱정과 내 초조감이 동조해서 이번이 마지막이다, 하는 각오로 나름 치열한 경쟁을 뚫고 공기업의 연로한 신입사원으로 입사해 매일 출퇴근하면서, 30여 년 동안 한 번도 안 했던 돈 좀 있었으면 좋겠네 젠장, 하는 생각이 꾸물꾸물 들었다. 그간 멍 때리고 살다가 갑자기 왜 이러는가 하면 이제야 금전의 소중함을 좀 알게 되었다, 이런 건 당연히 아니고 마을버스와 지하철, 버스를 탈 때마다 번번이 습격해오는 광고를 그만 좀 보고 싶어서 그렇다.

옛날부터 광고야말로 그 시대가 무엇을 원하는지 가장 날것으로 보여 주는 전시장이라는 걸 알고는 있었지만 지금까지는 거기에서 나를 지키기 위해 부단히 노력했고 어느 정도는 성공했었다. 보시다시피 과거형이다. 하지만 이제는 그 날것의 비린내를 도저히 견뎌내기가 힘들다. 나는 그 광고들을 견뎌내기에는 너무나 심약하다. 녹즙을 배달하고 커피 나르고 육체노동을 하며 살아갈 때는 나를 어느 정도 보호할 수 있었다. 심약하기 때문에 억지로라도 보호했다. 그때는 돈은 없으나 남는 게 시간이라서 웬만하면 걸어 다녔고 도서관에서 빌린 책을 읽고 광고를 비교적 적게 틀어주는 기자 시사회에서 영화를 보며 대충 평온했다. 부록에 낚여 꼬박꼬박 사던 패션잡지를 끊은 것도 도움이 되었고, 이메일 확인할 때 말고 인터넷을 딱 끊어버린 것도 크게 공헌했다. 그러나 매일 같은 시간에 정기적으로 같은 풍경을 보면서, 그 풍경에서 매번 바뀌는 광고들을 보면서 그동안 얼마나 스스로를 잘 보호하며 살아왔으며, 실은 그게 사실 얼마나 어려운 작업이었는지 실감하며 소비사회, 자본사회를 우습게 본 내 어리석음을 깨닫고야 말았다. 버스 타고 지하철 두 번 갈아타고 마을버스 타고 출근하면서 한 시간 반쯤 되는 시간 동안 회사로 가다 보면, 사람들이 왜 광고를 공해라고 부르는지 드디어 알 것 같았다. 갈아타기 위해서 환승하는 동안, 지하철이 오기를 기다리는 동안, 그저 가만히 앉아 있거나 서 있기만 하는데도 회사에 간다는 행위가 왜 이렇게 지치나 했더니 크건 작건 이 광고판들이 죄다 보이지 않는 고함을 지친 얼굴로 사무실로 향하는 사람들을 향해 꽥꽥 지르고 있었던 것이다. 그 비명을 듣느라 매일이 곤고했다.

살 빼라!!! 돈 빌려라!!! 이거 사라!!! 시집가라!!! 그 얼굴에 잠이 오냐, 코 세워라!!! 눈 찢어라!!! 차 사라!!! 박피해라!!! 화장해라!!! 이거 먹어라!!! 발라라!!! 이래도 안 하면 병신!!!!!!!!

더 구질구질한 기분이 드는 건, 좀 없이 사는 사람들이 주로 이용하는 공간들이 그 고함도 훨씬 노골적이고 적나라하다는 것이다. 너 돈 없지, 당장 급전 빌려라! 애들 수학 학원 보내라! 편한 알바 안 해볼래? 싼값에 아가씨 끼고 술 마셔라! 그러다 보니 아아 돈 좀 있었으면 좋겠다, 하는 소리를 평생 처음으로 하게 되었다. 돈 있으면 이 꼴을 안 볼 것이 아닌가. 돈 있으면 회사 바로 앞으로 이사 가서 광고 안 볼 수 있고, 돈 빌려가라는 광고지 꽂힌 지하철 탈 일이 없어서 그 고함 소리를 안 들어도 될 게 아닌가. 돈이란 건 좋은 것을 주기도 하지만 나쁜 것을 막아주는 기능도 있어서 다들 돈을 좋아하는 거였다. 다들 사치하고 싶어서, 좋은 걸 누리고 싶어서만 돈을 좋아하는 게 아니었구나. 이 꼴 저 꼴 안 볼 수 있기 때문에 다들 돈을 그렇게 좋아하는구나, 하고 뒤늦게 아주 절절히 깨닫고야 말았다. 고작 버스나 지하철비 같은 싼값에 네가 어디 멀리 타고 가려면 양심상 이거 봐야지, 안 보고 배기니? 우리가 보여주는 영화 네가 내는 푯값보다 비싸. 그러려면 네가 여기 붙잡혀서 이 광고 봐야지, 안 보고 배겨? 아무리 없이 산다 해도 그렇지, 이렇게까지 버럭버럭 지르는 소리들을 계속 듣고 다녀야 하나. 내가 더러워서 돈 벌고 만다, 말고 다른 방책은 없는 것일까? 그게 버스에서 지하철, 지하철에서 버스, 버스에서 마을버스로 메뚜기처럼 옮겨 다니며 지쳐가는 요즘의 고민이다. 광고판들아, 제발 소리 좀 지르지 마라!

남자가 입 맞추고 싶은 손

　　남자들이 여자에 대해서 갖고 있는 로망 중 하나가 가늘고 하얗고 예쁜, 핏줄이 하늘하늘 비치는 손이라던데 그런 손을 평가 기준으로 삼으면 나는 전 세계 하위 1퍼센트쯤 될 것이다. 육체라는 주제를 가지고 한참을 생각하다 보니 내가 자신 없는 부위들만 떠오르는데, 물론 많다, 가슴이라든가, 가슴이라든가, 가슴이라든가…… 아니 그건 일단 제쳐두고 참 못났다, 내가 봐도 내 손. 가늘고 하얀 손에 진주 팔찌 같은 호화로운 장신구를 끼워주며 남자가 입 맞추고 싶은 손이라기보다는 가족을 먹여 살리겠다고 서울로 상경해 공장에서 오래 일한 누이를 보듯 어쩌다 이렇게 됐니 응, 하고 붙잡고 눈물을 뚝뚝 흘려야 될 것 같은 손이다.

그러니까, 이 손은 일하는 손이라는 뜻이다. 손톱 물어뜯는 버릇까지 있어서 어른들이 보면 일 잘하게 생긴 손이라는 칭찬을 두세 번 더 하는데, 일단 컴퓨터를 두드려서 먹고사는 여자는 손톱을 기를 수가 없다. 건축가 마영범 선생이 하도 여자의 매력은 손에서 나온다며 닦달을 하길래 손톱을 길러서 네일케어라는 것을 받아본 게 딱 두 번인데, 일주일도 유지 못하고 이빨로 잡아 뜯어버렸다. 뭐 대단한 대작을 써낸 것도 아니고 다작을 하지도 않건만 키보드로 먹고 사느라 기계식 키보드까지 가지고 다니는데, 네일케어를 할 만큼 기다란 손톱은 키보드 위에서 줄줄 미끄러지며 이상한 오타를 자꾸만 쳐내서 백스페이스를 머리끝까지 화가 날 만큼 두드리게 하니 나와 예쁜 손톱은 일단 안녕을 고했다. 사무직이라면 모두 키보드를 치며 일하는 게 사실이지만 나는 워드나 오피스 프로그램을 다루는 것도 아니고(다룰 수도 없고), 오직 한글만 다다다다 치고 있는 입장에서 탁자 위에 두 손을 다 올려놓고 일해야 하기 때문에 팔찌나 손목시계 같은 장신구를 할 수도 없다. 그런 걸 하고 있으면 탁자에 손목의 아랫부분이 자꾸 걸려버린다.

손으로 일한 경험이 이것뿐이라면 손이 이만큼 미워지진 않았을 것이다. 2년 전까지 22개월 동안 했던 녹즙 배달 일은 그야말로 손으로 하는 일이었다. 녹즙은 신선도가 생명이라 일일이 녹즙 주머니마다 얼음팩을 넣어주어야 했는데 매일 물기 있는 걸 만지니까 손이 못나지는 건 시간 문제였다. 게다가 그해 겨울은 유난히 추웠는데, 폭설이 쌓인 날은 녹즙이 들어 있는 아이스박스를 맨손으로 눈 더미 속에서 토끼굴 파는 토끼 같은 기세로 파내야 했다. 그때 나는 주간 커피, 야간 맥주를 팔던 카페 아르바이트를 겸업하고 있었다. 낮 시간에 고용된 나는 커피만 팔면 되는 줄 알았더니 웬걸, 밤 시간 맥주 안주의 준비도 굉장한 업무 중 하나였다.

성격이 깔끔하다 못해 약간 편집증 증세까지 보일 정도로 깔끔하게 일처리를 하던 매니저는 마른 오징어의 양쪽에 칼집을 꼭 0.7센티미터씩 내어놓을 것을 요구했고, 쥐포는 0.5센티미터씩 양쪽을 오려놓을 것을 지시했다. 낙지볶음이 가게의 주요 메뉴 중 하나라 냉동 낙지가 낮에 배달되어 왔는데, 그러면 우리는 양동이에 빙산처럼 꽁꽁 언 낙지를 넣고 더운물을 붓고 곧 언제 내가 더운물이었냐는 듯 냉골이 되어버린 물을 부어 내고 다시 더운물을 부으면서 완강하게 꽁꽁 언 낙지를 주물러야 했다. 그것도 고무장갑을 끼고 주무르면 맛이 안 난다며 반드시 맨손으로 주무르라고 굳게 당부하던, 자기를 사장님이라고 부르지 않으면 여의주를 빼앗긴 용처럼 광포하게 화를 내던 주방 이모의 엄명 때문이었다.

낙지를 녹이는 물에 한참 손을 넣고 낙지를 매만지고 있노라면 내 손가락이 낙지발인지, 낙지발이 내 손가락인지 감이 오지 않을 만큼 낙지와 내가 하나가 되어 거의 물아일체의 경지에 이르곤 했다. 한번 마음 돌아선 연인의 차가운 마음처럼 녹지 않던 낙지가 겨우겨우 조금이나마 부드러워진 다음 아무리 손을 씻어도 비린내가 가시지 않아 낙지가 나인지 내가 낙지인지에 대한 혼란은 계속되었다. 낙지 비린내 풀풀 나는 손으로 커피를 내려, 서빙해 나가면 손님들은 어머, 계절이 어쩜 벌써 어디서 바다 냄새가 나, 하면서 낭만적인 착각을 하곤 했다. 이거 뉴질랜드에서 온 수입산 낙지 냄새인데요, 라고 차마 말할 수는 없어서 나는 멍하니 가게 앞의 꽃을 바라보았다. 가게 앞의 시클라멘 화분은 사장의 엄마가 사온 거였다. 이대 나온 여자라는 사장의 엄마는 어느 날 시클라멘 화분을 사와 내 손에 쥐어주더니 상큼하게 웃으며 말했다. "이거 심어~ 빨리!" 카페에 삽이 있을 리 없었으나 뭘로요……? 라고 말할 수 있을 분위기가 아니었다. 거기에는 흙과 나와 시클라멘만 덩그러니 있었고, 그게 심겨지는 것을 볼 때까지 그 자리를 떠나지 않을 기세인 사장 엄마가 화사하게 웃으며 나를 바라보고 있었다. 뇌 주름을 열심히 움직여 나는 결국 맥주 병따개를 가져와서 비버처럼 땅을 팠다. 사장 엄마는 그 모습을 보자 화사하게 웃었다. 나는 노동철의 비버처럼 기세를 더욱 올려 땅을 팠다. 시클라멘 화분을 병따개로 딴 구덩이에 넣고 맨손으로 흙을 덮어 매만지자 사장 엄마는 만족하고 주방 이모, 아니 사장, 아니 뭔지 알 수 없는 어떤 여자와 이야기하러 갔다. 길지도 않은 손톱에 낀 흙은 잘 빠지지도 않았다. 가게 앞의 그 조그마한 흙밭은 지나가던 사람들이 가끔 가래침을 카악 뱉고 꽁초도 종종 버리는 곳이었지만 나나 시클라멘이 뭘 어쩔 수 있었겠는가.

　그런데 요즘 내 손은 또 다른 곳에서 점점 못생겨지는 중이다. 최근 나는 지방에 있는 대안 학교에서 한마디로 '식순이' 노릇을 하고 있는데, 뭐 주방 보조 같은 역할 덕분에 칼질이나 계란말이만큼은 좀 잘하게 되었다. 부모와 떨어져 살아야 하는 사정이 있는 아이들이 다니는 기숙사 학교의 주방에서 40명의 아이들과 선생님들이 먹을 점심과 저녁을 준비하는 일인데, 돈을 받는 일은 아니고 세상에 이런저런 죄를 잔뜩 지은 것을 조금이나마 갚는 기분으로 자원봉사를 하고 있다. 그런데 카페 주방 이모보다 더 무서운 강적이 이 주방에 있었으니, 그냥 미원이나 다시다를 푹푹 떠 넣고 대강 식당 백반처럼 차려주는 주방장이 있었더라면 무척 행복했겠건만, 이분은 자라나는 귀한 아이들을 먹여야 한다는 사명감이 가득한 분이었다. 예순이 넘은 할머니신데, 몇십 년 동안 영양사로 일한 베테랑 주방장이시다. 내가 그분이 만드는 음식을 먹는 입장이었다면 이 주방에 끝없는 찬사를 보냈을 것이다. 그러나 내가 먹는 입장이 아니고 만드는 입장인 게 몹시 곤혹스럽다. 그도 그럴 것이, 일체의 화학조미료를 쓰지 않고, 지나치게 맵거나 짜지 않은 음식을 하도록 간에도 신경을 쓰고, 모든 국이나 찌개 요리에 일일이 맛국물을 내어 건강한 맛을 내시는 데다 하필 손도 이만저만 크신 게 아니다. 뭘 할 때마다 누구도 나눠주고 누구도 나눠주자며 선행을 하곤 하시지만 그 선행에 내가 동원되어야 한다는 점이 주방 말단으로서는 심히 유감이었다.

그 중 가장 유감이었던 것은 지난가을 출몰한 메뚜기 떼였다. 《대지》에 나오는 왕룽의 메뚜기 떼 정도로 사람을 절망시키는 메뚜기 떼는 아니었지만 나는 녀석들이 나타난 것이 무척 불만스러웠다. 주방장님이 학교 예산을 조금이라도 줄여주겠다고 뒤켠의 손바닥만한 땅에 푸성귀 밭을 일구시는데, 농약이 없다 보니 이 녀석들이 이 밭에 출몰한 것이다. 예순도 넘고 체격도 후덕하신 주방장님은 치타처럼 날쌔게 메뚜기들을 포획했다. 그 메뚜기들은 일단 끓는 물에 한번 데쳐진 다음 나에게 도달했다. 씹기에 질긴 다리와 날개를 떼어내는 것이 나에게 주어진 일이었다. 벌레를 좋아하는 여자야 흔치 않겠지만 주방장님에게 반항하느니 메뚜기를 주물럭거리는 쪽이 나았다. 생각보다 아이들은 이 '엽기 음식'을 좋아했고, 내 손에 의해 날개와 다리를 잃은 메뚜기들은 기름에 튀겨져 아이들에게 별미 간식이 되었다. 메뚜기는 어찌나 많던지…… 내 손!

언제까지 일을 할지, 무슨 일을 할지 모르겠지만 이것이 내 손의 사연이다. 펜 쥔 자국이 아직도 못이 박혀 있고, 여기저기 거칠고

벗겨진. 앞으로 나는 또 무슨 일을 하게 될까. 또 이 손을, 누군가
잡아줄 날도 올까. 아마 메뚜기는 별 수 없이 잡아주겠지.

낭만적 낙오자

　　2013년 여름, 마지막으로 회사를 그만두었다. 아마 회사라는 곳에 갈 수 있는 기회는 다시 없을 것 같다. 눈이 독하게 생겨서 그런지, 고등학교 중퇴의 이력이 강렬해서 그런지 사람들은 언제나 회사 생활에 절대 적응 못 하게 생겼다고 잘도 말하지만 월급이 깡패인지라 지금까지 대여섯 군데에서 회사생활을 했다. 학부 시절에도 정규직으로 다녔으니 사무실 경력 잔뼈가 굵다면 굵은데, 그중에서도 내 마지막 회사였던 공기업은 놓칠 수 없는 곳이었다. 일단 예수의 공생애 시기에 접어든 중고 신입을 신입직원으로 받아주는 패기가 있는 곳이었고, 홀로 되신 엄마가 기죽지 않고 어디 가서 우리 딸 어디 회사 다닙니다, 라고 말할 수 있는 곳이었다.

그때 엄마와 내가 세 살고 있던 집주인 할아버지는 내가 츄리닝 입은 백수로 코 후비며 다닐 때는 본 척도 안 하더니 깔끔하게 입고 출근하게 되니까 은근한 말투로 어디에서 일하느냐고 물었다. 서울시 산하에서 일한다고 했더니 매일매일 태도가 점점 더 은근해졌다. 급기야 자기와 단둘이 저녁 식사라도 하자며 긴히 할 이야기가 있다고 했다. 그 긴한 얘기 그냥 여기서 하시라고 했더니 댁의 둘째 아드님 이야기를 꺼내셨다. 본인 아들이 너무 착하고 숫기가 없어서 벌써 서른일곱이다(알고 봤더니 마흔이었다), 기술 고등학교를 나와 신라호텔 제빵사를 하다가 지금은 다른 호텔급 베이커리의 제빵사를 하는데, 내가 평소에 아가씨를 좋게 보았다(술 냄새를 풀풀 풍기며 집에 들어간 적이 한두 번이 아닌데 거참), 그래서 우리 아들을 한번 만나보지 않겠느냐.

　여기까지면 웃으며 집에 들어갈 수 있겠는데 붙잡아놓고 다른 이야기를 한참 더 하신다. 솔직히 너네 집에 엄마랑 딸, 둘밖에 없지 않냐. 그리고 네가 다니는 곳이 공기업이라니 퇴근도 정시에 시켜주지 않겠느냐(그만뒀으니까 할 수 있는 이야기지만 야근을 안 한 날이 거의 없다, 공기업이 편하긴 무슨! 월급이라도 많았으면……). 그러면 내가 저 동네에 있는 모 브랜드 아파트 50평형을 얻어 주겠다(물론 전월세였겠지만), 그리고 우리 아들도 언제까지 남의 아래에서 제빵사할 게 아니니 자기 빵집을 내가 차려줄 생각이다, 그러면 그 드넓은 아파트에서 어머니를 모시고 살아라, 너는 퇴근이 빠르고 일정할 테니 주중에는 퇴근한 뒤에, 또 주말이면 우리 아들 베이커리 일을 함께 돕고 내 아들 나이가 있으니 애를 빨리 낳아서 너희 엄마가 봐주시면 오순도순 얼마나 좋겠느냐. 나는 이미 영감님 머릿속에서 완성되어 있는 듯한 내 인생 설계를 처음부터 끝까지 멍청한 표정으로 듣고 있다 일단 어머니가 기다리신다며 도망쳤지만 집주인 아저씨, 아니 할아버지는 나를 볼 때마다 주중이랑 주말에는 남편과 오순도순 빵 장사, 너네 엄마는 애 키우고~ 타령을 노래 불러서 나중에는 화가 좀 날 뻔했다. 그러니까 당신 아들 명의로 된 전셋집에서 내가 당신 손자를 낳는데, 키우는 건 우리 엄마에게 떠맡기고 나는 주 5일 직장에서 일한 다음 바로 칼퇴근해서 당신 아들 가게로 바로 출근해 빵 포장하고 손님 응대하고 주말에도 내내 빵 장사를 해라? 내가 빵을 좋아했다면 모를까 빵을 엄청 싫어하는 바람에 기분이 더 나빠졌다.

게다가 공기업은 다들 꿀 빠는 곳이라고 생각하지만 그렇게 칼퇴근할 수 있는 곳이 아니었다. 특히 나처럼 손 느리고 계산 느리고 덤벙덤벙 잘 까먹는 사람에게는 내 존재 자체가 죄악처럼 느껴져 어찌할 바를 몰랐다. 들어가서야 알았지만 나는 행정을 하면 안 되는 사람이었다. 어찌어찌 1년을 채워 정규직 임용이 되었지만 내 인생에서 가장 이것만은 일어나지 말기를, 하고 간절히 빌었던 일을 겪고 정도가 심각한 외상 후 스트레스 장애[PTSD]로 퇴사할 수밖에 없었다. 그 아까운 회사를 왜 때려치우느냐는 말을 끝없이 들었지만 그때는 숨 쉬는 것조차 버거웠다. 이후 나는 원래부터 하던 것의 곱으로 나를 욕하고 자책하기 시작했다. 바보, 멍청이. 그거 하나 견뎌내지 못하고 남들이 가고 싶어 하는 회사를 그만둬. 글이랍시고 잘 쓰지도 못하는 주제에 뭘 믿고…… 나의 명민한 동기 하나는 "누나는 글보다 공문을 더 못 쓰니까 그냥 글이나 써요"라고 복음을 전해주었지만 회사를 퇴사한 슬픔은, 말하자면 이런 거였다. 단순히 직업을 잃었다는 것이 아니라 나는 정상인들의 세계에서 절대 견디지 못한다는 증거, 결국 나는 하자 있는 제품이라고 도장 찍혀버렸다는 것, 나는 이 세상을 살아가기에 큰 결함이 있다, 라는 총체적 증명.

그러다가 도서관에서 책을 읽다가 갑자기 나름 큰 깨달음이 왔다. 네가 그 월급을 어떻게 얻었더라? 너는 너 말고도 얼마든지 다른 사람이 할 수 있는 자리에서 가상의 대체 직원보다 훨씬 못하게 일을 처리했다. 무엇을 대가로? 네 청춘, 네 시간, 네 젊음을 내어주고 별로 많지도 않은 월급을 얻었다. 지금 그것이 없는 대신에 너는 시간 부자가 되었다. 그 시간 동안 네가 하고 싶은 일을 실컷 하고 있고, 고맙게도 그건 돈 드는 일도 전혀 아니다. 네가 하고 싶은 건 고작 실컷 책 읽는 것뿐이잖아. 그렇게 생각해보니 나는 한

10년 정도를 내가 좋은 회사원이라는 사실을 증명하기 위해 굉장히 노력해왔던 것 같았다. 그게 그만한 가치가 있나? 어차피 할 수 없는 일인데, 그리고 세상에는 얼마든지 좋은 회사원이 많은데 내가 그들 중 하나가 되지 못했다고 이렇게 가슴 시려할 필요가 있나.

어떤 사람이 보기에, 아니 대다수가 보기에, 나는 30대 초반에 이미 사회에서 밀려난 사람일 것이다. 그러나 다른 기준으로 보면, 얼마든지 책을 보고 마음대로 노래할 수 있는 시간을 가진 사람이다. 돈을 많이 벌 수는 없지만 굶어 죽지 않을 만큼 벌 수 있는 거래 관계를 어느 정도 가지고 있고, 내가 원할 때 일할 수 있다. 아, 왜 나는 좋은 회사원이 되고자 그토록 노력했던 걸까. 아마 그건 내가 이 사회의 낙오자가 아님을 증명하지 못할까 봐 불안에 떨며 몸부림친 것일 테다. 그러나 우리가 살아가는 자본주의 사회에서, 이 경쟁 시대에서, 누군가는 낙오할 수밖에 없지 않은가. 사무실에 들어앉아 있을 때 즐기지 못했던 가을 정취 속을 개를 데리고 천천히 걸으면서, 인정했다. 그렇다 나는 낙오자다, 또한 하자품이다. 그리고 아주 낭만적인 낙오자다. 지금은 이것으로 좋다.

울지 말아요, 다들

살다 보면 아무 대책 없이 안부가 궁금한 사람들이 있다. 페이스북이니 트위터 같은 걸로 찾아볼 도리가 없는데도, 궁금한 사람들. 내게도 그런 사람이 몇 사람 있다. 어떤 중년 남자로, 나를 발로 뻥뻥 찼던 남자다. 연애 이야기가 아니고, 물리적으로 찼던 이야기다. 아는 남자에게야 아버지라든가, 분노한 연인이라든가, 어쨌건 안 걷어차여본 건 아니지만 생판 남에게 축구공처럼 걷어차여본 적은 처음이었다.

때는 광우병 시위가 한창이던 2008년, 회사가 끝나면 광화문으로 출근하다시피 해 열렬히 가두시위를 하던 시절이었다. 쇠고기를 별로 좋아하는 건 아니었지만 MB가 아주 싫었고, 퇴근하고 나면 너무 외로웠다. 시위에 참여하기에 순결한 이유는 아니었지만, 생판 모르는 사람들하고라도 함께 있고 싶었다.

중구 경찰서장이 해산하라고 마이크로 협박할 즈음이 되면 다음 날 출근을 해야 하니 집에 가야 했다. 그때 나는 누가 봐도 우범지대처럼 보이는 곳에 혼자 살고 있었는데, 주로 노인들이 살던 골목이라 밤 10시만 되어도 무덤처럼 고요했다. 헉헉대며 자췌집이 있는 산꼭대기까지 올라가 쥐 죽은 듯이 조용한 골목을 지나치고 있는데, 이상한 소리가 들려왔다. 퍽, 퍽.

어라, 이상하다. 꽤 맞아본 입장에서 듣기로 저런 둔중한 타격음은 분명 사람 살이 맞아서 으깨지는 소리였다. 더 확인할 필요도 없이 쏟아지는 욕설이 귀청을 때렸다.

"야 이 시발년아 거기 안 서?"

골목과 이어진 야트막한 뒷산에 놓인 조그마한 층계에서 40대나 됐을까, 여자 하나가 데굴데굴 굴러 떨어졌다. 비슷한 연령대로 보이는 남자가 식식대며 층계를 바람처럼 내려와 여자의 허리께를 걷어찼다. 발도 바빴지만 입도 멈추지 않았다. 죽어라, 죽어, 이 시발년아. 여자는 머리만은 보호하겠다는 듯이 팔로 머리를 감싼 채 비명도 지르지 못하고 매를 받아내고 있었다. 발길질이 연속되었다. 나는 핸드폰 버튼에 얼른 112라고 찍은 후 다다다 달려갔다. 하도 매가 모질어서 겁 낼 틈이 없었다. 저러다 누가 죽겠다 싶었다. 내가 하던 팟캐스트 '과이언맨'을 들으신 분이라면 아시겠지만, 그 옹알대는 목소리로 꽥 소리쳐봤자 원래 목청이 크지도 않아서 아마 개미조차 겁을 먹지 않았겠지만.

"지금 뭐하시는 거예요!"

뭐하'시'긴 뭘 해. 사람 패'시'고 있지. 그 와중에 뭐 하시냐고 높임말을 쓴 내가 한심했다. 남자가 돌아봤다.

"넌 또 뭐야?"

내가 뭐지? 지나가는 과객이오만, 할 수도 없고 안녕하세요, 처음 뵙겠습니다, 이 동네 사는 김현진입니다, 하고 인사를 청할 수도 없고 잠깐 난감해하다가 할 수 있는 한 앙칼지게 소리쳤다.

"아저씨 사람을 왜 때려요! 경찰에 신고할 거예요!"

바로 전까지 중구와 종로구 경찰서장에게 구박을 받고 물대포를 얻어맞다가 왔는데 경찰이 과연 내 편일까, 하는 음울한 생각이 잠깐 스쳐 지나갔지만 지금 기댈 데라곤 경찰밖에 없는지라 나는 그것이 전기충격기라도 되는 양 핸드폰을 흔들어 보였다. 남자는 혀를 챘다.

"그래? 경찰? 불러라 불러!"

그러더니 다시 베컴 같은 기세로 여자에게 강슛을 날리기 시작했다. 언제부터 두들겨 맞았는지 여자는 비명도 못 지르고 아이구, 아이구 하는 작은 신음밖에 내지 못하고 있었다. 별수 없이 나도 모르게 몸을 날려 여자의 몸을 덮었다. 더 맞았다간 죽을 것 같았다. 당연히 발길질은 내 등짝으로 날아왔다. 퍽, 퍽. 아야, 아팠다. 내가여기서 맞고 있어야 할 이유가 도대체 뭐야? 몇 대 맞으면서 생각해보니 굉장히 억울했다. 여자를 주차되어 있는 자동차 뒤로 온 힘을 다해 밀어 숨겨놓고 벌떡 일어났다. 여차하면 바닥에 있는 벽돌이라도 들어서 찍어버릴 테다, 하는 각오였다. 왜 때리냐, 당신이뭔데 어디다 손찌검이야, 경찰에 신고하겠다, 뭐 이런 말들이 머릿속에 한가득인데 희한하게 입 밖으로 튀어나온 말은 이랬다.

"야, 너 같은 새끼 때문에 민주주의가 안 되는 거야!"

격했던 골목에 잠시 침묵이 흘렀다. 풀벌레가 찍찍 울었다. 얻어맞은 데는 아프고 내가 왜 이딴 말을 했을까. 수습을 고민하고 있는데 뜬금없이 민주주의의 주적으로 몰린 남자가 입을 열었다. 흥분이 다소 가신 목소리였다.

"아가씨……."

"……."

"……내 이야기 좀 들어봐요."

잠시 후, 나는 좀전까지 나를 패던 남자와 나란히 앉아 그의 이야기인지 하소연인지를 듣고 있는 나를 발견했다. 이야기인즉슨, 그 남자는 보일러 기사로 공고에서부터 보일러 기술을 배워 이제는 어느 정도 인정받는 기술자로 지사에서 직접 출장 나갈 지역을 정할 수 있는 위치까지 올라갔다. 수입도 주말에 특근을 하지 않아도 아내와 딸을 고생시키지 않을 정도로 벌고 있다. 그 모든 건 아내를 위한 거였다. 아내를 알게 된 건 고등학교 때였다. 군대를 가서 남들 다 가보는 사창가도 그는 고참들에게 갈굼을 당하면서도 가지 않았다. 그녀는 그의 인생에 유일한 여자였다. 제대하고 한 사람 몫의 기술자를 할 수 있게 되자마자 청혼했고, 둘은 일찌감치 가정을 꾸렸다. 그가 보다 기술이 뛰어난 보일러 기술자가 되기 위해 노력했던 것은 모두 가정을 위해서였다. 외박 없이 반드시 집에 돌아온다는 것이 그의 원칙이었기 때문에, 당일에 돌아올 수 있는 지역을 선택할 수 있도록 누구보다 뛰어난 기술자가 되려고 노력했고, 주말에 특근을 하지 않아도 괜찮은 수입을 올릴 수 있도록 더욱 노력해서 외박 없이 주말을 가족과 보낼 수 있는 가장이 되었다. 월급 받은 날이면 기술자들끼리 아가씨 나오는 그리 비싸지 않은 술집에 가곤 하는데, 거기 단 한 번도 낀 적이 없다. 보너스 나오는 날에도 100원 한 푼 건드리지 않고 아내에게 가져다주었고, 월급은 물론이었다. 어느새 그는 좀 전에 입술을 꽉 깨물고 여자를 둘이나 패던 남자 같지 않게 두 손으로 얼굴을 감싸고 울고 있었다. 술 냄새 같은 건 나지 않았다. 맨 정신으로 사람을 때리다니, 조금 무서웠지만 도망치기도 뭣했다.

"내가요, 이 여자 진짜 사랑했어요. 그런데 다른 데로 출장 넘어가다가, 옷 갈아입으려고 집에 와 보니까⋯⋯."

남자는 주먹으로 시멘트 바닥을 쾅쾅 쳤다. 얼굴이 온통 눈물로 젖어 있었다.

"집에 와 보니까, 저년이 어떤 새끼랑 붙어먹고 있는 거예요. 어떻게 그럴 수가 있어요? 그 새끼는 순식간에 튀고. 난 진짜 이런 거 상상도 못해봤어요."

주먹에 피가 맺혔다. 저러다 크게 다칠 텐데.

"그렇게 사랑했어요. 근데 어떻게 그럴 수가 있어요? 인간이? 사람이 그럴 수가 있어요?"

나는 뭐라 할 말이 없어서 더듬더듬 말했다.

"그래도, 뭐 법적으로나 대화 같은 걸로 해결을 보셔야지. 그렇게 때리셨다가 사람 죽거나 크게 다치면, 상황이 더 안 좋아지죠."

남자는 무릎 사이에 고개를 완전히 묻었다. 어깨가 파도처럼 흔들렸다. 손가락 사이로 울음과 목소리가 새어나왔다. 누가 도와줄 수 없는 슬픔이 골목길에 뚝뚝 흘렀다.

"진짜 사랑했어요. 그런데 어떻게 사람이 그럴 수가 있어요?"

여전히 할 말이 없어서 가만히 앉아 있기만 했다. 풀벌레는 찍찍 울고 달은 밝았다. 그러게요, 사랑했죠. 그런데 어떻게 그럴 수가 있을까요? 나도 나를 사랑한 사람들 조져버린 적이 있었고, 내가 사랑한 사람들은 나를 조졌죠. 그러게요, 어떻게 사람이 그럴 수가 있을까요? 뭐, 서로 조지는 게 인생 아니겠어요? 인간이니까 그렇

죠. 사람이니까. 사람이니까 다칠 줄 알면서도 사랑하고, 사랑하는
데 그렇게 차마 말 못하기도 하고. 사람이니까요. 그런데 그렇게
말할 수는 없었던 데다 나도 엉엉 울 것 같아서 흐느끼는 남자 옆
에 멍하니 앉아 있었다. 걷어차인 데가 욱신거렸다. 그때 갑자기
누가 내 무릎에 살며시 손을 얹었다. 소스라치게 놀라 비명이 나오
려는 걸 간신히 막고 보니 아까 내가 주차되어 있는 차 뒤에 밀어
넣은 여자였다. 그녀는 간신히 몸을 일으키면서 내 귀에 속삭였다.

"아가씨, 고마워요. 진짜 너무 고마워요."

그러더니 비척비척 몸을 움직여 어디론가 걸어갔다. 남자는 무
릎에 고개를 묻은 채 엉엉 우느라 그걸 몰랐다. 나는 어찌해야 할
바를 몰랐다. 갑자기 찢어지는 듯한 소리가 골목길을 침묵을 잡아
찢었다. 자동차가 급출발하는 소리였다. 남자가 번개같이 일어나
서 달려 나갔다. 외마디 소리만 남긴 채였다.

"저 시발년이!"

좁은 골목을 승용차가 F1이라도 하는 기세로 빠져나갔다. 여자
는 입술을 야무지게 깨물고 핸들을 대담하게 꺾었다. 성실한 보일
러 기술자이자 방금 소박맞은 남자는 생판 모르는 아가씨를 패던 결

단력으로 자동차 트렁크에 몸을 던졌다. 철꺽! 하는 소리와 함께 그는 자동차 뒤꽁무니에 매달렸다. 이런 건 액션 영화에서나 봤는데, 싶어 나는 입을 쩍 벌리고 그 광경을 쳐다봤고, 여자는 핸들을 이리저리 돌렸지만 아주 오랫동안 한 여자를 사랑했던 끈질긴 남자답게 그는 승용차에 찰싹 달라붙은 채였다. 그들은 그렇게 사라졌고, 나만 풀벌레와 골목에 남았다. 이거 진짜 있었던 일 맞아? 의심하기에는 구둣발로 채인 등짝이 너무 아팠다. 비틀비틀 집에 가서 김빠진 맥주를 찾아 소주를 부어 마셨다. 안 마시고 넘어가기에는 누군가에게 예의가 아닌 것만 같았다. 그 남자든, 그 여자든, 중구 경찰서장이든, 나든. 사실 그 남자의 울음 섞인 질문에 대답할 수가 없어서 나도 울고 싶었기 때문이었다. 마시지 않으면 울 것만 같아서.

"사람이 어떻게 그럴 수가 있어요?"

그러게요. 사람이 어떻게 그럴 수가 있을까요. 사람이니까. 그런데 그렇게 대답해버리긴 너무 슬퍼요. 나 때린 건 용서해줄게요. 어차피 그렇게 귀하신 몸도 아니니까 난 괜찮아요. 두 사람, 잘 지내요? 차에서 떨어져서 다치지는 않았나요? 벌써 몇 년 전 일인데도, 이따금 그 세찬 울음이 생각나서, 아직도 같이 울고 싶어진다. 요즘 들어 아픈 갈비뼈를 보니, 그때 걷어차였던 곳이다. 내 갈비뼈도 그동안 울음을 참았나 보다. 잘…… 있나요? 부디 울지 말아요, 다들.

나주순대국

　　누가 그랬다. 가장 사랑하는 사람이 가장 아프게
한다고. 그건 아마 어떤 책의 제목이었을 것이다. 나는 그 책을 읽
지 않았는데, 두려워서였다. 누가 나를 아프게 했던 깨진 유리 같
은 기억이 무덤 속 미라처럼 벌떡 일어나 활기차게 나를 쫓아올까
봐 무서워 죽겠어서였다. 돌이켜보면 우리를 가장 아프게 하는 것
은 사람 물건 할 것 없이 우리가 가장 사랑하는 것들이다. 아끼는
텀블러를 잃어버렸을 때, 마음에 쏙 드는 색조 화장품이 와장창 깨
져 속 깨나 쓰릴 때, 어린 시절 부모님에게 달려가 그 품에 무조건
매달리고 싶었으나 뿌리쳐지고만 순간 같은 무안함과 민망함. 이
모든 사사로운 일들은 우리가 사랑하기 때문에, 우리를 아프게 한
다. 우리가 사랑하지 않는 것들은 우리에게 손해를 끼칠 수는 있을

지언정 결코 우리에게 상처를 입힐 수는 없다. 그리고 상처보다는 손해가 언제나 낫다. 그게 그나마 견딜 만하다. 돈을 잃었다면 벌어서 메꾸면 되지만, 마음에 흠집이 났을 때 그것을 채우는 것은 돈천만 원 버는 것보다 몇 배 더 어렵다. 피부에 큰 흠이 나면 피부 이식 수술을 하면 되지만 마음에 큰 흠이 났을 때 우리는 그 흉터 위에 무엇을 이식할까. 무엇으로 덮을까. 어디서 오려낸 마음 조각으로 덮을까.

가장 사랑하는 사람이 가장 아프게 한다는 걸 알고 나서, 그동안 했던 연애가 뭣도 아니라는 것을 잘 알게 되었다. 나는 그냥 심심했고, 같이 술 마실 남자가 필요했던 모양이었다. 물론 여자끼리 술 마셔도 재미있지만, 함부로 말 걸어오는 남자는 귀찮고 또 너무 친한 남자는 끈적끈적해서 싫고 그저 적당히 친한 남자와 어느 정도의 거리감, 긴장감을 느끼면서 마시는 게 좋았다. 그러다 스파크가 튀면 그건 또 그것대로 나쁘지 않았다. 돌이켜보니 안주 같은 거였나 보다. 40년 전통을 자랑하는 약수동의 나주순대국의 연세 여든 넘은 할머님은 저는 술을 너무 많이 마셔요, 하고 항상 자책하는 나에게 늘 태평한 얼굴로 가마솥을 저으면서 징한 전라도 사투리로 아가 걱정하지 말어잉, 안 들어갈 날이 곧 온다, 라고 말씀하시곤 했는데 그야말로 그날이 오긴 온 모양이다. 그 집은 순댓국도 맛있었지만 누군가가 나를 아가, 라고 불러준다는 게 사무치게 마음이 따뜻했다. 오래 전 〈파리의 연인〉 같은 드라마에서 박신양이 김정은더러 애기야 하드 사줄게, 애기야 같이 가자, 할 때의 그 애기는 네가 예쁘고 귀여워 죽겠다는 뜻의 애기지만 이 나주 할머니가 아가, 아가, 할 때의 그 아가는 여러 뜻을 지니고 있었다. 물론 할머니가 보시기에 한참 어린 것, 새파란 것 하는 뜻도 있었지만 할머니가 아가, 라고 불러주면 대책 없는 안도감이 온돌처럼 포근하게 찾아왔다. 아직 너는 세상에 애송이니까 더 깨지고 울어봐도 된단다, 너는 아직 아가니까 앞으로도 얼마든지 술 마시고 깨지고 박살이 나겠지만 그나마 네게는 아직 깨질 수 있는 시간이 남았단다 아가, 뭐 그런 의미들을 나 혼자 멋대로 읽어내다 보면 할머니가 아가, 하고 부를 때 암담해 보이기만 하던 남은 날들이 아주 조금은 희망적으로 보이는 주문에 걸리곤 했다. 내가 살아온 나날에 의지하여 미래를 예측해보면 항상 술을 마시고 길에 쓰러져 죽거나 원한을 사서 어디 야산에 있겠지, 하는 씁쓸한 앞날만 보여 남아 있는 날들이 늘 잿빛으로 보였지만 할머니가 아가, 들어갈 때 실컷 마셔라, 거시기 쪼그만한 새끼들이 뭐라고 시벌시벌 떠드는 거는 신경도 쓰지 말그라잉, 하며 내가 좋아한다고 돼지 간을 척척 더 썰어주실 때는 갑자기 그 잿빛 어둠이 겁을 먹은 듯 달아났다. 늘 나를 뒤쫓는 참담한 미래 같은 것이 절대 오지 않을 것만 같은 대책 없는 희망이 벌떡 일어나 우울을 한 치씩이나 밀어냈다. 김시습의 〈밤이 얼마나 지났는가〉라는 시에서 그는 어둡고 어두울 정도

로 어둡다(《청춘의 문장들》, 2000, 김연수, 마음산책)라고 '어둡다'라는
말을 세 번 썼다. 나도 한자로 뭐가 칙칙하다는 뜻인지 쓸 수 있었
다면 칙칙하다는 말을 그만큼 되풀이해 썼을 것이다. 칙칙하고 칙
칙하고 어둡고 어두웠다고. 그것을 몰아낼 수 있는 여장부를 약수
동에서 내가 잠깐 알았다. 나주평야에서 왜 평야라는 말을 쓰는지
그 좁은 순댓국집에 앉아서 여러 번 생각했다. 그토록 탁 트인 여인
이 갈 때마다 나를 구원했다. 그래서 거기는 나에게 식당이기도 했
고 술집이기도 했고 사교장이기도 했고 상담소이기도 했고 힐링캠
프이기도 했는데 약수동 재개발이 이루어지면서 나주평야처럼 광
활했던 순댓국집은 맛대가리 없는 웬 동태집으로 바뀌었다.

할머니, 지금 저에겐 할머니가 너무나 필요한데 어디 계세요. 할
머님은 1927년생이셨기 때문에 지금 살아 계신지 어떤지도 모르
겠다. 사방이 꽉 막힌 분지 출신의 나에게 탁 트인 평야 출신의 그
할머니가 계셨다면 가장 사랑하는 사람이 가장 아프게 한다는 사
실을 깨달아버린 나에게 뭐라고 말해주셨을까. 마음이 대못으로
푹 찔린 것 같을 때 손가락 사이로 새어나오는 피를 억지로 틀어막
고 순댓국집 리놀륨 장판 위에 털썩 주저앉았을 때 뭐라고 해주셨
을까. 그토록 스산한 날 나주순대국을 잃은 나는 도대체 어떻게 살
아야 할까. 이제 대체 누가 나에게 아가 모든 게 다 지나간단다, 하
고 말해준단 말인가. 누구랑 싸우고 식식대며 의자에 털썩 앉아 술

국 주세요, 그러면 다퉜냐? 피가 끓는 나이에는 원래 싸우는겨 아
가야, 하고 국자를 들고 어깨를 두드리며 아무렇지도 않게 해주시
던 충고를 이제 어디 가서 듣는단 말인가. 할머니, 할머니.

경찰 아저씨의 옷자락

벌써 10년이나 된 일이다. 그때 나는 아직 어렸고, 창창하게 젊은 간을 가지고 있었다. 간이 언제까지 젊을 줄 알았는지, 나는 고기도 잘 안 먹으면서 20대 초반에 콜레스테롤 과다 판정을 받을 만큼 간을 과로시켰다. 과로한 건 간만이 아니었다. 두 뇌와 마음과 온몸이 과로하고 있었는데, 아르바이트를 일고여덟 개까지 뛰고 나면 공부하러 대학에 온 건지 학비 벌러 대학에 온 건지 헷갈릴 지경이었다. 덕분에 좋은 술로 간을 혹사하지는 못하고 지금은 불타버린 종로통의 선술집 '육미'에서 구운 마늘 한 꼬치와 소주 한 병, 이렇게 5000원 이내로 간과 나를 망치면서 집으로 돌아올 수 있었다.

집에 오는 길은 패닉의 '달팽이'라는 노래처럼 때론 너무 긴 게 아니라 항상 너무 길었다. 나만을 위해서 돈을 벌어야 했다면 그 돈벌이가 즐거울 수도 있었겠지만, 무직에 순진무구하기만 했던 부모님이 보증 같은 데 걸려드는 바람에 가끔은 집에 쌀도 없을 지경이었다. 학점을 포기하고 시시한 아르바이트를 해서 2, 30만 원쯤 집에 가져다주어 봤자 물에 물 탄 듯 술에 술 탄 듯, 표시도 나지 않는 어중간한 돈이었다. 세상만사를 전혀 모르시는 부모님의 해맑은 얼굴을 보면서, 닳고 닳은 기분에 젖은 나는 피해의식에 시달렸다. 실제로 피해를 봤을 경우 의식이라는 단어를 쓰는 것은 난센스라고 후에 어떤 친구가 말해주었다. 부모님이 그렇게 맑은 얼굴을 유지할 수 있었던 것은 깊은 신앙 덕분이었다. 내게는 없었던 바로 그것. 아무도 오지 않는 교회의 목사였던 아버지는 해맑은 얼굴을 하고 나에게 말하곤 했다. 나중에 다 하나님이 갚아주신다. 그러면 뭔가 속에서 부글부글 끓어올라 나는 속으로 비명을 지르곤 했다. 지금, 지금 갚아줘요! 바로 지금! 물론 하나님은 아무 대답을 하지 않았고, 나는 술을 마시러 갔다.

연애하면 좀 나아질까 하여 상황이 허락하는 한 연애도 열심히 했으나 나의 남자들은 이상하게도 나에게서 어떤 다른 여자를 보는 모양이었다. 자기가 원하는 걸 다 들어줄 것 같은 그런, 이 세상에 없는 여자를. 애널 섹스부터 소액 무담보 대출까지, 내가 하고 싶지 않은 것들을 요구하면서 그들은 꼭 한마디를 덧붙였다.

"넌 쿨하잖아."

그러면 대꾸할 힘도 없어서 코웃음만 쳤다. 알아? 이 세상에서 제일 쿨하지 못한 여자가 있다면 그게 바로 나야. 나는 구제불능의 낭만주의자고, 지구 최후의 날까지 혼자 로맨티시스트일 거야. 가끔 그들은 이렇게도 묻곤 했다.

"술이 좋아, 내가 좋아?"

그러면 나는 웃으며 대답했다. 우리가 도대체 어떻게 만났다고 생각하니? 그런데도 술이야 나야, 둘 중 하나만 택해! 라고 말하는 남자들은 참 용감했다. 자기 자신에 대한 그렇게 단단한 확신이 있다니, 놀라운 종족들이었다. 낭만주의자들은 의외로 사랑보단 의리를 택하는 법이므로 나는 항상 의리를 택했다. 술은 결코 나를 버린 적이 없으니까.

그날은 어쩌다 집에서 멀리 떨어진 곳에서 술에 취하여, 택시를 타는 호사를 부린 날이었다. 꼬불꼬불한 골목을 캄캄한 밤에 찾자니 헷갈려서 기사를 성가시게 했다. 죄송하지만 왔던 길로 한 번 더 가달라고 하자 기사는 혀를 차더니 낮게 말했다.

"미친 ×이 술은 있는 대로 처마셔가지고……."

그리고 그는 커다랗게 혀를 찼다. 내가 술을 있는 대로 처마신 미친 ×인 거야 부정할 수 없었지만 거기서 그런 이야기를 들을 이유는 없었으므로

"지금 뭐라고 했어요?"

라고 했더니 곧 다툼이 되었다. 그런 다툼의 전형적인 레퍼토리인 왜 반말이야, 내가 몇 살인지 아냐, 아저씨가 몇 살이건 나랑 무슨 상관이냐, 그럼 미친 ×를 미친 ×라고 하지 뭐라고 하냐, 나는 미친 ×이기 이전에 댁의 승객인 걸 기억하길 바란다, 따위의 실랑이를 하다가 결국 나도 상대에 맞춰 잘 못하는 욕설을 동원했고 미친 ×에서 발전해 상대가 구사하는 욕설은 더욱 화려해졌다. 나 이 따위 욕먹고 요금 못 낸다. 요금 안 내기만 해봐라 경찰을 부르겠다. 마침 저기 경찰차가 있으니 빨리 불러라. 이런 대화가 오간 후 기사는 호기롭게 지나가던 경찰차를 세웠다.

"무슨 일입니까?"

기사가 자신 있게 정황을 묻는 경찰에게 글쎄 이 아가씨가 택시를 타고 요금을…… 이라고 경찰에게 말하는 순간 나는 왕 하고 울음을 터뜨렸다.

　"이 아저씨가…… 욕했어요!"

　거짓을 말한 건 아니었다. 그냥 진실을 다 말하지 않았을 뿐. 일부러 울음을 터뜨린 것도 아닌데 딸꾹질까지 해가며 눈물이 났다. 기사와 나를 한 번씩 쳐다본 경찰은 말했다.

　"이 아저씨가…… 왜 아가씨한테 욕을 하고 그래요!"
　"아니 경찰관님 내 말 좀 들어봐요."
　"됐어요! 빨리 가던 길이나 가세요!"

　결국, 욕을 푸짐하게 한 대가로 기사는 2만 원쯤 되는 요금을 못 받고 쓸쓸히 사라졌고, 차에서 내린 나는 경찰에게 꾸벅 인사를 했다. 경찰은 멀어져가는 택시를 바라보며 혀를 찼다.

　"저 아저씨가, 함부로 욕을 하고 말이야. 괜찮아요? (안 괜찮았다.) 아가씨 집이 어디예요?"
　"네, 바로 여기에요……."

"그럼 들어가십시오."

그가 돌아서려는데 손등으로 하염없이 흐르는 눈물을 닦고 있던 나는 경찰 아저씨의 제복 옷자락을 붙들었다.

"왜 그러십니까?"
"여쭤보고 싶은 게 있는데요⋯⋯."
"말씀해보세요."

숫제 훌쩍거리다가 엉엉 울음이 터졌다. 아버지가 100만 원쯤 어디서 가지고 올 수 없느냐고 물었던 날 밤이었다. 경찰관이 얼굴은 강하고 현명해 보여서, 나는 그를 올려다보다가 왈칵 더 크게 울었다.

"있잖아요⋯⋯ 사는 게 너무 힘들어요!"

젊지도 늙지도 않은 경찰관의 얼굴은 몹시 곤란해 보였다. 그는 잠시 캄캄한 하늘을 쳐다봤다가 땅바닥을 쳐다보더니 후 하고 한숨을 내쉬었다. 그리고 서툰 손길로 내 어깨를 툭툭 치면서 말했다.

"괜찮아요. 그거, 다 젊어서 그런 거예요. 다 괜찮아질 거예요."

"정말요?"

"그럼요. 다 괜찮아질 거예요."

10년이 지났지만 아직 괜찮아지지 않았다. 나는 술로 많은 사고를 쳤고, 나와 타인을 다치게 했다. 그 죄책감이 수시로 나를 가시처럼 찔러대지만, 마음속의 거대한 공동에서 텅 빈 소리가 울릴 때마다 나는 그 자리를 무엇으로 채울지 도무지 알 수가 없고, 그렇게 알코올은 내 발목을 오랫동안 끈덕지게 붙잡았으며 나는 번번이 붙들리곤 했다. 콜레스테롤 수치 과다 증세는 고지혈증으로 발전했다. 아마 그때 그 경찰은 지금 경장님쯤 되셨으려나. 촛불 들고 길바닥에 나섰을 때 물대포에 정통으로 맞아 날아가면서도 폭력 경찰 물러가라, 하는 구호에 동참할 수 없었던 것은 내 어깨를 두드려주던 그 손길을 잊지 못해서였기 때문일 것이다. 그리고 아직도, 친근하고 지긋지긋한 어두운 감정들이 나를 질질 끌고 어디론가 가려 하면 어색하게 툭툭 어깨를 두드리던 그 손길을 떠올린다. 다 괜찮아질 거야, 다 괜찮아질 거예요. 그 믿고 싶은 거짓말 역시 살면서 수없이 떠올렸다. 앞으로도 한동안은, 민중의 지팡이에게 속을 준비가 되어 있다.

격렬한 손길이 애정이라 생각했다

       칼 좀 아시는 분은 들어봤겠지만, '레더맨'이라는 브랜드가 있다.

  거기서 나온 잭나이프 날을 사람 살에다 대고 조금 힘을 주면 목욕탕에서 며칠 퉁퉁 분 다이알 비누 가르듯 쓱 하고 들어간다. 누구나 쉽사리 살짝 미치곤 하는 10대 후반에 그런 짓을 했다가 칼이 절반이나 들어갔을 때 놀라서 얼른 꺼내고 팔을 수건으로 꽉꽉 동여맸다. 방바닥에 떨어뜨린 잭나이프의 칼날은 피로 젖어 번들거렸는데, 그 피 묻은 날의 무표정한 광택을 보면서 수건을 꽉 누르고 있자니 비로소 무기란 원래 뉴트럴한 것이구나, 뭐 그런 생각을 했다. 여기서 말하는 사람 살은 다행히 남이 아니고 내 살이다. 10대 때니 벌써 10년도 훨씬 전이고. 기억하기에 그 잭나이프는 남자한

테 받은 건데 누가 무슨 생각으로 그런 걸 나한테 줬는지 생각도
나지 않는다. 도대체 여자애한테 그런 걸 왜 줬는지 참.

그때 나는 부모처럼 길러주셨던 외할머니의 임종을 지키지도 못
하고 다음해 바로 외할아버지를 잃은 후였다. 성경에 자식에게 매
를 아끼면 애를 망친다는 말이 있는데, 나의 부모님은 그 말을 잘
지키는 분들이었다. 이제 내가 부모가 되고도 남을 나이니 부모에
게 원망 같은 건 없지만 혹시라도 애는 좀 패서 키워야 한다고 생
각하는 분이 계시면 이 말씀 하나만 간곡하게 드리고 싶다. 그렇게
큰 애는, 자기 자신을 아끼는 법을 잘 모르게 된다고. 나아가서 누
가 나를 막 대하는 것에 대단히 익숙해진다고.

물론 매를 대도 위엄 있게 대는 방법이 있긴 하다. 네가 뭘 잘못
했으니 이러이러하게 맞자, 하고 간단한 훈계 뒤 몇 대 때리고 너
를 미워해서 때린 게 아니라 잘 되라고 때린 거다, 하고 꼭 끌어안
아주던 아버지도 기억한다. 그때는 다신 그러지 말아야지, 하고 눈
물을 닦곤 했는데 그런 일은 아쉽게도 다시 없었다. 칼럼니스트 고
종석 선생님은 고등학교 시절 하도 맞는 게 습관이 되어 집에 와서
자려고 누웠다가 도통 잠이 오지 않는 날이 있곤 했는데, 그런 날
은 영락없이 아무한테도 안 맞은 날이라 뭔가 어색해서 잠이 오지
않았다고 한다. 영화 〈말죽거리 잔혹사〉에서처럼 혹은 군대에서 죽

도록 맞아본 남자분들은 나보다 훨씬 더 잘 아시겠지만, 폭력의 공
포감이 가장 극대화되는 순간은 바로 이게 아닐까 싶다. 누군가 내
몸을 함부로 해도 그러려니 하는, 어떤 체념.

 적지 않은 나이가 되어서까지 부모한테 맞은 이야기를 회고하자
니 부끄럽다. 하지만 왜 자기 자신을 소중히 하지 않니, 라는 질문
을 몇 년째 받고 있는 나라서, 또 최근 꼴 같지도 않은 인간들에게
신나게 하찮은 취급을 받고도 그냥 멍하니 있는 나라서, 내가 왜
이러는지 스스로를 파 들어가다 보니 마음 속 깊이 이런 체념이 있
는 걸 알았다.

 어차피 언제 맞을지 모른다,
 혹은
 나는 분명히 맞을 것이다.

 수 년 전 큰 잘못을 저지른 후 자책과 나는 살아 있을 가치가 없
다, 하는 쓸쓸한 마음에 약을 잔뜩 털어 먹었다. 다행인지 불행인지
죽지는 않았고 살아났다. '자살 드립'이라는 조롱을 받았다. 제대로
갔어야 드립 소리를 안 듣는 거였는데 나도 참 근성 없기는. 위세
척, 바륨 용액 처치 같은 건 다시 떠올리기도 싫다. 사람들이 믿고
있는 모든 게 물론 100퍼센트의 진실은 아니었고 일을 결정적으로

망친 비열한 짓을 한 사람도 끼어들어 한 몫을 했지만 이런저런 이야기들을 해봤자 내가 잘못한 것이 달라지지는 않으니 그냥 닥치고 있는 게 마땅한 태도라고 생각했다. 그런 침묵이 어떤 사람들에게는 무시 혹은 도피로 보일 수 있다는 건 나중에야 알았지만, 그때는 묵묵히 근신하는 게 맞다고 생각했다.

이후 그룹 '동물원'으로 유명한 정신과 의사 김창기 선생께 정신과 치료를 받았는데 엄청나게 현실적이고 냉정한 말을 퍼부은 다음, 부모와 굳이 부딪히지 말고 집 나와서 자기 병원의 빈 방에 공짜로 살라고 하는 자애가 교차하는 신기한 분이었는데 부모와의 애착 관계 결핍을 지적하더니 얼음처럼 차갑게 다음과 같이 덧붙였다.

"어차피 당신에게 친구는 한 명도 없었어요. 그렇게 생각했던 건 당신 혼자뿐이지."

아니, 이렇게 빙산처럼 차가운 사람이 책을 접어놓으며 창문을 열어 흐린 가을 하늘에 편지를 쓴다 어쩐다 하던 그 사람과 동일인물이란 말인가. 어쨌거나 먼 옛날 레더맨 나이프 사건 이후 진찰을 받았던 서울대병원 교수님은 온갖 검사를 다 해보더니 선천적인 세로토닌 부족증과 좌뇌, 우뇌의 불균형 발달이라는 진단을 내렸다. 정신과도 제발 살고 싶다, 그것도 제발 제대로, 하는 마음에 죄다 내 발로 간 거였다. 교수님은 고개를 갸우뚱하며 말했다.

"보통 10대에는 격렬한 조울증을 곁들인 우울증이 있게 마련인데 이 학생은 50대 갱년기 같은 축 처진 침울함이군요."

그렇게 잠깐의 정신병동 입원을 경험했다. 그때 한 방을 쓰던 아주머니가 계셨는데 언제부터 편찮으셨어요, 하고 물었더니 아주머니는 고개를 절레절레 흔드셨다.

"아이구, 나는 말이지, 전두환 때부터 이날 입때까지 아퍼⋯⋯."

아니, 지금은 국민의 정부건만! 나는 경악했다. 그때 그 병원의 풍경. 밤 9시가 되면 병동 바깥문에 자물쇠를 철컥, 하고 잠그던 소리. 간호사는 시계를 모두 천으로 덮었고 몇 시인지 알 수 없는 한밤에 맞은편 폐쇄 병동에서 들려오던 비명 소리들. 쇠창살이 빽빽하게 채워져 있던 모든 창문들. 자기는 절대 조울증이 아니라면서 3초마다 울고 웃던 아가씨는 서울대에 차석으로 들어갔지만 입학하자마자 휴학했다고 했다. 명성황후가 나오는 드라마를 보면서 조선왕조가 몰락하지만 않았어도 내가 지금 이렇게 살고 있지 않을 거라며 입술을 꽉 깨물던 아저씨. 왜요, 하고 내가 묻자 나는 이씨거든요, 하고 대답했다. 신참이 입원하자 "사회에 있을 때 뭐 했어요?"

라고 다들 물었지만 사회에서 별것 하고 있지 않았기 때문에 대답할 수 없었던 나, 그리고 자신은 절대로 우울증이 아니고 의사가 잘못 진단한 거라며 힘주어 말하다가 수시로 왈칵 울곤 하던 아가씨.

당시 열아홉 살이었던 나는 그런 병동에 앉아 〈씨네21〉에 연재하던 코너에 제정신이 아닌 글을 볼펜으로 종이에 꾹꾹 눌러 써서 면회 온 친구에게 건네면 그 친구가 컴퓨터로 쳐서 편집부에 송고해주곤 했다. 하루에 한 번 진찰을 오는 교수님은 혀를 차면서 말했다.

"기억력이 좋은 사람은 대체로 불행한데……."

그랬다, 문제는 기억력이었다. 안면인식장애가 있어 사람 얼굴은 못 외우지만 영혼의 하드디스크랄까 그런 게 용량이 커서 싫어도 각인되고야 마는 순간순간들. 내 생애 첫 기억은 두 살 때 살던 집의 리놀륨 바닥 무늬다. 갈색에 겨자색이 섞인 격자무늬. 뺨을 대면 맨들거리고 차가웠던 마룻바닥.

외동딸이 맞아봤자 얼마나 맞았겠어, 귀하게 자랐겠지, 하는 게 사람들의 일반적인 생각일지 모르겠지만 아들 없는 집 장녀 겸 외동딸은 어딘가 아들같이 크는 구석이 있다. 집안에서 프로레슬링 기술 같은 데 걸리는 게 일상이었다. 당하면서 자라는 게 일상이었다. 나는 육체와 영혼의 이분법을 믿지 않지만 게임 〈진삼국무쌍〉의 무쌍연타처럼 연발로 맞고 있을 때는 육체와 영혼이 분명히 갈라지는 걸 느꼈다. 진짜 나, 혹은 내 혼 같은 게 몸을 빠져나와 천장 같은 데로 올라가서 맞고 있는 나를 무심하게 보고 있었다. 진짜 나는 맞고 있는 그 몸 안에서 없었다. 그런 채 아프지 않았다. 퍽, 퍽 소리가 남의 몸에서 나는 소리 같았다. 그게 자기보호인지, 도피인지는 모르겠다. 21살 때까지 맞았으니 꽤 오래 맞은 셈이다. 다행히 아버지가 어머니를 때리거나 하는 광경은 보지 않고 자랐지만 대신 어머니와 아버지가 선수 교체도 없이 동시에 컬래버레이션으로 협공을 날리는 부부 화합의 광경은 보았다.

보았다, 라고 쓰는 건 그때도 진짜 나는 내 몸에서 도망쳐 멍하니 내 몸을 보고 있었기 때문이다. 나쁜 일이 생길 때마다 언제나 그랬다. 저기로 돌아가야 한다는 걸 알면서, 지긋지긋한 내 몸, 아무나 함부로 하는 내 몸으로 돌아가야 한다는 걸 알면서, 돌아갈 곳이 저기밖에 없다는 걸 알면서, 내 몸을 남처럼 바라보면서. 싫은 섹스를 강요당하거나 남자친구라는 인간들에게 걷어차여 갈비뼈에 금이 가거나 귀가 찢어지거나, 그럴 때도 늘 나는 내 몸이 아닌 다른 곳에 있었다. 지루한 영화관에서 다리를 떨며 몰래 스마트폰을 켜보는 관객처럼 언제 끝나지? 하는 생각만 하면서.

간혹 누가 나를 아끼면 나는 부러 매를 벌었다. 너무 이상해서. 언제 그가 돌변할까 봐 너무 무서워서. 그 취급에 익숙해졌다가 빼앗기면 어쩌나 근심이 하도 커서 매를 벌었다. 애니메이션 〈보노보노〉에서 너부리에게 언제 때릴 거야? 하고 물어보는 다람쥐처럼.

누가 잘해주면 일부러 술을 더 마시고 주사를 부렸다. 이래도 잘해줄 거야? 빨리 나를 막 대하란 말이야. 사실은 서글프게 묻고 싶었던 것이다. 이래도 나를 사랑할 건가요. 물론 어리석은 짓이었지만 당신이 나를 때릴 사람인지 나는 알지 못했으니까. 현명한 남자들은 재빨리 도망쳤고 고집이 있거나 미련한 남자들은 달래보려고 참다 참다 화를 내거나 결국 폭발했다. 그러면 나는 잔해 속에 혼자 남아 안심했다. 그래, 이렇게 되는 거야. 그렇게 참화 후 혼자 남고서야 비로소 내 영혼은 몸으로 돌아왔다. 그러면 그때서야 통증이 온다. 그게 둔중해지도록 하기 위해 술을 마셨다.

재미있게도 나와 헤어진 남자들은 죄다 출세한다. 사법고시에 붙는다거나 장가를 잘 간다거나 유명인이 된다거나 음반을 낸다거나. 내가 근성을 길러줘서 그런 거 아니겠니, 하고 피식피식 웃다가 문득 막막해지는 건 도대체 내 몸과 혼의 불화는 언제 화해할지가 남북통일보다 요원해 보여서 그렇다. 이제 아무도 때리지 않는데도. 하긴 몇 년 전 내가 마지막으로 만난 남자는 신고 있던 운동

화를 벗어서 내 얼굴 바로 앞까지 휘두르다 얼굴 몇 밀리미터 앞에서 멈추는 짓을 반복하며 재미있다는 듯 웃으며 말하곤 했다. 때리는 시늉을 하다 멈추는 짓을 계속하며 야비하게 웃긴 했다. '봐라? 나 너 분명히 안 때렸다? 나 안 때렸어? 그치?' 그래, 때리진 않았다. 차라리 때리지. 어쨌든 그것도 지난 일이고 이제는 언제 맞을지 모르는 시절이 지났고 아무도 안 때리는데 결국 몸이란 건, 익숙한 상태가 제일 쾌적해져서 누가 막 대하고 함부로 하면 '아, 이거 내가 잘 아는 건데?' 하고 편해지는 모양이다. 한시라도 빨리 폭신한 깃털 이불 같은 데서 호강 좀 해보는 수밖에 없다. 이미 늦었을까. 왜 나는 제일 예쁜 시절을 이렇게 살았을까. 왜 한순간이라도 나를 아껴준 사람들에게 내일도 나를 사랑할지 의심하며 상처를 입혔을까.

나를 스쳐간 착한 당신들. 정말로 미안했다. 다만 당신은 이제 나와 상종 안 할 수 있지만 본인이라 평생 상종해야만 하는 내 처지가 약간의 깨소금이라도 되시기를. 내가 제일 나빴다. 부모님 탓도 아니고 남자들 탓도 아니다. 안 된다고 말할 줄 알았어야 했다. 적응하지 말았어야 했다. 열이 40도로 올라서 끙끙 앓고 있을 때도 섹스하자고 강요했던 그런 놈한테는 오른손 뒀다 뭐하냐, 왼손으로 하면 남이 해주는 것 같다니까 알아서 해서, 하고 쏘아붙였어야 하는데 "난 여자 때려본 적 네가 처음이야, 나 그런 놈 아닌데 네가 그렇게 만든 거야." 그딴 소리 들었을 때 괜히 솔깃해져서 '그런가? 내가 미친년인가?' 하고 넘어가지 말았어야 했는데. "자식을 때리는 부모의 마음은 100배나 아프니 부모로 하여금 자식을 때리게 만드는 너는 더욱 불효자식"이라는 말에 미안하고 슬퍼져서 울지 말고 그냥 폭력이라는 건 맞는 쪽과 때리는 쪽을 모두 중독시킨다는 걸 알았어야 하는데.

화내야 할 때 화낼 줄 모르고 참아야 할 때 참을 줄 모르는 불균형한 어른이 되면서 내 영혼은 몸에서 달아나는 법에 너무 익숙해져버렸다. 모멸과 슬픔에 맞서 싸우지 않고 천장 어디쯤에서 남처럼 자기 몸을 쳐다보면서, 저기 가서 좋은 일이 없었다면서. 잊고 싶은 기억이 불로 지지듯 들고 일어나 어제 일처럼 쿠킹호일 구기듯 마음을 구겨버리면 술을 찾아 사고를 저지르고 후회한 게 지난 10년이었다. 누구 탓도 할 수 없고 이제 나를 때릴 수 있는 건 나뿐이다. 나를 상처 입힐 수 있는 것도 나뿐이다. 그런데 내 영혼이라는 년은, 천장 어디쯤에 붙어서 내려올 줄을 모른다. 저기 가서 좋은 일이 없었어, 하고 되풀이하면서. 여전히 내 몸은 나를 기다리고 있다. 겁쟁이. 빨리 내려와. 너한테 나 말고 누가 있는 줄 알아? 아무도 안 구해줘. 우리뿐이야. 이 격렬한 외로움과 슬픔도 다 너와 나 사이의 거리 때문이란 걸 왜 너만 모르니. 그 사이에 누구를 끼워서 화친을 도모해봤자 번번이 실패했잖아. 전에는 영혼이 빠져나가서 무표정하게 이 모든 게 지나가기를 기다리기만 하던 내 몸을 멍하니 바라보고만 있었는데,

이젠 내 몸이 아직도 무서워서 내려오질 못하고 저만치 둥둥 떠다니는 나를 올려다본다. 표정이 없는 육체와 달리 거기엔 표정이 있다. 아무것도 생에 기대하지 않고 나에게 좋은 일이 있을 거라 절대 믿지 않으며 크고 작은 불행이 생활화되어 상처 입고 실망해야 비로소 안심하는 얼굴. 그건 무표정보다 한층 나쁘다. 저걸 어쩌나, 싶다가 나는 그냥 지금도 개가 돌아오기를 기다린다.

나는 앞으로도 분명히 다칠 것이다. 또 누군가에게 상처받고 울 것이다. 그렇지만 할리우드 로맨틱 코미디 같은 해피엔딩을 기대하지 않는다면, 어차피 생은 누구에게나 고된 것이라는 걸 진심으로 인정한다면, 아무런 나쁜 일도 없는 곳은 공동묘지뿐이고 어차피 다 내 맘 같지 않다는 단 하나의 진실을 진실로 새기게 된다면, 비로소 나는 나에게 돌아올지도 모른다. 그렇게 먼 길을 돌아서 마침내 나는 내가 원하는 상태에 도달할 수 있을까. 행복보다 고요, 편안이 아니고 평안. 방황하는 네덜란드인도 아니고 아직도 제 몸으로 돌아오지 못하는 한심한 여자, 그러니까 나에게 폴란드 시인 쉼보르스카의 시를 읽어주고 싶다. 정신 좀 차리자, 하면서. 우리 생에 '두 번은 없다'고. 그러니 어서 돌아오라고. 그리고 '사랑 때문에 죽은 이는 아무도 없다'고…… 그러니 제발 돌아오길, 이 남루하고 구질구질한 삶으로. 20년째인 모라토리엄은 이제 끝내고, 두 번 살 수 있는 사람은 어디에도 없으니 사는 것처럼 좀 살아보자고.

사랑 때문에 죽은 이는 아무도 없다

가족 중에서 사랑 때문에 죽은 이는 아무도 없다.
한때 일어난 일은 그저 그뿐, 신화로 남겨질 만한 건 아무것도 없다.
로미오는 결핵으로 사망했고, 줄리엣은 디프테리아로 세상을 떠났다.
어떤 사람들은 늙어빠진 노년이 될 때까지 오래오래 살아남았다.
눈물로 얼룩진 편지에 답장이 없다는 이유로
이승을 등진 사람은 아무도 없다.
마지막에는 코에 안경을 걸치고, 장미 꽃다발을 든
평범한 이웃 남자가 등장하기 마련이다.
정부의 남편이 갑자기 돌아와
고풍스러운 옷장 안에서 질식해 죽는 일도 없다!
구두끈과 만틸라, 스커트의 주름 장식이

사진에 나오는 데 방해가 되는 일도 없다.

아무도 영혼 속에 보스의 지옥을 품고 있지 않다!

아무도 권총을 들고 정원으로 나가진 않는다!

(어떤 이들은 두개골에 총알이 박혀 죽기도 했지만, 전혀 다른 이유에서였다.

그들은 야전 병원의 들것 위에서 사망했다.)

심지어 무도회가 끝난 뒤 피로로 눈자위가 거무스레해진

저 황홀한 올림머리의 여인조차도

내가 아닌 댄스 파트너를 쫓아서

어디론가 떠나버렸다. 아무런 미련 없이.

이 은판 사진이 탄생하기 전, 아주 오래전에 살았던 그 누군가라면 또 모를까.

내가 아는 한 이 사진첩에 있는 사람들 가운데 사랑 때문에 죽은 이는 아무도 없다.

슬픔이 웃음이 되어 터져 나올 때까지 하루하루 무심하게 세월은 흐르고,

그렇게 위안을 얻은 그들은 결국 감기에 걸려 죽었다.

쉼보르스카, 전문

시를 읽을 때는 사랑에 빠졌을 때뿐이다. 나는 지금껏 시를 읽은 적이 없었다. 시도 노래 아닌가, 달달한 사랑노래를 흔해빠진 유행가라고 고상한 이들이 간혹 폄하할 때는 있어도 노래를 듣는 사람

들은 모두 사랑에 빠진 사람들이다. 시도 없고 노래도 없는 심심한 삶이었다. 시를 읽거나 쓰거나 노래를 만들어내는 사람들을 나는 지금껏 조금 신기하게 바라보곤 했다. 나와는 전혀 상관없는 아름다운 종자들이었다. 그러다가 사랑 때문에 죽을 수도 있겠다는 생각을 잠시 했을 때, 희망 없는 사랑에 아주 오래 빠져 있는 친구가 이 시를 보내주었다. 정확히 말하면 사랑 때문에 죽는 것이 아니라 사랑을 잃어서 새까만 절망이 사람을 어디로든 내모는 것일 테다. 목을 매달고, 몸을 던지고, 몸을 자르고. 친구는 사랑 때문에 힘들 때마다 사랑 때문에 죽은 이는 아무도 없다, 라고 외면서 운다고 했다. 그 말을 들으니 나도 울고 싶어서 결국 울었다. 사랑 때문에 죽은 이가 없다는 것은 얼마나 큰 희망인가. 로미오와 줄리엣이 살아 있었다면, 줄리엣이 아이를 보느라 육아 스트레스에 시달리는 동안 로미오는 육감적인 하녀와 바람을 피웠을 것이다. 결국에 사는 게 그런 거지, 하는 쓸쓸한 결론에 이르면서. 내 친구는 사랑 때문에 죽은 사람은 아무도 없다, 하고 야무지게 중얼거리면서 하루하루 걸어간다. 보답 받지 못할 사랑을 계속하면서, 슬픔을 떡볶이와 소주로 달래면서. 혹시 내가 술 때문에 죽으면 술 먹다 죽었다고 하지 말고 그 애가 기어코 내가 아는 한 이 사진첩 안에 사랑 때문에 죽은 사람이 하나는 있다, 라고 기억해줬으면 좋겠다. 이 시는 1996년에 노벨문학상을 받은 폴란드 시인 비스와바 쉼보르스카의 시다. 그러고 보니 자살자가 이렇게 많아졌는데 사랑 때문에 죽었다 하는 사람에 대해서는 들어본 적이 없다. 사랑 때문에 죽은 사람이 있기는 한가? 죽는 사람은 해마다 늘어나는데 사랑 때문에 죽는 사람은커녕 사랑을 하는 사람도 적어지는 것처럼 보인다. 바보들이나 사랑에 빠지는 것 같다. 사랑 때문에 죽은 이는 아무도 없다, 라고 친구를 따라 외우다가 갑자기 궁금해졌다. 한국은 2009년부터 꾸준히 OECD 가입국 중 자살률 1위를 기록하고 있다. 인구 10만 명 당 자살률은 남성 39.3명, 여성 19.7명이라고 한다. 10대의 사망 원인은 사고나 병이 아니라 자살이다. 다들 잘 죽는다. 죽는 사람은 이렇게 많은데, 목숨을 끊는 사람은 이렇게 많은데, 사랑 때문에 죽은 이는 정말 아무도 없는가? 사랑 때문에 죽은 사람이 없다는 것은 다행인가? 현실적인 사람들은 그렇게 말할까? 우리나라가 자살을 많이 하긴 하지, 그래도 사랑 때문에 죽는 멍청이는 없지 뭐야. 그래도 다행인 건 사랑 때문에 죽고 하진 않잖아. 죽는 사람은 많지만 사랑 때문에 죽는 사람은 없다는 건 다행일까?

아마 나는 감기에 걸려 죽을 것이다. 나는 노환으로 죽을 것이다. 나는 아주 오래 살 것이다. 이 글을 읽는 분들에게 여쭙고 싶다. 혹시 여러분이 아는 사람 중에 사랑 때문에 죽은 사람이 있습니까? 그런 사람이 있기는 있습니까? 여러분이 가진 사진첩에, 사랑 때문에 죽은 사람이 단 한 명이라도, 혹시라도 있습니까? 아니면 원래 인간이라는 것은, 사랑 때문에 죽지는 않게 되어 있는 동물입니까? 아주 식상한 사랑노래를 들으며 답을 기다리고 있겠습니다. 브리트니 스피어스의 'Me Against Music', 클럽 넘버로 많이 알려져 있지만 가사에 심취해 들으면 청승도 이런 청승이 없습니다. 거기 당신, 내가 너무 세게 나갔다면 용서하라고. 내가 이러면 나를 밀어낼 거냐고.

Hey over there please forgive me If I'm coming on too strong

Here to stare but you're winning And they play my favorite
song

So come near little closer Wanna whisper in your ear

Make it clear little question Wanna know just how you feel

If I said my heart was beating loud If we could escape the
crowd somehow

If I said I want your body now Would you hold it against me?

Cuz you feel like paradise And I need a vacation tonight

So if I said I want your body now Would you hold it against
me?

Hey you might think that I'm crazy But you know I'm just
your type

I might be little hazy But you just cannot deny

There' s a spark in between us When we' re dancing on the

floor

I want more wanna see it So I' m asking you tonight

If I said my heart was beating loud If we could escape the

crowd somehow If I said I want your body now

Would you hold it against me?

If I said I want your body

Would you hold it against me?

Gimme something good

Don' t wanna wait I want it now

Pop it like a hood

And show me how you work it out

If I said my heart was beating loud

If I said I want your body now

Would you hold it against me?

2.   사랑이라는 '불완전' 명사

서른 즈음의 연애

물론 나는 연애를 좋아한다. 하지만 요즘은 연애가 나를 좋아하지 않는 거 같다. 나이 때문인가? 챙겨줄 사람도 없지만 올해는 케이크에 초 꽂기 싫어서 생일을 안 치렀다. 한때 일본에서는 노처녀를 '패배한 개'라고 부르는 사람들 때문에 말이 많았다는데, 요즘에는 몇 살부터 노처녀라고 하려나. 25살 크리스마스 케이크 설은 이미 수명이 다한 것 같은데 이건 사회적 인식이 달라져서 그렇다기보다 수명이 늘어나다 보니 다들 철이 늦게 들어 그런 게 아닌가 싶다. 그 증거로 김광석의 '서른 즈음에'를 요즘 서른 살이 부르면 입에 참 안 붙는다. 왜 그런지는 모르겠지만 인생이 예전보다 상대적으로 길어져서 그런 게 아닐까.

예전에는 남자 나이 서른이면 노총각 소리 참 많이 들었는데 요즘 남자 서른을 노총각이라 생각하는 사람은 아무도 없다. 서른 즈음에 내 인생이 또 하루 멀어져 간다고, 머물러 있는 청춘인 줄 알았다고 말할 수 있으려면 쓰라린 연애도 몇 번 해보고, 인생의 실패도 좀 겪어보고, 아내도 있고 애도 둘쯤 딸렸고 이제 인간 구실 적당히 하면서 마음의 반은 젊은데 반은 꼰대로 살아가야 하는 슬픔과 마음의 애환이 묻어나야 이 노래의 절절함이 묻어날 텐데, 요즘 서른에게 그런 게 어디 있담, 마흔쯤 되면 모를까. 이 거친 사회에서 살아남으려면 준비를 더 많이 해야 한다는 공포감에 아직도 사회에 나갈 준비를 계속하고 있거나(내가 시시한 데서 일하려고 나와 우리 부모님이 지금까지 이 고생을 한 것 같아!) 갓 사회에 나온 게 남자 서른인 것 같고, 여자 서른은 그래도 일찍부터 돈 버니까 일이야 손에 좀 익었지만 대학원으로 도망치고 싶어 하거나 엄청 결혼하고 싶어 하거나 결혼 강요를 받거나, 아니면 여전히 시험 준비하거나 다시 공무원 시험 준비할까 생각하거나 하는 등 남자든 여자든 요즘의 서른은 김광석의 감성이 살아 있는 '서른 즈음에'와는 상당히 멀다.

노총각의 '서른 즈음에'는 그래도 귀여운 맛이 있는데 서른 즈음의 노처녀는 무슨 노래를 불러야 할까. 패배한 개 타령은 지나갔다지만 노총각보다 노처녀가 좋은 취급을 못 받는 건 여전한 듯하다.

서른이 노총각이 아닌 건 물론이요 게다가 남자는 나이 먹어도 얼마든지 젊은 여자와 결혼할 수 있다는 게 여론이라 어디 가도 노처녀는, 거칠게 말해서, 짜지라는 식이다. 물론 젊은 여자와 결혼하려면 그래도 돈도 좀 있고 그래야겠지만. 그런 이야기가 나올라치면 요즘 여자들 돈 밝힌다는 이야기로 바로 넘어가기 때문에 여자들은 늙으나 젊으나 그저 혼내려는 이들로 둘러싸이기 일쑤다. 여혐, 남혐 어쩌고 하려는 이야기는 전혀 아니고 다만 서른 즈음의 연애, 라는 것을 생각했다.

왜 연애 이야기가 나왔냐 하면 더워서 집에 자빠져 있던 중 김광석 생각을 하다가 너무 아픈 사랑은 사랑이 아니었나, 하는 생각을 한참 해서 그렇다. 당신은 아파야 사랑이었습니까, 아니면 너무 아픈 사랑은 사랑이 아니었습니까. 저의 연애사는 대체로 파란만장했으나 저와 연애한 남자들은 현재 대체로 착하고 수수한 여자들과 지금 행복하게 잘살더군요. 그러니까 나는 그들이 인생에서 드라마틱한 것 따위 아무 소용없고 무난한 게 최고라는 생각을 하게 해주는 예방 접종 백신 노릇만 실컷 한 것이다. 같다. 약간 씁쓸하긴 하나 억울할 건 없고, 내가 좋은 연애 상대가 아니었던 이유는 좋지 않은 술버릇과 불확실한 직업 때문이었는데 이제 술은 한 달에 두 번만 마시고 남부럽지 않은 직장도 잡았으니(지금은 그만뒀다) 자숙을 끝내고 연애계에 복귀 좀 해볼까, 고심하다 보니 문제는 서른 하고도 좀 더 먹었어도 도대체 연애가 뭔지 모르겠다는 것이다. 생각해보니 내가 좋아했던 몇 안 되는 남자들은 나를 속상하게 할 수 있는 힘이 있었다. 10대와 20대를 모두 고학생 노릇에 아버지가 하시던 개척교회에 푼돈이나마 투입하느라 바쁘게 보낸 내 청춘은 클라이언트가 의뢰한 일을 언제까지 마무리할 수 있느냐가 인생 최대의 관건인 날들이었다. 좋지 않은 인격에도 불구하고 어떻게 든 먹고 살아올 수 있었던 건 다 납기일을 목숨 걸고 지키며 살아 왔던 날들 덕분인데, 그러자면 나를 속상하게 하는 남자와는 상종 을 않아야 했다. 그런데 내가 좋아하는 남자는 어쩐지 나를 속상하 게 하는 권력을 어느새 채 갔다. 투잡 스리잡 포잡 때로는 식스잡 까지 하면서 살아가려면 불안요소를 제거해야 했기 때문에 나는 나를 속상하게 할 수 있는 남자에게서 힘껏 도망치면서 살았다. 그 러다 보니, 이 나이가 되어 갑자기 너무나도 상투적인 고민을 하게 되고 만 것이다. 과연 나는 사랑이란 걸 해본 적이 있는가? 그래서 갑자기 당신에게 겸허한 자세로 여쭤보고 싶어졌다. 나를 속상하 게 할 수 있는 힘을 가진 사람이 사랑입니까, 아니면 나를 속상하게 하지 않는 혹은 속상하게 하지 못하는 사람이 사랑입니까.

진짜 사랑이라는 것은, 서로를 슬프게 하면서 더 깊은 관계가 되 는 것입니까, 아니면 절대 서로를 상처 주지 않으려고 노력하는 것 입니까. 나를 속상하게 할 수 있는 힘을 내 안에서 가져가버린 사

람을 좋아해야 합니까, 솜사탕처럼 유해하지 않은 사람과 맞아도
아프지 않은 사랑을 해야 합니까? 서른 즈음에 하는 사랑은 뭐가
달라도 다릅니까? 서른 즈음에도 이런 걸 몰라서, 너무 아픈 사랑
이 사랑인지, 사랑이 아닌 건지. 닭이 먼저입니까 달걀이 먼저입니
까. 당신은…… 아십니까?

할리우드 액션

       몸살이 난 줄 알고 며칠을 드러누워 지냈다. 감기 조심하라는 인사도 몇 번을 들었다. 꼼짝할 때마다 옆구리가 자꾸 아파서 오만상을 찌푸렸다. 몸살이 왜 이렇게 오래가, 하면서 얼굴을 찡그린 채 옷을 갈아입는데 엄마가 한마디 툭 던졌다.

    "너, 갈비뼈 있는 데 완전 멍들었어."

    거울을 보니 과연, 토성의 띠 같은 시퍼런 게 몸통을 절반쯤 두르고 있었다. 몸살인 줄 알았더니 부상이었다. 여전히 얼굴을 찡그린 채 기억을 아무리 돌이켜봐도 이럴 일이 없다. 술 먹고 많이 나자빠지던 시절에야 친근한 일이었지만 마지막으로 취한 건 작년이고 마지막 오토바이를 누가 훔쳐간 지 2년쯤 되어 가고 마지막으로 남자를 정리한 것도 1년이 되어가니 나에게 물리적이든 정서적이든 손상을 입힐 수 있는 존재를 곁에 둔 건 다 아주 오래전 일이다. 그런데 도대체 이게 뭐지? 누구한테 맞을 짓을 한 것도 오래전이다. 맞을 짓을 아주 안 하고 사는 거야 아니겠지만, 누구에게 맞거나 누구를 내게 맞게 하지 않기 위해서 아예 물리적으로 나를 서울이라는 공간에서 멀리 두었기 때문에 내 본의와 상관없이 맞을 짓할 시간과 공간이 어렵게끔 여건을 구축한 지도 1년이 넘었다. 그 동안 이 작전은 매우 성공적이었다. 그런데 왜?

멍 자국에 바셀린을 문지르면서 지난 일주일간 다칠 일이 있었나, 아무리 생각해봐도 그럴 일 없어서 1년을 돌아봤다. 다치지 않으려고 온 힘을 다한 1년이었다. 나도, 남도. 물리적으로든 정서적으로든 다칠 위험이 있는 곳에 나를 놔두지 않았고, 아무런 연고도 없는 서울 인근 소도시에 나를 매설하듯 잘 숨겨두었다. 아는 사람한 명도 없는 곳이었으므로 모두가 안전했다. 숨만 쉬면서 나대지 않으려고 애썼다. SNS는 원래 안 했고, 매체에 쓰던 것도 실밥이 끊어지듯 투드득 하고 거래가 끊기도록 다 놔뒀다. 핸드폰도 한동안 요금을 체납해 끊긴 채 뒀다. 내가 누구를 다치게 하지 않거나, 누구에게 다치지 않는 방법은 봉사 활동하는 곳과 도서관만 왔다 갔다 하는 것뿐이었다. 그러면 국자나 법전 같은 걸로 누굴 갈기거나 맞지 않는 이상 다치게 할 일도, 다칠 일도 없었다.

33년간 내가 누군가를 오래 생각했을 때 일어난 일이라곤 번번이 누가 다친 것뿐이었다. 지난 1년을 더해도 마찬가지다. 내 생각에야 내가 다쳤지만, 아마 그렇지만도 않을 것이다. 물론 모든 게 마음처럼 되지는 않았다. 술을 피하려고 계속 애썼지만 가끔 집 근처 순댓국집에서 깜빡 졸다가 일어난 적도 여러 번이었다. 그러나 핸드폰 대신 오 헨리나 윌리엄 포크너의 책을 끌어안고 있었기 때문에 책장이 막걸리에 젖는 정도의 손해밖에 입지 않았다. 그 정도면 양호했다. 젖어서 구겨진 책장을 펴면서 나는 작게 사과했지만, 그들은 이미 죽은 지 오래 된 남자들이었으므로 인내가 깊었다. 아무리 생각해도, 아무리 좋아해도 결코 다치게 하거나 성가시게 할 염려가 없는 남자들이었다, 그러고 보면.

좋은 남자는 죽은 남자뿐이다.

서부개척시대라는 건방진 이름을 붙이며 마음대로 남의 땅에 들어가놓고 인디언에게 호된 맛을 본 백인들도 툭하면 이랬다고 한다. '좋은 인디언은 죽은 인디언뿐이다'라고. 어디서 보니 죽은 여자보다 더 비참한 건 잊힌 여자라고 한다. 나는 아직 죽지는 않았지만, 좋은 여자 축에 들어갈 수 있을 것 같다. 왜냐하면 '멀리 사는 여자'

기 때문에. 내가 지금 세상에서 제일 사랑하는 남자는, 자기를 열렬히 사랑한다고 고백하는 여자한테 한번은 이랬다고 한다.

"당신이 나를 사랑한다는 것은 착각이에요.
그건 그냥 당신의 식욕에 불과합니다."

그 말을 주워들은 후 나는 뭘 먹고 싶다고 말하는 걸 엄청 조심하기 시작했다. 그 남자는 그냥 이 세상에 살아 있는 남자 중에 단순히 비중으로 보아 내가 가장 사랑하는 남자라는 것이지, 정념과는 관계없다. 안 그래도 여자의 식욕은 남자의 성욕에 준한다던데, 농담 같지가 않았다. 그다음에 누구와 사랑 비슷한 것에 대해 이야기해본 건, 누가 나를 엄청 한심하게 보면서 이렇게 물은 때였다.

"아직도 연애 같은 게 하고 싶어요?"
"당연히 하고 싶죠, 내가 몇 살이라고 생각해요? 한 100살?"

이라고 대꾸하지 못하고 나는 오랫동안 생각했다.

진짜 식욕인가?
너 뭐 하고 싶니?
연애? 아니면 연애 '같은' 거?

보통 생각하지 않으려고 하는 걸 제일 많이 생각하게 된다. 몇 년 전까지만 해도 온종일 MB 생각만 하고 있는 스스로를 발견하고 내가 기절할 뻔했던 것처럼. 이제 어른이 됐는지 그런 건 편해졌다. 생각 안 하려고 신경 좀 쓰면 평화롭게 안 할 수 있는데, 그 질문은 무시할 수가 없었다. 거기 대답하려면 내가 날 좀 알아야 하는데 아무것도 몰랐다. 좋은 남자는 죽은 남자, 하고 실없는 농담을 늘어놓고 다치지 않으려고 납작 엎드려 살면서도 나는 연애가 뭔지 알기는커녕 '연애 같은 게' 뭔지도 몰랐던 것이다. 너무 어려워서 꿀꺽 삼키고 한참 잊어버린 채 두었더니 아무래도 그게 안에서 뻥 터져 토성 같은 멍이 든 모양이었다. 내상이겠지. 그러지 않고서야 누구하고도 부딪히지 않도록 매끈하게 살면서 멍들 리 없었다. 병원에서는 갈비뼈를 왜 다쳤느냐고 묻더니 골프나 테니스 같은 거 치냐고 했다. 그럴 리가. 골프라면 3년 전 끌려간 스크린 골프장이 처음이자 마지막이고, 골프나 테니스를 치는 건 '식욕' 발언의 주인공이었다.

'식욕'님은 언젠가 내가 인생에 별것 바라지 않는다고, 그냥 평범하게 살고 싶을 뿐이라고 했더니 그렇게 교만한 말이 어디 있느냐고 했다. 평범하게 사랑하고 평범하게 연애하고 싶은 건데요, 해도 그는 고개를 가로저었다. 내가 생각하는 평범함이란 그냥 내가 누굴 죽이거나 그 반대로 내가 야산에 묻힌다거나 하지 않으면 되는 정도였는데 거기까진 굳이 설명하지 않았다. 그는 차분하게 말했다.

"그건 다 당신의 할리우드적 환상이에요."

하긴, 누가 누굴 죽이지 않는 것도 너무 많이 바란 건지 몰랐다. 사랑이란 건 평범하지 않을지언정 단순하긴 한 거였다. 한때 누구의 연애편지를 대필해준 적이 있는데 구구절절 다 쓰고 보니 그 내용은 요약해보자니 그냥 이랬다.

1. 제가 다음과 같이 연애를 하고자 하오니 협조 바랍니다.
2. 다음

이게 웬 공문이란 말인가. 연애인지 연애 '같은' 건지는 하나도 중요하지 않았고 핵심 사항은 협조였다. 그걸 깨닫기 싫어서 내 몸이 친절하게 할리우드 액션을 벌인 모양이었다. 꼭 어디 갔다 처박혀서 다친 양, 내상이 아니라 외상인 척. 다 알아버리면 너무 돌이킬 수 없이 모조리 어른이 되는 것 같아서 모른 체하고, 나 이외에 나를 다치게 할 수 있는 사람이 아직도 어딘가 남아 있는 것처럼. 나에게 타인 때문에 다칠 수 있는 부분이 아직 순정하게 보존되어 있는 것처럼. 아직 내가 어디 크게 다칠 수 있을 만큼 순진한 것처럼. 생각하지 않으려고 애쓰면 자꾸 그 생각을 하게 되던 옛날과 달리

이젠 언제부턴가 스위치를 끄면 생각 따위 손쉽게 달칵 꺼지는데, 편리하면서도 그 노회함에 슬퍼지는, 원치 않게 그런 방면으로 약간 스마트해진 내가 싫어서. 나는 다 크다 못해 늙어가기 시작한 것도 이미 오래되었으며 그에 더해 천천히 죽어가고 있다는 걸 인정하기 싫어서. 고통을 자꾸 삼키면 꿀꺽 넘어가게 된다는 걸 이제는 알 만한 나이가 됐으면서도, 내심 속으로는 친숙한 어둠을 떠나보내기 싫어서. 아프지 않다고 코웃음을 치며 마음의 상처를 모른 척하니 대신 몸이 시퍼렇게 멍들어줬던 것이다. 그 생각을 하자마자 어느새 멍이 사라졌다. 한 움큼 집어먹은 진통제가 듣기 시작하자 훨씬 편해졌다. 몸은 어리석은 나에게 앞으로 무슨 말을 더 해줄까. 나는 그걸 지금 정도만큼이나 제때 알아듣기나 할까.

여자를 유혹하는 두 가지 방법

남의 허리 아래 이야기는 언제나 재미있다. 그러나 허리 아래까지 가지도 않았는데도 이야기가 재미있던 적이 있는데, 내용의 선정성 때문이 아니라 소재의 참신성 때문이었다.

모 인사가 업무상 알고 지내던 여성과 오랫동안 원만하고 깍듯한 공적 관계를 유지해오던 중, 환한 대낮에 회사 카페에서, 일 이야기를 마무리 짓고, 커피를 마저 마시면서, 어떠한 치근덕거리는 성적 뉘앙스나 조짐 없이, MOU 체결 계약서라도 내밀 것처럼 스마트한 태도로, 이렇게 말했다고 한다. 아주 젠틀하게.

"하실래요?"

전후좌우 없이! 구질구질한 서두도 없이! 우중충한 호프집도 아니고, 태양광이 통유리 너머 하얗게 쏟아져 들어오는 한낮의 카페에서! 그 인사는 이후 공적 항의를 받은 것 같은데 거기에도 별다른 변명 않고 순순히 "죄송하다, 잘못했다"라고 군말 없이 바로 사과한 모양이었다. 그토록 명확하게 하자고 본론만 제시해서 구전으로 전해 듣는 우리까지 당혹케 할 수가. "사람을 뭘로 보고 이러세요?" 하면 아이쿠 죄송합니다, 해버리면 그만인데다 "지금 뭐라고 하셨어요?" 하며 테이블을 와락 엎기도 좀 뭣하다. 그토록 깔끔하게 집적대는 방식이라니, 마치 카페에서 음료를 주문하는 손님에게 휘핑크림도 얹어 드릴까요? 하고 묻는 식이 아닌가. 그렇다고 아뇨, 필요 없어요, 하고 그저 사양하고 끝내기에는 이쪽의 속이 뒤집어질 것 같고. 여하튼 참신했다. 지금껏 없었던 방식이라 너무나 세련된 것도 같고, 고도로 악질인 것도 같고, 술기운 하나도 없이 해가 쨍쨍한 대낮에 보송보송한 정신으로 그런 말을 막 던질 수 있다는 것에 좌중이 모두 경탄하던 중 누군가 이렇게 말했다.

"야, 이건 굉장하다. 성희롱. 섹슈얼 허래스먼트. 이건 너무 흔하단 말이야. 우리 사회에 너무 보편화됐잖아. 근데 이건 뭐 새로운 지평을 개척한 거 아니야. 이걸 뭐라 그래야 돼? 성 제의? 섹슈얼 서제스천. 그래 성 제안! 이건 완전 새로운 개념이야. 인물이네."

그랬다. 이건 신인류의 탄생이었다. 세상이 발전할수록 남자들 단수 늘어나는 건 한이 없다. 그것도 예쁜 애들이 자꾸 예뻐지듯, 똑똑한 놈들이 더 똑똑해지는 것일 테니 상위 5퍼센트의 매력남녀들 이야기인 건 어쩔 수 없겠지만. 나머지 95퍼센트끼리는 저 상위 5퍼센트의 연놈들한테 울고 데이고 갖다 바치고 휘둘리면서 못 잊고, 또 우리끼리는 계산기 열나게 두드리며 니가 잘났네 내가 손해네, 하며 서로 멸시하고 물고 뜯고 그런다. 마음속에서 저마다 저 5퍼센트의 연놈들을 무덤에 한둘씩 파묻고 정기적으로 제사까지 지내면서. 그런데 이것들은 백악기 정도 되는 마음의 지층에 깊이 파묻어놔도 내가 언제 죽었냐는 듯 상큼한 얼굴로 부활도 잘한다. 망할 것들. 어쨌거나 내 친구 하나는 그 인상적이었던 '성 제안'에 대해 내가 설명하자 한심하다는 얼굴로 물었다.

"그건 그렇게 복잡한 일이 아니야. 그래서 사과했다는 그 사람, 구리게 생겼지?"

"뭐…… 엄청 멋지고 그렇지는 않지."

"그게 문제였던 거야. 그래서 성희롱이야. 걔가 멋있었어 봐. 생큐지. 대낮에 하자고 그러면 완전 고맙지. 나 같으면 두 손을 꼭 붙잡고, 아휴, 모텔비도 제가 낼게요, 그랬겠다. 걔가 안 멋있으니까 성적 수치심 느끼고 그러는 거야. 남자들이 의외로 이걸 되게 모르더라?"

친구 말로는 터놓고 이야기하다 보면 남자들이 내가 이런 이야기를 하면 이게 성희롱의 범주에 들어갈까? 하는 우려를 생각보다 일상적으로 하고 있더라는 것이다. 나는 남자에 대한 기대가 너무 없는지, 이런 고민이라도 한다니 요즘 남자들이 착하다고 생각하고 있었는데 친구는 억울해 죽으려고 했다. 설명을 해도 못 알아듣는다며. 그들은 친구에게 어떤 확실한 가이드라인을 원해서 이만큼 가면 너무 가는 거고, 요만큼 가면 적당한 거고, 이런 구체적이고 친절한 충고를 원했는데 친구는 그때마다 간명하게 설명해주었다고 한다.

　"네가 멋있잖아? 그럼 성희롱 아니야. 근데 대부분 안 멋있거든."

　친구 말로는 리트머스 시험지처럼 너무 간단하건만 모두 화를 낸다는 거였다. 이게 친구가 억울하다는 포인트였다. 진실을 원해서 진실을 줬는데 왜 화를 내냐는 것이다. 나도 대답해줄 수밖에 없었다. 그건 진실을 줬기 때문이지. 사람들은 진실을 건네받길 원하지 않아. 더욱이 남자들은 여자들에게 진실을 듣고 싶어 하지 않지. 특히 그게 자기 자신에 대한 진실이라면. 친구는 담배를 아주 아껴 피우면서 열변을 토했다.

　"성희롱인지 뭔지 헷갈린다고요? 네가 멋있으면 다 괜찮아요!

성희롱으로 걸리기 싫어요? 네가 멋있으면 돼요!"

친구가 하도 기세등등해서 나도 왠지 같이 대가리 박고 반성해야 될 것 같았다. 나도 누구 집적거리고 싶을 때 마음에 굳게 새겨야지. 넌 쟤한테 저럴 만큼 괜찮지 않다고. 성희롱 가해자가 되는 것을 피해가는 확실한 방법은 아마 이거 성희롱인가? 그냥 질러볼까? 아이 성희롱인가? 싶을 때 속으로 열 번 외우는 거지 싶다.

우리는 우리가 생각하는 것만큼 괜찮지 않다.

이것은 딴지일보에 실린 글이니 딴지체로 해보자. 누이 같은 마음으로 혹시나 어떤 딴지스가 성희롱의 길로 잘못 들거든 두 손을 꼭 잡고 말려야겠다.

안 돼, 하지 마. 우린 그래도 될 만큼 괜찮지 않아. 지금 섹드립 치면 쟤가 화낼까 봐 걱정돼? 안 돼, 하지 마. 우린 안 멋있잖아. 우리가 신동엽이 아니잖아. 뭐 원빈은 해도 괜찮아. 근데 아니잖아. 섹드립 치지 마. 하자고 막 그러지 마. 별 말도 안 한 것 같은데 쟤가 나보고 성희롱이라고 화내는 게 이해가 안 돼? 우린 안 멋있잖아. 그래서 걔들이 화내는 거야. 걔도 그렇게 안 예쁘다고? 지금 그게 문제가 아니야. 어쨌든 새봄엔 멋있어지자. 원빈 되라는 게 아니야.

우리도 수지가 될 수 없듯이. 매력 있는 남자가 되면 여자가 먼저 달라붙게 되어 있다구. 이건 약간의 업계 비밀인데, 여자들은 저렇게 수시로 한번 달라는 놈들한테 상당히 지쳐 있어.

근데 그것보다 더 화가 나는 거는 한번 달라고 지를 용기도 없으면서 이거 성희롱인가 섹드립인가 고민하다가 살짝 찔러보고는 아 뜨뜨, 이러면서 재빨리 튈 태세를 갖춘 놈들이야. 이렇게 간보는 애들 때문에 여자들은 진짜 피곤하거든. 내 친구가 그러는데 그냥 확 지르는 게 차라리 멋있지, 찔끔찔끔 간보는 습관 붙었다간 절대 멋짐의 길로 돌아갈 수 없대.

〈하이눈〉에 나왔던 영화배우 게리 쿠퍼는 말이야, 여자를 만날 때 딱 세 마디만 썼대.

1. 오.
2. 그렇군!
3. 그래서 어떻게 됐는지 말해줘.

그녀에게 하고 싶은 말을 하게 돼. 그러다 보면 잘될 거야. 그건 게리 쿠퍼니까 된 거라고? 그럼 당연하지. 멋진 놈이 한 걸 따라해야지. 게다가 한국에 여자 말 들어주는 남자가 얼마나 없는데. 여자를 재미있게 해주려고 너무 애 안 써도 돼. 이야기만 들어줘도 우린 얼마나 고마워한다고. 그놈의 예능 프로그램들 때문인지 내가 빵빵 터뜨려야 된다, 내가 좌중을 이끌어야 된다, 이런 강박 걸린 남자들 보면 막 안쓰러워. 그렇게까지 안 해도 된다니까? 그리고 내가 추가하고 싶은 대사 하나 더. 이건 좀 개인적으로 대[*] 여성용 치트키라고 생각해.

4. 그때 기분이 어땠어? (또는) 어떤 느낌이었어?

사실 남녀불문 우리 다 이런 말 듣고 싶잖아. 어쨌거나 우리 좀 핑크빛으루 살자. 그러려면 일단 마음을 순백으로 비워야 돼. 나는 내가 생각하는 것만큼 괜찮지 않다. 이게 마음을 비우는 주문이야. 리셋의 주문을 외우고 봄의 핑크색 물감을 붓자. 일단 나부터 어떻게 좀 해야겠어.

누군가가 성희롱으로 안 걸리려면? 멋있으면 돼, 멋있으면. 다시 말하지만, 원빈 되라는 거 아니다 여러분?

왜 화내고 그러세요?

앞의 '잘생기면 성희롱이 아니다'고 도발적인 농담을 한
것에 열화와 같은 항의가 쏟아져 그에 대한 A/S로 쓴 글
이다.

저번에 제가 장난스럽게 쓴답시고 한 글에 모욕감
을 느낀 분들 많으셨죠. 죄송합니다.

"남자가 잘생기면 성희롱이 아니고 안 그러면 성희롱이다."

이렇게 한 문장만 딱 떼고 보면 모욕감을 느낄 여지가 충분하다
는 생각이 들었어요. 근데 그건 제가 여자라서 남자들에 대해서 이

야기한 거지, 여자로 바꿔도 똑같다고 생각해요. 남자분들도 매력적인, 내 마음에 드는 여자가 나를 유혹하면 기쁘겠지만 전혀 내 취향이 아닌 여자가 나를 집적거리면 성적으로 수치심을 느끼거나, 이 여자가 나를 얼마나 만만하게 보는 거야, 하는 생각이 들지 않나요? 여자가 들이대면 치마만 둘렀으면 좋아, 누구를 막론하고 고맙다, 하는 분은 없을 테니까요.

남녀를 불문하고 어느 분이 지적하신 것처럼 외모의 문제라기보다는 내 마음에 드는 사람이 들이대주면 고맙고, 전혀 공감대도 없고 매력도 없는 사람이 들이대면 치근거리는 걸로밖에 안 느껴지는 거겠죠. 저 역시, 다행히 많지는 않지만 되도 않게 들이댔다가 까이고 이불에 하이킥 한 적 많답니다. 그분들이 부디 저를 용서하셨길.

어쨌거나 살면서 좀 신기했던 건, 저렇게 성적으로 유혹하는 상대에게 거절의 의사를 표했을 때 화내는 남자가 엄청 많더라구요. 여자들도 내가 그렇게 매력이 없어? 하면서 화내는 사람이 있겠지만, 여자는 살짝 꼬셔봤는데 저쪽에서 영 시들하면, 아뿔싸 내가 별로 매력이 없구나 저 사람에게…… 살을 뺄까? 내가 너무 못생겼나? 엄청나게 창피스러운 마음과 함께 뭐 생각이 이렇게 가거든요. 주로 자책, 자학, 자기반성으로.

그런데 남자들은 야 같이 자자, 그랬는데 싫다고 하면 화를 내는 경우가 엄청 많아요. 아 나랑 자기 싫다고? 그럼 실례했어 미안, 하는 식으로 매끄럽게 물러나는 사람은 거의 못 본 것 같아요. 끈질기게 하자고 설득하다가 그래도 안 한다고 하면 결국 화를 막 내요. 도대체 왜 화를 내는 건지 모르겠어요. 아마 속아서 한 투자라고 생각할 수도 있겠죠. 아직까지 남자가 돈을 내야 된다고 생각하는 여자도 많고, 여초 사이트에서는 그 남자가 나를 좋아하는지 알려면 그가 돈 쓰는 걸 봐라, 마음 가는 데 돈 가게 되어 있다, 이런 말을 현명한 충고라고 서로 주고받으니까요.

뭐 마음 가는 데 돈 가는 건 남녀를 불문하고 마찬가지겠지만 그런 것이 애정의 리트머스 시험지가 된다는 생각은 저에겐 없어요. 지금까지도 좋아하는 사람에게 등골 빼주느라 골수가 모자랄 지경이라니까요. 아이고 내 골수.

어쨌거나 같이 안 잔다고 화내는 사람들은 혹시나 데이트 비용 같은 거 부담하는 걸 일종의 화대로 여기고 있는 게 아닌가 싶어요. 공짜 점심은 없다는 생각이랑 남에게 빚진 기분도 싫고 해서 저는 데이트 비용도 반반씩 하거나 차라리 제가 더 내거나 하거든요. 근데 돈을 내가 내도 안 한다고 했을 때 화내는 건 똑같아요! 그래요, 아마도 제가 거지같은 애들만 만난 거겠죠. 근데 제 친구들도 그렇게 뭔가 당연히 줘야 할 걸 안 주는 것처럼 항의를 받은 애들이 꽤나 많아요.

구체적인 예를 들어볼게요. 제가 라종일 교수님과 책을 낸 걸 아시는 분은 아실 텐데요. 교수님이 지인들을 불러 출판기념회를 여셨어요. 저도 참석했고요. 교수님이 연세가 있다 보니 참석자 중에 50대면 상당히 젊은 축이더라고요. 그중에 60대 가량의 어떤 남자분이 언제 술 한잔 대접하고 싶다고 하시더군요. 그래서 감사하다고 인사했어요. 그건 그냥 예의 같은 거잖아요. 근데 연락처를 어떻게 아셨는지 계속 연락을 하시는 거예요. 언제 술 마실 거냐고. 그래서 교수님이 합석하시면 뵙겠다고 돌려서 거절을 했어요. 그러니까 그분 왈, 에이 교수님이 계시면 재미없어서 안 된대요. 다른 전화가 왔다고 어찌어찌 끊었는데 그 다음에 연락하셨을 때는 술자리에 제 친구 중에 괜찮은 애 몇 명 데려오라더군요. 술 언제 먹을 거냐 하는 말 정도는 그러려니 했는데 제 친구 중에 반반한 애 데려오라는 소리에 갑자기 기분이 확 상하더라고요. 아니 그럴 거면 룸싸롱에 가시면 될 거 아니에요.

좋게 사양했지만 기분이 좋진 않았어요. 무엇보다 이런 제안이 실례가 될 수 있다고 전혀 상상하지 않는 태도, 자기가 거절당하리라고 요만큼도 믿지 않는 태도, 상대가 나와 술 마시고 싶지 않을 거라고는 추호도 생각해보지 않는 태도! 이런 건 참 싫으면서도 부럽더라구요. 바꿔서 생각해볼까요. 30대 초반 남성이 70대 여교수님과 책을 냈는데 그 출판을 축하하는 모임에서 어떤 60대 여성이 술 한잔 대접하고 싶다, 그렇게 말하는 것까지야 괜찮죠. 그런데 연락처를 알아내서 언제 술 마실 거냐, 그리고 네 친구 중에 반반한 애 있으면 몇 명 데리고 나와라, 이렇게 남녀를 역전시켜도 참 곤란한 상황 아닐까요.

몇 년 전에도 비슷한 일이 있었어요. 입만 산 글 쓰지 말고 현장 노동자의 경험을 하고 싶다는 생각에 녹즙을 배달한 적이 있어요. 22개월간 꽉 채워서 했으니 녹즙 병장 만기 제대한 셈이죠. 원래 성격이 무진장 무뚝뚝하고 수줍음을 많이 타는데, 그런 면을 오피스가에 녹즙 배달하는 일을 하면서 교정할 수가 있었어요. 친절하게 말하고, 모르는 사람이라도 먼저 인사하고 그런 거요. 경쟁업체가 많아서 노골적인 괴롭힘을 당하기도 하고 경비나 청소하시는 분들이 공짜로 뭐 주거나 그런 거 없냐고 엄청 못살게 굴기도 했죠. 그런 사정을 아는 어떤 분은 혀를 차면서 그러시더라구요.

"왜 이렇게 힘든 일 하냐, 요즘은 술집이 옛날처럼 막 터치하고 그런 거 없다. 다 장사 점잖게 한다. 그런 데서 일하면 돈도 훨씬 많이 벌 텐데."

이런 충고를 주셨어요. 제가 했던 그 수많은 아르바이트 중에 술에 관련된 게 단 하나도 없는 건 어떤 도덕적 결벽보단 이런 거예요. 진짜 좋아하는 건 일로 하고 싶지 않달까? 어쨌든 이 정도를 성희롱이라고 생각할 만큼 내공이 없진 않아서 그냥 웃고 넘어갔어요. 게다가 그분은 진심으로 제가 돈을 많이 벌길 바래서 충고하시는 것 같더라구요. 좋은 분이었어요. 그래서 더 곤란해요. 또 하루는 어떤 차장님이 이러셔요. 직급이 있는 만큼 물론 유부남이셨죠. 날도 더운데 매일 고생하는 거 보니까 맥주 한잔 사고 싶다. 그래서 말씀만으로도 감사하다고 인사를 드렸어요. 그런데 그분의 계획은 굉장히 구체적이더라구요. 자기 친구 두엇 데려올 테니까 저보고 예쁜 친구 둘만 데려오래요. 3대 3 어떠냐면서요. 이건 뭐, 유부남들하고 단체 미팅하자는 거잖아요? 요즘 대학원 수업이 바쁘다고 둘러댔지만 속으로 좀 씁쓸했어요.

이런 사람들한테 정말 부러운 건 그거예요. 자기가 거절당하리라 상상하지도 않는 것! 이 제안이 상대에게 실례가 될 수 있다고 추호도 생각하지 않는 초 긍정의 힘! 이런 자신감을 절반만 빌려오고 싶어요. 그렇다고 젊은 애들한테 집적대는 데 쓸 건 아니고 쭈뼛거리는 성격 교정에 쓰고 싶어요. 아, 이런 걸 보면 정말이지 남자가 제1의 성인 데는 다 이유가 있다니까요.

그 스키니진에 남자가 어떻게 들어갔지?

       어디서 주워들은 이야기인데 사람은 자신이 제일 잘 나갈 때, 그러니까 아마 가장 아름다운 시절에 대한 집착과 환상을 평생 버리지 못한다고 한다. 그래서 특히 패션이나 메이크업에서 자신이 가장 예뻤던 시절에 하고 다니던 스타일을 놓지 못해서 조롱거리가 된다고 하는데, 나는 지금 간혹 예쁘다는 소리를 듣던 시절보다 15킬로그램이나 쪘기 때문에 스타일이라는 것 자체가 없는 상태지만, 한창 멋 내는 걸 좋아하던 시절에는 이효리나 브리트니 스피어스가 주름을 잡고 있어 조금씩 우리 사회가 노출에 관대해지던 때였다. 대학 초반까지 통통했다가 살이 많이 빠졌던 그때의 나에게는 안 좋은 버릇이 있었는데, 살이 많이 쪘다가 뺀 사람들에게 흔히 있는 증후군이다. 그게 뭐냐 하면, 무턱대고 많이 벗는 게 좋은 줄 아는 착각이다. 당시 건강한 노출이 유행하기도 해서 나는 벗는 게 애국이라고 생각하며 많이 벗었는데, 겨울에 짧은 치마를 입다 여자애가 얼어 죽으면 그건 순국이라고 굳게 믿고 있었다. 당시 내가 사귀고 있던 17세 연상의 사려 깊은 소설가는 골수를 찔러 쪼개는 듯한 묘사력과 신나고 눈물 나는 입담으로 지금도 재능을 발휘하고 있는데 내가 데이트에 입고 나오는 천쪼가리들을 보면 운전대를 잡은 채 후유 하고 깊은 한숨을 쉬곤 했다. 그 한숨이 어찌나 깊은지 땅이 꺼질 것 같았다. 그러면서 몇 마디 던지곤 했는데 그 말들을 요약해보면 다음과 같았다.

―너 하고 다니는 꼴이 꼭 캘리포니아 콜걸 같구나.

약간 씁쓸하게도 나는 가슴이 AA컵인데, 우리한테도 뭐 아주 나쁜 일들만 있는 것은 아니다. 성적인 느낌이 적기 때문에, 노출이 좀 심한 옷을 입어도 야해 보이는 느낌이 상대적으로 적어서 옷 고르는 데 좀 더 자유롭다. 어차피 AA컵, 이런 데나 써먹자 싶어 나는 벗고 싶은 만큼 벗었다. 생각해보면 주변 사람들이 괴롭기도 했을 텐데 다들 너그럽기도 하지. 그러고 보니 아버지도 그런 말씀을 하시곤 했었다. 그것도 요약해보면 다음과 같다.

―무턱대고 벗는 것만이 능사는 아니다.

―가끔 가리는 것이 더 섹시하단다.

　나이 많은 남자들의 현명한 충고를 차마 깨닫지 못하고 훨훨 벗
어댄 어리고 어리석은 영혼 같으니. 그러나 지방질로 포위당한 지
금의 몸뚱이로는 수없이 벗어댔던 그 시절이 그리울 따름이다. 어
쨌거나 나는 옷차림에 관해서는 내가 하고 싶은 대로 하고 산 만큼
남이야 뭘 입건 벗건 별 관심이 없는 사람인데, 좋아하는 남자의
옷차림은 보통의 여자들 취향과 비슷하다. 남자들도 청바지에 흰
티셔츠를 입은 여자를 좋아하지만 여자들도 흰 티셔츠에 청바지가
잘 어울리는 남자를 좋아한다. 나 역시 그러한데, 문제는 청바지가
얼마나 피트되느냐에 달려 있다. 요즘 사람들의 패션을 보면 남자
의 경우 청바지가 몸에 얼마나 달라붙느냐 마느냐에 따라 세대를
가늠할 수 있을 것도 같다. 사실 나는 처음 스키니진이 시장에 나
오기 시작했을 때도 썩 마음에 들지 않았다. 살짝 부츠컷으로 퍼진
청바지 단 아래 10센티미터짜리 힐을 은폐시킬 수 있다는 사실을
무척 좋아했기 때문이었다.

　그렇지만 대세는 거스를 수 없기에 촌스러운 나팔바지들을 옷장
깊숙이 집어넣었지만, 언제부터인가 남자들까지 엉덩이가 터질 것
같은 스키니진을 입기 시작했을 때는 조금 흠칫했다. 도대체 언제
부터 남자들이 저기 들어가기 시작했지? 처음 나온 바지들은 살짝

달라붙는 정도였지만 나중에는 정말 발목까지 달라붙는 바지들이 쏟아졌다. 흠칫했던 건 '도대체 저기 어떻게 들어갔지?' 뭐 그런 의문 때문이었다. 그런 스키니진을 보며 인생의 전성기를 보내고 있는 아가씨들이 이상적으로 생각하는 흰 티셔츠에 청바지는 그렇게 다리 혈관을 압박할 만큼 짝 달라붙는 스키니진일지 모르겠지만 내 머릿속의 괜찮은 남자가 입고 있는 바지는 그것들보다는 살짝 헐렁하다.

사실 여기에는 내 편견이 상당히 존재한다는 걸 고백해야겠다. 레깅스처럼 꽉 조이는 스키니진을 입은 남자들을 몇몇 겪어본 결과, 번번이 그들은 어쩐지 예민한 감수성을 연출하고 있는 것만 같았다. 그들은 하나같이 입이 짧았고, 살이 찌는 걸 병적으로 싫어했고, 소극장의 예술영화나 사람들이 아직 잘 모르는 인디 밴드처럼 남들이 아직 건드리지 않은 문화 영역 같은 것, 그리고 제 옷차림에 내가 보기엔 살짝 지나칠 만큼 관심이 많았다. 아무거나 먹는 일 따위는 절대 없고 툭하면 밥맛이 없다며 굶기는 어쩌나 잘 굶던지! 하지만 커피는 꼭 마시지! 남자는 그저 아무거나 잘 먹고 외모에 지나치게 신경 안 쓰는 게 오히려 쿨해 보인다는 내 생각이 어쩌면 여자는 나긋나긋하면 오케이라는 아저씨 같은 소리일 수 있으니 이 이야기는 여기서 그만. 사실 이 스키니진에 대한 이야기는 아마 아버지가 내게 가르쳐주려 했던 '다 보여주는 게 능사는 아니다'라는 교훈과 조금 통하는 면이 있을 듯하다.

　누구나 알다시피 남자는 여자보다 근육이 더 잘 생긴다. 일설에 따르면 같은 운동을 해도 남자가 50퍼센트 이상의 효과가 있다고도 한다. 그러니까, 여자보다 남자가 훨씬 육체에 있어서 즉물적 존재라는 이야기다. 요는, 그 남자가 어떻게 살아가고 있는지가 고스란히 그의 몸에 나타난다는 것이다. 여자 친구도 못 입을 스키니진에 들어갈 만큼 가녀린 몸을 자랑하는 남자는 땀나거나 무식해 보이는 운동을 싫어하며 에스프레소에 과자 몇 조각으로도 한 끼를 때울 수 있게끔 살아가는 중이고, 허리둘레에 말랑말랑한 도넛처럼 둥근 살집이 있는 남자는 밤마다 치킨과 맥주 없이 살아가는 것을 상상도 할 수 없는 생활을 하고 있는 중이라는 것. 어쨌든 팔굽혀펴기 두어 개라도 하고 사는지 하지 않고 사는지가 여자보다 남자가 훨씬 더 뚜렷하게 보인다는 것은 확실하다. 좀 여유가 있는 스트레이트 진을 다들 즐겨 입던 시절에는 그걸 구분하기가 쉬웠다. 삐쩍 마른 남자들은 엉덩이가 납작했고 덩치가 있거나 운동을 하는 남자들은 볼록했다. 그런데 스키니진은, 모든 남자의 엉덩이가 죄다 볼록하다!

　통통한 남자들은 통통해서 볼록하고, 마른 남자들은 작은 걸 입으니 볼록하다. 뽕브라라는 것이 세상에 나온 후 남자들이 느낀 의

혹이 이런 마음일까. 죄다 빵빵한 엉덩이들 앞에서 뭐가 실제의 육체인지 구분이 힘들어진 것이다. 그렇게 달라붙는 바지 아래에서 엉덩이 근육의 사소한 움직임까지 죄다 보이는 걸 보고 있는 것보다 살짝 엉덩이와 적당한 거리감이 있는 바지 아래에서 탄탄한 엉덩이에 살짝 걸쳐져 있던 청바지가 섹시해 보였던 건 역시 그게 내가 옷에 가장 관심 있던 시절의 패션이기 때문일까. 어쨌거나 톡 튀어나온 엉덩이들을 안 보고 싶은데 자꾸 굳이 보여주는 남자들 덕분에 내 인생에서 중요했던 두 남자가 가르쳐주려 했던 교훈들—다 보여준다고 좋은 것은 아니다—을 이제야 깨닫게 되었으니 그것만은 다행인 셈이다. 사실, 이렇게 말하는 나 역시 타인의 취향을 무시하고 도로 벗고 싶어서 살을 빼고 있긴 하지만.

부산 남자, 대구 남자, '웃장' 까는 남자

　　여러 군데 훌쩍 떠났다 돌아오기를 잘하는, 놀기도 잘하고 일도 잘하는 가까운 언니가 어디를 가도 최근엔 큰 감흥이 없어 하더니 부산에 다녀온 후에 눈을 반짝거렸다. 서울의 가장 핫한 동네에서 트렌드의 첨단에 있는 일을 하는 사람이라, 그런 젊고 아름답고 능력 있으며 잘 노는 여자의 심금을 울릴 수 있는 도시가 별로 없으리라 생각했는데 꽤나 의외였다. 지금까지도 흔치 않았으니 어지간하지 않으면 그녀를 감동시키기 힘들 거란 심산이었다. "클럽이 말이야, 클럽이……" 과연 남한 제2의 도시인 모양이었다. 그리고 부산 남자들은 그녀의 찬탄을 이끌어냈다. 클럽에서 도대체 뭘 봤기에? 나는 지난 10년 동안 클럽에 가본 적도 없고 시끄럽고 어둡고 술이 비싼 곳을 싫어하기 때문에 앞으로도 갈 생각이 없지만, 언니의 말을 듣고 나니 나도 솔깃해졌다.

"서울 놈들은 말이야, 일단 직업이 많고 버는 놈들이 많으니까 튕긴단 말이야. 밀당도 잘하지. 근데 부산 클럽에 갔더니, 10시도 되기 전에 남자들이, 무조건 웃장부터 까더라!!! 다들 몸도 엄청 좋아. 서울 놈들은 그거 안 보여준단 말이야. 그거 말고도 지네들은 가진 게 많다 이거거든. 근데 부산은 경기가 안 좋잖아. 직업도 없고 젊은 애들 힘들잖아. 그러니까 돈이니 썰이니 다른 걸로 승부할 것 없다, 나는 이걸로 보여준다 이거지. 그냥 웃장 까는 거야. 남성성이 확 느껴지지 않니?"

근사한 육체를 지니고 웃장까지 까는 남자 싫어하는 여자가 어디 있겠냐만은 그 이야기를 들으니 나도 오오, 테스토스테론에 질식할 것 같은 기분이었다. 게다가 그 경제 격차 이야기가 꽤 그럴듯해서 좀 서글펐다. 이미 돈 벌 수 있고 직업 구할 수 있는 수컷들은 다 서울로 옮겨가서 거기 아직 남아 있는 수컷들은 몸으로 승부를 본다는 것이다. 그렇지만 돈이니, 차니, 좋은 직업이니 하는 것으로 승부하기 힘든 도시에서 아무것도 안 보여주고 낙심한 채 있는 것보다는 일단 가슴 근육부터 보여주는 남자가 클럽 테이블 위에 외제 차 키를 보일 듯 말 듯 은근히 놨다 말았다 하는 남자보다는 훨씬 멋지고 남자답다.

나는 고향이 대구인데, 조금 떨어진 나의 고향 남자들이 겪고 있는 직업난이나 불경기로는 부산 못잖은, 아니 더 못할 것이다. 그런데 이 남자들은 과연 '웃장'을 까고 있을까? 잠깐 생각해봤지만 역시 아니다. 대구 남자들은 정말 어지간하지 않은 한 '웃장'을 깔 리가 없다. 왜 대구 남자들은 '웃장'을 안 까냐고? 몸이 못났냐고? 그럴 리가. 같은 경상도 아니냐고? 여기에 핵심이 있다. 같은 경상도라고 해도 대구 남자와 부산 남자의 사이에는 '웃장'을 까고 안 까고의 심대한 차이가 있다.

흔히 무뚝뚝한 경상도 사투리를 좋아하는 사람들은 경상도 남자면 다 도매급으로 취급해버리곤 한다. 사실 가장 간단한 구분법으로는 '마산'이라고 발음해보라고 했을 때 짧게 '마산'이라고 말하는 남자는 경북, '마사-안'하는 식으로 뒤를 길게 끄는 남자는 경남일 경우가 많지만 이런 것 말고도 대구 남자와 부산 남자는 하늘과 땅처럼 멀다. 누가 하늘이고 누가 땅인지는 절대 승부가 안 나는 문제겠지만. 이 둘의 차이를 설명할 때 내가 가장 예로 많이 드는 두 인물을 보면 바로 이해가 가실 것, 그들은 노무현 전 대통령과 김문수 전 경기도 지사다.

노무현 대통령은 '부산의 아들'이라는 선거 구호를 내걸었을 정도니 명실공히 부산 남자고(아이러니컬하게도 광주 빨갱이 아니냐는 오해를 많이 받았지만), 김문수 도지사는 엄밀히 말해 대구 남자는 아니다. 그는 경북 영천 출생이다. 그러니 경북 남자인 것은 맞고, 영천은 비교적 대구에서 가까우니 대구 남자 대표로 치기로 한다. 내가 겪어본 몇 안 되는 부산 남자들을 표본 집단으로 한 것이니 신뢰성이 낮겠지만 부디 이해하시길. 그들이 풍겼던 아우라, 그러니까 기운은 하나같이 똑같았다. 그건 어느 지역에서도 찾아볼 수 없는 것이었다. 부산 남자들은 이상하게 다정스럽고, 간혹 이상할 정도로 너그러웠다. 탁 트인 바다에 위치해서 속이 넓어 그런 것인지 뭔지 알 수 없지만 쪼잔한 부산 남자는 잘 찾아보기 힘들다. 그리고 그들은 이야기를 잘 들어준다. 설사 그에 대한 불평불만을 이야기한다 하더라도 그들은 응, 응 하며 잘 들어주는 훌륭한 청자들이다. 그리고 그 이야기를 실컷 들은 다음…… 그들은 자기 마음대로 한다! 반면 대구 남자들은 이야기를 듣기 싫어한다. 그들은 고마해라, 쫌! 하고 외친다. 무조건 자기 마음대로 하고 싶어 하기 때문에, 붙잡고 몇 번이나 이야기해야 한다. 그리고 끈질기게 계속 설명하면, 그들은 결국 넘어온다.

노무현이 얼마나 대화와 소통을 하려 하는 대통령이었는지는 그가 생전 했던 '검사와의 대화' 같은 것을 보아도 알 수 있다. 봉하마을에서 그를 찾아오는 사람들을 만난 것, 홈페이지를 개설해 민주주의에 대해 이야기하려 한 것 등 그는 들어주는 사람이고 싶어 했고 듣는 것 같았다. 그렇지만 다정한 얼굴로 들어주고, 박정희였다면 죄다 총살해버렸을 탄핵 사태 같은 걸 너그럽게 넘어간 다음, 조용히 혼자 죽어버렸다. 누구에게도 의논 없이 혼자서. 그렇게 대화 대화 할 땐 언제고, 결국 마지막엔 누구와도 대화하지 않고 자기 마음대로 해버린 남자. 그러니까 부산 남자는 들어주긴 한다. 그게 듣는 것인지 척인지는 모르겠다. 하지만 결국 자기 마음대로다.

반면 김문수는 운동권 시절 그 활약이 대단했음은 널리 알려진 사실이다. 실제로 그의 헌신은 열정적이면서 끈질겼다고 한다. 그렇게 오랜 세월 동안 그쪽에 몸담았음에도 불구하고, 결국 귀에 오래 들리는 이야기가 있었고 끝내 그 말을 듣고 만 게 김문수다. 부산 남자의 이상한 스케일이랄까, 너그러움이랄까 뭐 그런 게 대구 남자에게는 없다. 그러니 자신에게 소중한 사람이 아픈데 119가 얼른 오지 않으니 격한 마음에 '도지삽니다' 사건 같은 걸 만드는 것이다. 대구 남자는 듣는 것을 죽기보다 싫어한다. 그런데 듣다 보면 종종 넘어온다.

연애로 말하자면, 대구 남자는 결코 당신을 죽이지 않는다. 대신 죽을 만큼 들들 볶을 뿐이다. 부산 남자 역시 당신을 죽이지는 않는다. 그는 다만 자신을 죽일 뿐이다. 그럼으로 역시 당신까지 죽인다. 대구 남자는 당신의 가슴에 날카로운 가시를 남기지만, 부산

남자는 당신의 가슴에 대못을 박고 사라진다. 하기야, 어떤 사랑이
라도 가시나 못, 둘 중 하나는 남게 마련이던가.

정녕 남자의 섹시함이란 무엇인가?

　　　　　어느 패션지의 의뢰를 받아 한창 인기라는 〈미스터 쇼〉라는 쇼를 보러 갔다. 박칼린 연출, 언뜻 뮤지컬이라고 착각하기 쉽지만 뮤지컬이 아니다. 말 그대로 '쇼'다. 배우들은 관객들에게 보란 듯이 아도니스처럼 아름다운 육체를 전시하지만, 노래는 한 소절도 부르지 않는다. 도대체 '섹시하다'는 게 뭘까? 하는 생각을 하며 극장으로 향했다. 이 쇼를 향한 섹시하다, 야하다, 19금이다, 하는 온갖 말들이 워낙 많이 떠올라서 그 생각을 한 거였다. 섹시하다는 것. 그것도 남자가 섹시하다는 것. 와이셔츠 깃 사이로 살짝 보이는 목선이라는 둥 열심히 일하면서 소매를 걷어 올린 모습이라는 둥 남자의 섹시함에 대한 이런 저런 말은 많지만 실제로 섹시한 남자를 볼 기회는 우리 여자들에게 아쉽지만 그리 많지 않다.

텔레비전만 켰다 하면 온갖 걸그룹들이 섹시함을 보여주려고 골반을 저러다 탈나겠다 싶을 만큼 꺾으며 열심히 노력하는 바람에 그걸 1분만 보고 있어도 피곤해지는 판국에 남자들의 섹시함까지 감상할 여력이 없기도 하고, 우리나라 남자들은 우리나라 여자들이 섹시해지기 위해, 일명 바비 인형 혹은 플라스틱 비너스가 되기 위해 엄청나게 노력하는 것에 비해서 섹시해지기 위한 노력을 별로 하고 있는 것 같지 않다. 물론 그들은 또 다른 물질만능주의 세계에서 또 다른 섹시함으로 보일 수 있는 연봉, 직급, 명품, 자동차 등을 걸치기 위해 눈물겨운 노력을 하고 있겠지만 제 몸에서 뺀 지방을 다시 제 몸에 넣는 고행을 거듭하는 여자들의 노력에 비해서는, 섹시해지려고 애쓴다고 쳐주기엔 아직 햇병아리 수준이다.

여자들이 환상을 갖는 남자들의 온갖 복장들, 제대로 갖춰 입은 오피스 정장에 서슬 퍼런 검을 휘두르는 검무, 교복과 군복, 귀여운 팬티까지 〈미스터 쇼〉는 남자들의 온갖 매력을 보여주기 위해 혼신의 힘을 다한다. 하지만 혼신, 이라고 써놓고 잠깐 움찔하게 되는 것은 그게 진짜 혼신일까, 싶은 것이다. 물론 40대 이상 언니들이 잔뜩 와서 열광하지만 이들을 성적으로 일탈했다, 남자들을 성적으로 소비하고 있다, 라고 말하기에는 좀 저어한 것이, 이들의 얼굴이 얼마나 해맑은지 어린이집 아이들도 이보다 순수한 얼굴을 하고 있을 수는 없을 것이다.

노래 한 소절 부르지 않는 배우들이 관객석을 향해 눈짓 한 번 해주는 순간에도 꺅꺅- 하고 자지러지는 이들은 이미 문화소비자가 아니라 '팬덤'이다. 팬덤의 지고지순한 열광이란 모두 알다시피 한 사람이 소비하려 하지 않고, 그 한 사람을 자신이 성적으로 소유하는 꿈을 꾸지 않고 합심해서 한 사람을 사랑하는 그 희한하고도 아런한 사랑 때문이 아닌가. 〈미스터 쇼〉의 언니 관객들이 가진 그 해맑은 얼굴도, 이 쇼가 남성 관객 출입 금지인 것도, 언니들이 아름다운 남자들을 탐한다는 것을 (다른 아름답지 못한 남자들의) 눈치를 보지 않고 열광할 수 있기 때문이 아닐까. 거칠게 말하면 룸살롱에 여성을 동행하지 않는 이유도 일종의 기능이 다른 여성들을 한 자리에 동석시킬 때의 어색함 때문에 같은 직장 동료라도 의도적으로 이러한 자리에서는 자연스럽게 제외되는 것이 묵언의 룰인 것처럼 말이다.

공연 시작 한 시간이 지나자 급격히 피로해졌다. 남자들은 아름다웠지만 그들의 춤은 한때 남한을 들썩거리게 했던 카라의 엉덩이춤 그 이상도 이하도 아니었고, 옷을 끌어올려 복근을 보여주는 것 이상의 섹시한 액션은 없었다. 딱 지루해서 앞자리를 발로 툭툭 차고 싶을 때 즈음 쇼가 끝났다. 적당할 때 끝내는, 박칼린의 노련함이 이런 것이구나 싶었다. 나는 섹시함이라는 것을 시험해보기 위해 작은 실험, 혹은 장난을 쳐보기로 했다. 표를 예매할 때 몇몇

고객에게 선착순으로 배우들과 사진을 찍을 수 있는 포토 촬영권을 주는데, 열렬하게 줄이 늘어서 있어도 줄이 금방금방 줄어들었다. 거의 두세 명 이상의 단체로 온 관객들의 어깨를 안고 미소만 지어주면 사진 촬영이 끝나기 때문이었다. 같이 찍어줄 사람이 없었던 나는 얼른 내 어깨를 끌어안은 채 활짝 웃으며 촬영을 끝내려는 배우들에게서 어깨를 빼며 부탁했다. "죄송하지만 잠시 바닥에 좀 앉아주시겠요?" 배우들은 멈칫했다. 내가 먼저 카펫에 길게 옆으로 드러누웠다. 한쪽 팔로 머리를 괴고 몸을 쭉 폈다. 진짜 섹시함이란 이럴 때 감별할 수 있다는 게 내 괴팍한 법칙이다. 평소 위기나 돌발 상황에 어떻게 대처하는지에 따라 그 남자의 섹시함이 나온다고 여기고 있으니 간단하면서도 명쾌한 테스트다. 그리고 결과는? '확' 깼다! "어, 어쩌지?" "어, 어떡하지?" 나는 여전히 바닥에 나자빠진 채였다. 무대 위에서 말없이 아름다운 육신을 선보이던 아도니스들이 입을 열자마자 확 깼다. 그 어쩔 줄 모르는 모습은 무대 위에서 자신 있게 움직이던 모습과는 180도 달랐다.

결과물로 나온 사진을 보자 나야 이런 장난을 좋아하니 옷이 더러워지거나 말거나 즐겁게 누워 있지만 배우들의 어정쩡함이 특기할 만했다. 그러니까 정녕 남자의 섹시함이란 무엇인가? 사람들에게 이런 게 섹시하다고 인이 박혀 있는 그런 섹시함이 정말 섹시함일까? 그건 식스팩이나 광배근 같은 육체에만 달린 것이 아니라 어느 때에나 발휘되는 철저한 서비스 정신 아닐까. 물론 내 여자에게는 무한대, 그 밖의 여자들에게는 60퍼센트 선에서. '섹시함'은 육체보다 태도다. 아이 참, 나도 배고픈데 이런 글을 쓰고 있자니 더 배고프다.

그 남자의 몸

이건 지금까지 내가 봤던 남자의 육체 중 가장 잘 빠졌던 몸에 대한 이야기다.

김 실장이랬나, 이 실장이랬나. 그는 우리 집에 얼른 나가라고 윽박지르러 찾아온 용역 깡패였다. 벌써 3년 전인가, 조그마한 교회의 담임목사를 하시던 아버지가 급성 간암으로 황망하게 돌아가시고 난 후의 일이다. 김 실장은 빨리 안 나가면 재미없어, 뭐 이런 이야기를 하던 사람으로, 나에게는 아니지만 엄마에게는 두어 번 윽박을 지른 모양이었다.

생전에 내게 100원 한 푼 줄 여유가 없던 아버지는 돌아가시고 나서 '경매최고서'라는 엄청난 유산을 남겼다. 아버지의 동생 부부와 돈 문제가 있다는 건 알고 있었는데 느닷없이 경매최고서라니. 어떻게 된 건지 알아보니 생전에 아버지가 교회 건물 등기를 잘못해놓아 건물은 경매에 넘어가고 우리는 보탰던 8000만 원을 받을수 없게 됐다는 것이었다. 그리고 그 8000만 원 중에는 3년 동안실수령 1800만 원 정도 되는 연봉을 받으면서 모았던 내 전세보증금 2300만 원이 있었다. 교회 형편이 어려우니 돈 좀 꿔 달라는 부모님의 부탁에 흔쾌히 드렸던 돈이었다. 자식 된 도리라서 드린 건아니었고 그냥 그 돈에 별 미련이 없었다.

나는 대학 졸업 후 당연히 전업 시나리오 작가의 길을 갈 거라고생각했다. 그런데 다단계 때문에 부모님이 카드빚을 지고는 계에서 탄 돈으로 바로 그 빚을 갚아버렸다. 누군가는 그걸 다달이 메꿔야 했다. 그런 상황에서 회사에 다닐 수밖에 없었다. 나도 좀 독했던 것 같다. 그 계를 끝까지 하게 해주고 저 돈을 모아서 산동네 전셋집에 살았으니까. 전업 시나리오 작가의 꿈을 접었지만 안 되는교회를 붙잡고 있는 아버지를 보고 그래도 우리가 남이 아니구나싶었다. 내가 작가 일 놓으면서도 아버지가 꿈을 놓지 않는 걸 보고 싶었다. 아쉽게도 그게 내가 아니었지만, 아버지라도 꿈을 계속잡고 있게 해주고 싶었다. 결국 아버지는 죽는 날까지 목사이고 싶다는 꿈을 이룬 셈이었다.

그 돈을 빌려가면서 부모님은 고맙다고 하면 될 것을 이건 네가 하늘에 복을 쌓는 거고, 하나님이 알아주신다고 했다. 그렇지만 아직까지 하나님이 그걸 알아주시는지는 잘 모르겠다. 나에게야 성경 속 과부의 두 렙돈이라 할 돈이지만 하나님 입장에서 그건 너무 껌값일 테니까. 어머니는 이 돈을 놔뒀다가 시집갈 때 줄 거라고 했지만, 경험상 그분들한테 내드린 돈이 돌아온 기억은 없었고, 시집은 갈 수나 있을까 생각했다. 예상대로 그 돈은 나에게 돌아오지 않았는데, 하필이면 그 이유가 잘못한 등기 때문이라뇨, 아버지. 나는 너무 어이가 없어서 한참 웃었다.

경매가 유찰될 때마다 갈 곳 없는 우리는 유예기간을 받았지만, 그래도 목숨이 경각에 달린 사형수 같은 기분이었다. 마침내 경매가 성사되었고 낙찰자는 이 건물을 이 상태 그대로 사용하려는 또 다른 교회였다.

그 교회는 우리를 나가게 하려고 깡패를 보냈는데, 집에 혼자 있던 어머니가 그 깡패를 만난 모양이었다. 어머니가 전화로 거의 울면서 집에 무서운 사람이 찾아왔다고, 아주 시비조로 나가라고 한다고, 네 전화번호 달라고 해서 가르쳐줬다고 말했다. 그에 나는 "잘하셨어요. 집에 있어도 그냥 없는 척하세요. 우리 집에 찾아올 사람이 누가 있어요"라고 말했고, 좀 있다 전화가 걸려왔다.

"김현진 씨죠? 여기 ○○○ 회삽니다. 어머님이 말씀이 영 안 통하시네요."

팟캐스트에 출연하며 내가 거기서 귀여운 척 옹알옹알 댈 수 있었던 건 다 녹즙 배달을 하면서 익힌 인생의 기술이다. 그 전에 나는 누구와 눈도 잘 못 맞추고 인사도 하는 둥 마는 둥, 수줍기보다는 머쓱함을 많이 타는 여자였다. 그러다 풀무원 녹즙 서울지부 유일한 미혼 녹즙 배달자로 여사님들에게 호된 교육을 받았더니, 안면인식장애는 여전하지만 모르는 사람이라도 눈이 마주치면 "안녕하세요" 하며 눈으로 웃는 버릇이 생겼다. 입으로 웃는 건 잘못하면 썩소가 되니 눈으로 웃어야 한다. 누가 클레임을 걸라치면 정말 죄송하다는 표정으로 불편하셔서 어떡해요, 너무 힘드시죠, 선수를 치는 게 기술이다. 거기서 배웠던 걸 최대로 써먹었던 게 그 남자에게였다. "저기, 집을 비워주셔야 하는데 자꾸 이러시면……" 나는 중간에 그의 말을 끊고 이보다 더 사근사근할 수 없게 말했다.

"안 그래도 저희 때문에 힘드셔서 어떡해요? 많이 곤란하시죠? 저희도 아버님이 불시에 돌아가시고 나서 아직 황망해서…… 어머님이랑 언쟁하셨으면 넓게 이해 부탁드려요. 저희가 장례 치른 지 얼마 안 돼서…… 빨리 집 정리해 드려야 되는데 너무 곤란하시죠? 저희도 할 수 있는 한 해보고 있어요. 너무 죄송해요. 정말 죄송해

서 어떡하죠. 최대한 저희도 할 수 있는 거 다 해볼게요. 심려 끼쳐
드려서 너무 죄송합니다."

정말 미안해 죽겠다는 말투로 알랑거리자 그는 헛기침을 했다.
내일쯤 집에 한번 찾아뵙고 따님이랑 이야기 좀 해야 할 것 같으니
까 언제쯤 만날 수 있느냐는 물음에 언제 있다고 말을 하고 전화를
끊었다. 손이 덜덜 떨려서 다른 손으로 눌러 진정시켰다. 역시 적
은 일단 혼란시키고 봐야 하는구나. 녹즙 배달 22개월 한 것도 이
럴 때는 써먹을 수 있구나. 그때 손님들에게 친절이 뚝뚝 떨어지는
말투를 배워놓지 않았더라면 이럴 때를 넘길 수 없었겠구나.

다음날도 녹즙 말투를 쓸 만반의 준비를 하고 나는 그가 오는 시
간을 기다렸다. 화장도 살짝 하고 옷도 깔끔하게 입고, 그렇다고
형편 너무 좋아 보이지는 않게. 똑똑 소리가 나서 문을 열었더니
웬걸, 엄청 잘생긴 남자가 서 있었다. 하늘에 계신 우리 아버지들
이 용역 깡패를 상대해야 하는 나를 불쌍하게 여겼는지 이왕 깡패
를 보내는 거 이병헌 닮은 깡패를 보내준 것이었다. 인사하자마자
나는 다시 녹즙 말투 기관총을 발사했다. 마침 그날 남은 녹즙도
하나 따서 건네며 힘들게 일하시는데 드시라고 치하까지 했다. 그
는 얼떨떨한 얼굴로 그걸 꿀꺽 마시고 말했다.

"그러니까 집을……."

"예, 저희 때문에 너무 곤란하시죠. 저희도 백방으로 알아보고 있어요. 선생님 정말 죄송해서 어떡해요? 아버지가 등기를 잘못 하신 줄을 모르고 저희도 전세금 다 날렸는데…… 그건 저희 사정이고 될 수 있는 대로 어머니랑 둘이 고시원이라도 얻을게요. 그러니까 너무 걱정하지 마세요."

녹즙을 마저 마신 그는 머쓱하게 말했다.

"그래도 여자 두 분이 고시원 사시기는 불편할 텐데…… 어떡합니까."

나는 생글생글 웃으며 그가 마신 빈 통을 받았다.

"그래도 어떡하겠어요. 다 팔자려니 해야죠. 최대한 알아보고 있으니까 딱 며칠만이라도 여유를 더 주시면 안 될까요? 정말 민망해서 드릴 말씀이 없어요. 안 그래도 일 바쁘실 텐데 이렇게밖에 말씀 못 드려서 죄송합니다. 저희도 최대한 노력해서 깔끔하게 비워드릴게요. 조금만 더 부탁드려요 선생님."

못할 게 뭐냐, 허리까지 꾸벅 숙여 보이자 그도 얼결에 같이 목례했다. 안녕히 가시란 나의 인사를 들으며 돌아서던 그는 갑자기 몸을 돌리더니 이렇게 말했다.

"저기, 힘내십시오."

나는 감사하다고 호들갑을 떨며 생글생글 웃어 보였다. 그 뒤로 용역 깡패는 다시 오지 않았고, 어떻게 되어 가냐는 전화만 가끔 왔다. 그때마다 나는 "어머, 실장님~ 알아보는 중이에요. 심려가 많으시죠"를 연발했고 그는 여자 두 분 사실 집인데 잘 고르시길 바란다며 전화를 끊었다.

이것보다 더 우스운 건, 번호 저장 후 카톡에 뜬 새 친구 '김 실장' 이었다. 김 실장의 '프사'는 헬스장 거울에 자신의 벗은 상체를 비춘 사진이었다. 그것도 멋있게 잘 찍은 게 아니라 주위에 사람이 있었는지 자기 상체 부분만 그림판으로 대강 조잡하게 오렸다. 아휴 김 실장, 얼굴만 잘생긴 줄 알았는데 몸도 좋네?

유찰, 경매최고서, 등기, 날린 전셋값, 이런 것 때문에 골치가 아플 때마다 나는 카톡을 열고 김 실장의 '웃장'을 하염없이 쳐다봤다. 그림판으로 배경을 대강 지운, 김 실장이 자랑스럽기 짝이 없어 하는 그 몸뚱아리를. 과연 좋은 몸이었다. 아마 내가 본 몸 중에 '베스트 3'에는 들 것이다. 누가 아버지를 잃고 집도 날리고 공중에 뜬 먼지만도 못한 존재가 된 나를 걱정할 때마다 나는 "내 남자친구 사진 볼래?" 하고 묻고는 김 실장의 그림판 사진을 보여주었다. 잘생겼다거나 몸이 참 좋다는 반응이 돌아올 때마다 나는 깔깔 웃었다. 웃지 않고야 견딜 수가 있나. 이게 말이야, 우리 아버지가 경매최고서라는 걸 남긴 게 미안하니까 천국에서 깡패를, 아주 잘생긴 깡패를 보내주신 거야. 이 사람 우리더러 나가라고 찾아오는 용역 깡패야. 그러면 보는 사람도 백발백중 웃었다. 김 실장은 설마 자기가 신경 써서 찍은 프사를 내가 남자친구 사진이라고 하고 다녔을 줄은 꿈에도 몰랐겠지.

만져보고 싶을 정도로 괜찮은 몸이었다. 이왕 나가라고 구박 당할 바에야 김 실장한테 당하는 게 나았다. 언제부터인가 내 카톡 친구 목록에서 없어진 김 실장, 요즘도 몸 관리 잘합니까? 아버지의 목소리가 들려오는 것 같다.

"야, 걔, 몸 좋지 않냐?"

김 실장이야말로, 뜻하지 않은 순간에 순식간에 돌아가신 우리 아버지가 내게 남긴 마지막 농담이다.
네, 최고였어요 아버지.

가장 강렬했던 남자의 감촉

누구나 20대는 힘들겠지만, 전 정말 힘들었어요. 서른이 넘으면 편해진다고 하던데 30대 초입을 한참 전에 지났는데도 여전히 산다는 건, 시지프스가 굴린다는 바위처럼 곧 역주행해서 나를 깔아뭉갤 것만 같아요. 밀어올리는 손을 놓아버리고 싶은 생각이 들 때가 한두 번이 아니고요. 어차피 애 낳고 뒷바라지하는 평범한 대한민국 여성의 삶을 살아낼 자신도 능력도 없어서 진즉에 포기했기에 그나마 다행히도 임신과 출산을 하고 싶다는 초조함에서는 자유롭지만, 나이를 한 살 더 먹고 나니 20대와는 또 다른 괴로움이 있더군요. 이제 나는 더 이상 매력이 없는 게 아닐까. 결국 아무에게도 사랑받지 못하는 게 아닐까.

물론 외모만이 사람의 매력은 아니고 천상 노안이라 18살 때부터 이 얼굴이었으니 소위 훅 간다는 것에 대한 두려움은 덜한 편이지만, 그래도 신경이 쓰여요. 남자는 나이 들면 아버지, 여자는 나이 들면 어머니를 닮는다고 하죠. 전 돌아가신 아버지를 판박이처럼 닮았는데도, 올해 찍은 사진을 보니 정반대로 생긴 어머니의 얼굴이 나오더군요. 그때 그런 생각이 들었어요. 아, 내가 나이 들었구나. 그러면서 20대의 세월이 아까워졌어요. 더 놀 걸 그랬냐구요? 고학과 집안 형편에 시달리느라 남들 다 가보는 해외여행 같은 건 꿈도 못 꿔보고 중국집에서 이과두주를 곁들이는 게 최고의 도락인 시절들이었지만, 바쁘게 일했고 바쁘고 마셨고 바쁘게 사랑했어요.

다시 돌아가고 싶지도 않고, 돌아가도 다시 뭔가를 해낼 수 있을 것 같단 생각은 들지 않아요. 다만 내 몸을 잘 알지 못한 게 아쉬워요. 활발한 성 생활을 할 기회는 아무래도 20대에 많으니까요. 예쁘고 어리고 이런 걸 떠나서 일단 기운이 넘치니까, 나가서 놀 일도 많고 일로든 뭐든 이성을 만날 기회도 많고 사랑할 기회도 많으니까. 한 시간에 버스가 몇 번 다니는 천안 산자락 아래 처박혀 사는 지금 돌아보면 꿈같은 날들이네요. 그러면 기회가 있을 때 실컷 하지 그랬냐, 라고 물으신다면 거기에도 마땅한 대답은 못하겠어요. 활발한 성 생활을 할 기회는 됐는데 그 분야에서는 소극적으로 사는 데 온 힘을 다했다고 말할 수밖에 없겠네요. 구세대적인 정조 관념이 있냐구요? 그럴 리가. 혼전순결주의냐구요? 그럴 리가. 원나이트니 엔조이 같은 건 싫지만 마음 가는 남자한테 안기고 싶은 그냥 여자죠. 근데 그 골치 아픈 20대를 싫어! 라고 말하는 데 너무 많은 시간을 썼던 게 억울해요. 털털한 성격 때문인지, 아이라인이 너무 진했는지, 상스럽게 말해 '잘 주게' 생긴 건지. 알면 나를 얼마나 안다고, 바에서 킵해둔 양주 찾듯이 이러는 인간 참 많더군요.

야, 한번 줘라!

물론 정확한 단어의 사용이 꼭 이렇지는 않았지만 요점은 그냥 그거였던 말들, 날들. 그래서 "싫어!"라고 하면 "죄송합니다"라고 물러가는 신사는 한국에 별로 많지 않아요. 야 그러지 말고 한 번 줘라, 응? 응? 응? 응? 응? 싫다고 하면 심지어 화를 내는 사람까지 있기 때문에, 결국 저는 수없이 자기 검열을 하곤 했죠. 또 조금만 천박하게 말할게요. 느낌 확 오라고. 바로 이런 검열이죠.

내가 줄 것처럼 하다가 안 줬나?

아무리 생각해도 안 그랬는데, 그리고 그렇게 구는 여잔 나도 싫은데. 그래서 안 해, 안 해, 안 한다고! 하고 버럭버럭 화를 내면서

20대의 많은 날들을 보냈네요. 그러니 언제 내 몸을 알고 즐거워해 보겠어요? 게다가 성 교육 지침이니 노조 같은 게 안 되어 있는 손톱만 한 회사에 다니면서 술이 몇 순배 돌면 제 손목을 자기 것처럼 주무르던 박 차장이니 이 과장이니 하던 인간들, 어두컴컴한 호프집에 앉았을 때 허리께를 슬슬 더듬던 최 부장이니 뭐니 하는 것들의 손가락. 벌떡 일어나서 화를 내고 싶은데 또 지겹게 찾아오던 그놈의 자기 검열. 어떤 자기 검열이냐구요? 이런 거죠.

내가 그렇게 싸 보였나?

그래서 여자인 걸 이용해볼 기회나 속셈을 품기는커녕, 내가 여자인 게 항상 싫었어요. 아니면 청순가련한 여자라서 그런 수작을 감히 못 걸 타입이었으면 좋겠단 생각도 여러 번 했죠. 그런데 청순가련한 친구들도 맘고생은 많더군요. 그런데 딱 한 번, 모르는 남자들 손을 덥석 잡아주고 싶은 때가 있어요. 아니, 내 손을 살짝 만진 남자한테 그냥 실컷 잡으세요, 자 여기! 하고 내밀어주고 싶은 때가 딱 한 번 있었죠. 아마 앞으로도 그런 일은 없을 거예요. 때는 몇 년 전이었고, 대학원을 휴학하고 새벽에는 녹즙 배달, 저녁까지는 카페에서 아르바이트를 하면서 진로를 고민하던 때였죠. 몇 년 지난 지금도 여전히 진로를 고민하고 있긴 하지만요. 우연히 장기수 돕기 일일호프가 열리는 걸 알게 됐어요. 자원봉사자를 구한다고 하기에, 쉬는 날 기꺼이 호프집을 찾아갔어요. 자원봉사자가 많지도 않았지만 대부분 갓 대학 1학년이 된 어린 학생들이었어요. 그러다 보니 아무래도 일 솜씨가 빠릿빠릿하질 않아서, 현직 웨이트리스로 일하고 있던 제가 쟁반 들고 부지런히 왔다 갔다 하게 되었죠. 100평 쯤 되는 넓은 홀이라서 한참을 정신없이 다니다가 한 켠에 좀 묘한 손님들이 있는 걸 보게 됐어요.

그런 일일호프 같은 곳에는 대부분 손님들이 저녁 때 오시잖아요? 문을 열자마자 얼굴에 주름이 고랑처럼 깊게 팬 할아버지 몇 분이 앉아 계시더군요. 보통 한국의 아저씨나 할아버지들이 모여서 술을 몇 잔 하고 나면 종편 방송 음량처럼 사운드가 커지잖아요? 그런데 정말 묵묵하고, 정숙하게 술만 드시더군요. 친구들끼리 자원봉사를 온 대학 새내기들이 까르르거리다가 이분들의 주문을 놓쳐도, 이 어르신들은 그냥 빈 잔을 쥔 채 기다리기만 하시더군요. 어쩐지 보기에 딱해서 그쪽에 신경을 쓰다 보니 아예 이 테이블 전속으로 시중을 담당하게 되었어요. 과묵한 이 일행의 정체는 잘 모르겠지만 고랑처럼 깊게 팬 주름마다 뭔가 느껴졌는데, 돌아보니 그건 '고독'이었던 것 같아요. 고독은 돌림노래처럼 다른 고독을 지닌 사람을 부르죠.

그래서 제가 그 테이블에 유독 다정하게 굴었나봐요. 아직 비어 있는 홀에서 묵묵히 맥주를 마시고 있는 이 어르신들이 누군진 몰라도 그냥 놔둘 수가 없더라구요. 어딘가 좀 분위기가 묘했거든요. 보통 어르신들은 이거 가져와라 저거 내와라 사람을 턱으로 부리는 것에 능한데 이분들은 주문할 때도 어쩐지 미안하다는 듯한 표정을 짓질 않나, 접시나 컵을 내갈 때 몸이 닿을라치면 확 움츠러드시질 않나… 그럴수록 왠지 마음이 짠해서, 서비스직으로 단련된 미소도 열심히 발사하고, 뭘 달라고 부르실 때마다 총알같이 뛰어갔죠. 처음에는 굳어 있던 그분들의 표정이 조금씩 살살 풀리더니 몇 시간 후에는 미소도 지으시더군요. 무슨 철벽남이 넘어간 것도 아닌데 흐뭇하고 기뻤어요. 주최 측과 연관이 있는 좀 능란한 자원봉사자들이 시간이 갈수록 도착하면서, 그분들이 누군지 알게 됐어요. 왜 제 마음이 이상하게 짠했는지 알 것도 같았어요. 그분들이야말로 어쩌면 이 일일호프의 주인공이었던 거죠. 출소한 장기수 할아버지들이었던 거예요.

그렇게 몇 시간이 지나고 홀이 붐빌 때쯤 되자 어르신들도 보통 손님들과 다르지 않게 웃으면서 말씀도 나누시고 맥주나 막걸리도 제법 드셨어요. 물론 저는 여전히 이분들 테이블을 최우선으로 하고 벨이 울릴 때마다 다다다 하고 뛰어갔죠. 다른 데 서빙을 하다 곁눈질로 보니 접시와 잔이 비어서 슬슬 부르실 때가 됐구나 싶더니 역시였어요. 할아버지 한 분이 손을 드시더군요. 네! 하고 달려갔어요. 그러더니 주머니에서 주섬주섬 뭘 꺼내면서 말씀하시더군요.

"아가……."

물론 저는 남자에게 이런 호칭을 들어본 적이 없죠. 아이 러브 유 베이비, 이런 말도 못 들어봤는데 하물며 아가, 라고 불려본 적이 있을 리가. 할아버지는 꼬깃꼬깃 접힌 일일호프 티켓을 여러 장 꺼내더니 저에게 건네 주셨어요. 10만 원 어치나 되더군요.

"아가, 이걸로 좀……
아무거나 적당히 골라서 차려주려나……?"

씩씩하게 네! 하고 대답하며 주름진 손에서 티켓을 받아 드는데 할아버지는 고개를 조금 숙이고 뭘 보시더군요. 제 손은 예쁘지 않아요. 아이처럼 조그맣고 몽톡한, 어른들이 일 잘하게 생겼다고 말하는 그런 손이죠. 예쁠 것도 고울 것도 없는 그런 손인데 그분은 그런 제 손을 물끄러미 바라보고 계셨어요. 그렇게 신기한 걸 보듯 물기 묻고 둥글넙적한 제 손을 계속 보면서 일일호프 티켓을 건네시던 장기수 할아버지는 제 손가락도 아니고 손등도 아니고 손목을, 뜨거운 난로를 건드려보는 아이처럼 집게손가락으로 0.8초나 될까 말까, 아주 살짝 건드려보시더군요. 손을 떼고는 갑자기 누구에게 혼난 것처럼 혼자 화들짝 놀라시는 걸 보니 자기도 모르게 그러셨던 모양이에요. 저는 아무 일도 없던 것처럼 생글생글 웃으며 티켓을 세고 장수를 확인해드렸어요. 그제야 슬쩍 긴장하신 것 같던 할아버지의 얼굴에 간신히 미소가 돌아왔어요. 적당한 술과 안줏거리를 신경 써서 챙겨 드리고는 뭔가 자꾸 속이 상하고 화가 났어요. 그분이 손목을 만졌다고 화가 난 건 아니었어요.

아니 정 과장이니 이 부장이니 하는 새끼들이 아주 제 것처럼 주무르던 그까짓 내 손이 별것도 아닌데. 그놈들은 아주 제 것처럼 굴더만. 에이 까짓 거 그냥 내가 손목 한번 확 잡아 드릴걸. 아예 말해드리고 싶더라니까요. 괜찮아요, 닿는 것도 아닌데 혹시 잡아보시고 싶으면 실컷 잡으세요, 하고. 아니 아예 쏟아진 맥주에 미끄러진 척하고 무릎에 한 번 앉아 드릴 걸 그랬나? 아니 그러면 내 쪽에서 성희롱인가? 왜 이렇게 화가 나지? 세상에는 남의 몸을 제 사유재산인 양 찰흙처럼 주물러대고도 미안한 줄 모르는 놈들 천지인데, 높은 것들은 남의 가슴을 건드리고도 뭐 손녀 같아서 그랬다는 둥 말도 안 되는 소리를 똥처럼 싸지르는데, 이런 인간들은 멀쩡하게 잘 살고 있고 맡겨 놓은 제 것 찾듯이 남의 몸을 한번 달라고 조르다 화까지 내는 놈들이 하늘의 별처럼 넘쳐나는데, 손톱 끝으로 내 손목을 살짝 건드려보고는 저렇게 미안하다는 얼굴을 하는 사람들이 있는 건 좀 이상한 거 아니야?

고독은 다른 고독을 부른다고 제가 말했나요? 0.8평의 고독을 제가 당해낼 수는 없겠지만 취객이 하수구인줄 알고 오줌을 싸는 A4용지만 한 창문이 달린 지하방에 살고 있던 저도 고독하긴 했던 것 같아요. 왜 남의 손을 만지고 그러세요! 하기엔 마음이 뭔가 찡하고 울렸어요. 사실 만졌다고 하기에도 뭐한 찰나의 순간이었어요. 그냥 내가 대신 마구 억울했어요. 그 좁은 방에서의, 내가 감히 상상할 수도 없는 긴 고독이. 한번 달라고 치근대기는커녕 사람 그림자도 보기 힘들었을 시간들이. 한참을 망설이다가 손가락도 아닌 손톱 끝으로 여자애 손목을 살짝 건드려만 보는, 죽어도 내가 알 수 없을 그 고독의 무게가. 아마도 그 고독 때문이겠죠. 정신이 아득해질 것 같은 키스를 할 줄 알던 남자보다도, 능란하게 여자를 안을 줄 알던 남자보다도, 몸과 마음에 가장 강렬하게 남아 있는 남자의 감촉을 골라보라면 아무래도 그때 그 짧은 순간, 이라고밖에 대답할 수 없는 것은.

송지선에게
술이라도 한 잔 사 먹일 수 있었다면

2011년 5월 송지선 아나운서가 서초동 자택에서 투신자살했다. 전 남친이라는 사람이 SNS에 공개적으로 그를 '깠고', 그 외에도 수많은 사람이 신나게 그랬다. 무성한 소문과 싸우다가 결국 야구선수 임태훈과 열애 사실을 밝혔으나 임태훈 측에서는 그날 당장 그거 아니라고 딱 잘랐다. 송지선 아나운서는, 마지막 순간까지 어떻게든 살아보려고 했던 것 같았다. 그게 참 슬펐다. 그의 장례식에 참석한 야구선수는 몇 되지 않았다. 갑갑해서 나는 조금 울었다. 그때 쓴 글이다.

아무도 궁금해하지 않고 알고 싶어 하지도 않고 말

려들고 싶지도 않을, 한심한 여자들의 이야기를 하려 한다. 《여자가 섹스를 하는 237가지 이유》라는 책이 있다. 남자가 어떤 이유로 섹스를 하는지는 남자가 아니라서 모르겠지만, 여자보다는 간단할 테다. 뭐 하고 싶으니까 하겠지. 어쨌거나 하고 싶어서 하는 것 말고도 여자는 그 이유가 236가지나 더 있다. 어쩌면 더 많을지도 모른다. 하도 달라고 하니까 동정해서, 이 남자랑 지금 안 자주면 우리 관계가 멀어질까 봐 겁이 나서, 내 존재의 매력을 증명해보고 싶어서, 하다못해 TV에 볼만한 프로가 없어서 등등 별별 이유가 다 있는데 이런 구차한 이야기가 서글프면서도 웃기게 담겨 있는 책이다. 아마 이런 책에 전혀 공감하지 않는 여자가 아마 어딘가에는 있을 것이다. 나는 그런 여자가 못 된다. 그리고 정말이지 그런 여자가 부럽다. 그 여자는 아마 그냥 하고 싶으니까 섹스를 할 거다. 아니면 사랑해서 하거나. 그 여자는 독립적이고 똑떨어지고 아주 야무질 것이다. 그녀는 자신의 몸을 하나부터 열까지 사랑하고, 사랑하는 자신의 몸을 온전히 자기가 주장하기 때문에 욕망 또한 매우 주체적일 것이며, 내 가치는 내가 정한다는 기치를 높이 세우고 원하지 않을 때는 절대로 섹스하지 않는 주체적인 성 생활을 할 것이다. 여기서 잠깐, 원하지 않을 때 섹스하지 않는 게 뭐가 어렵냐고? 그게 뭐가 대단하게 주체적인 일이냐고? 아마 남자가 원할 때마다 섹스할 수 없는 경우와 비슷한 빈도로, 원하지 않을 때 섹스하는 일이란 게 어떤 여자들에게 일어난다.

당연히 원하지 않을 때 절대로 섹스하지 않는 야무진 여자들은 이런 일이 도대체 어떻게 해서 일어나게 되는 건지, 어떻게 해서 어떤 여자들이 자신을 그런 상태까지 내던지게 되는지 죽었다 깨어나도 모를 것이다. 그리고 경멸하는 눈빛으로든, 직접 말로 하든, 댓글로 하든, 꼭 입 밖에 내어 그런 여자들 들으라고 크게 말한다. 왜 저렇게 스스로를 함부로 할까? 왜 저렇게 싸게 굴까? 왜 여자가 자기 가치는 자기가 정하는 건데 왜 자기 자신을 함부로 하지? 어떻게 저렇게 스스로를 사랑하지 않을까? 자존감이 그렇게도 없어? 때때로 스스로를 내던졌던 여자들이 자기를 내던졌던 바로 그 순간, 같이 있었던 남자들은 내가 언제 그랬냐는 듯 잠깐 시궁창에 빠졌다는 태도로 툭툭 털고 결국 야무진 여자들과 어울려 이런 말에 꼭 맞장구를 치므로 야무지지 못한 여자들은 끝끝내 고립된다. 아무리 그들이 괴로워하더라도 아무도 이야기를 들어주지 않는다. 단지 손가락질하며 말할 뿐이다. 미친년 ㅋㄷㅋㄷ, 걸레, 정신병자, 관심병, 자살 드립, 헤픈 여자. 송지선 아나운서의 기사 댓글에 달려 있던 그 말들. 나 역시 지겹도록 들어본 그 말들. 왜 그렇게 자존심이 없냐고. 왜 그 따위로 사냐고. 내가 대신 대꾸하자면 그래, 우린 후져서 그렇다. 후진 여자들이 대체로 정도 많고 마음도 약하고 사랑하는 남자에게 미움받는 걸 무서워한다. 그러다 보면 우린 뭐라도 했다.

하지만 당신이 보기에 막 사는 것처럼 보이는 우리가 그냥 당신 생각처럼 '걸레'라서 그런 건 아니다. 당신이 어깨 누를 때 대차게 내치지 못하는 우리가, 스스로에게 끝내 '먹다 버린 년'이라는 말까지 쓸 수 있는 우리가, 관심병이라고 놀림을 받건 말건 누가 조막만큼이라도 따뜻하게 굴어주면 거기 기대 어떻게든 살고 싶었던 우리가, 당신이 생각하는 것처럼 원래 열등한 미친년이고 헤퍼서 그런 거 아니다. 멀쩡한데 그냥 혼자 미친 거 아니다. 그래, 우리에겐 자존감이 없을지도 모르지. 그렇다면 당신의 넘치는 자존감 좀 기부해 달라. 남의 일인데 일일이 미친년 지랄한다 ㅋㅋ 하고 참견하며 댓글 달 수 있는 그 여유를 좀 기증해줘라. 그놈의 '자존감'이란 걸 돈으로 살 수라도 있다면 사채라도 써서 대량으로 구입할 텐데.

하지만 도대체 그걸 어디 가서 살 수 있단 말인가. 끝내 미친 여자 취급받게 되고, 자신을 함부로 굴린다는 비웃음을 받는 여자들을 보면 대체로 마음이 여린 경우가 많다. 단단하지 못한 마음 어느 구석이 모자라게 느껴지다 보면 자꾸 내가 덜떨어진 것 같고, 텅 빈 자리에 그놈의 사랑이라는 걸 받아서 좀 채워보고 싶게 마련이다. 영영 이렇게 모자란 채로 살게 될까 봐 사랑받을 수만 있다면 무슨 짓이라고 할 수 있을 것처럼, 덜컥 끝도 없이 겁이 나고 한없이 고독할 때가 있는데 이런 때야말로 이 여자들이 이용당하기 가장 좋은 시각이다. 우린 정말 무슨 짓이라도 하니까. 내가 이렇게까지 해야 되나, 하고 후회할 걸 알면서도 버림받을까봐 겁이 나서 결국 통째로 자신을 내주게 되지만 대체로 이러한 종류의 항복은 전혀 보답받지 못한다.

이런 여자들이라고 꼭 못난 여자인 것도 아니다. 그 유명한 미디어의 여왕 오프라 윈프리조차도 자신을 '웰컴 매트'라고 불렀던 때가 있었다. 현관에 들어가기 전에 신발에 묻은 오물을 쓱쓱 문질러 닦는 그 매트 말이다. 허나 스스로를 0퍼센트의 의심도 없이 너무나 사랑해 마지않는 사람이야말로 얼마나 무섭고 강퍅한가. 당신은 사랑받기 위해 태어났다고 아무리 노래를 들어봐야 그깟 노래 가지고 어쩌란 말인가. 사랑을 받아봐야 나는 사랑받기 위해 태어났다고 믿을 수 있는 건데 온 세상에서 미친년 취급을 받고도 굳건히 자신을 사랑하는 사람이 있다면 그 사람이야말로 얼마나 독하고 무서운가. 스스로 자기가 24시간 정말 좋아 죽겠는 사람이 있다면 나는 될 수 있는 한 그 사람을 멀리 하고 싶다. 물론 그쪽에서도 나를 가까이 하려 하지 않겠지만 전속력으로 내빼고 싶다. 죽을힘이 있으면 그 힘으로 살라고 말하는 사람하고도 될 수 있는 한 척지고 싶다. 어떤 사람들에게는 죽을힘이 있으면, 이 아니라 죽을힘밖에 안 남을 때가 있다는 걸 알기 때문이다. 그런 지옥이 있다. 당신이 못 봤다고 그런 거 없는 거 아니다. 그런 지옥에 살던 여자 하나가 끝내 죽었다.

이 여자는 사귄다고 했는데 순식간에 그런 거 아니라고, 우리 안 사귄다고 싸늘하게 내친 남자가 야속하긴 하지만 그 사람이 죽였다고 할 수도 없고, 악플이 죽였다고 할 수도 없고, 그 여자 스스로가 못나서 죽은 거라 할 수도 없고, 죽인 사람은 없는데 죽은 사람만 있다. 하지만 진짜 죄인이 있다면 아마 지금 당장 야 다음엔 어떻게 될까? 남자라도 자살했으면, 혹은 그에 준하는 무슨 일이 또 일어났으면, 하고 두근두근 기대하는, 그 사람들이 공동의 살인자다. 드라마를 갈구하고 또 갈구하는 사람들. 이거 내일은 또 무슨 일이 일어날지 ㅋㄷㅋㄷ 거리면서 몹시 흥미진진해 하는 사람들, 트윗이나 리플 따위로 자기 일도 아닌 사건마다 준엄하게 판단하고 한마디씩 거들면서 속으로는 사실 현실 속 막장 드라마, 사건사고를 더 보고 싶어 목마른 인간들. 이것들이야말로 진짜 악마다. 너무 흔해 빠져서 알아볼 수조차 없는 악마. 자기 삶에서 드라마를 만들 여유도 매력도 성의도 없지만 드라마틱한 건 보고 싶고, 그렇게 남의 일에 말 한마디 간편하게 거들면서 사는 것들. 송지선 아나운서가 그런 글 따위 안 봤으면 좋았겠지만 세상이 날 다 버린 것 같을 때 자기 이름을 검색해보는 그 기분은 이해할 수 있다. 소설가 미셸 우엘벡 같은 사람도 자기 이름을 구글링하는 건 부스럼을 박박 긁는 것 같은 짓이라고 했다. 그렇지만 나를 사랑하는 사람이 세상에 정말 아무도 없는지, 확인하고 싶을 때가 있게 마련이다. 그리고 송지선은 무엇을 확인했을까.

건너라도 아는 사이였다면 송지선 아나운서에게 팔팔 끓인 뜨끈뜨끈한 선지해장국을 안주로 술이라도 한 잔 사 먹이고 싶은 마음이 간절했다. 그러면서 인터넷 같은 거 다 끊어버리고 스마트폰 같은 문명의 이기는 좀 던져버리라고 애걸하고 싶었다. 절대 트위터 확인하지 말고 싸이월드 같은 거 다 끊어버리고, 당신 이름 나온 기사며 댓글이고 보지 말라고. 절대 검색창에 당신 이름 쳐보지 말라고. 내 친구였다면 당장 컴퓨터 랜선 잘라버리고 대신 이거 하면 시간 팍팍 간다며 시드 마이어의 게임 '문명'이라도 깔아주고 싶었다. 우리가 친구였으면 좋았을 걸 그랬다. 당신을 요만큼이라도 도울 수 있었다면 좋았을 텐데. 손톱만큼이라도 돕고 싶었는데. 허나 이제 다 늦어버렸다. 잘 가라 어여쁜 당신. 남자 때문에 우는 거야 우리 다 어쩔 수 없지만 이게 그냥 사람들이 함부로 놀리던 대로 자살 '드립'으로 그칠 만큼 당신이 세게 사는 걸 봤으면 참 좋았을 걸 그랬다. 혹시라도 남자 때문에 울고 사람 입에 오르내려 우는 여자 있거든 그냥 이것저것 다 끊어버려라, 딱 하나 목숨만 빼고. 특히 댓글이나 악플을 봐야 하는 사람이라면 남자고 여자고 눈을 딱 가린 채 '문명'이나 깔아라. 아니면 '심즈'든가. 고래 힘줄보다 더 안 끊어지는 게 관심인 거 다 알지만 그래도, 그래도…… 일단 살고 봐야 할 게 아닌가. 댓글 새로고침 하지 말라니까. 검색창에 당신 이름 쳐보지 말라니까. 인터넷이고 SNS고 소통이 넘치는 세상이지만 때론 그 소통에서 좀 피해 살아야 할 때가 있다. 한때 '피할 수 없으면 즐겨라'는 말이 유명했다. 얼어 죽을 소리, 피하지 못해도 제발 피해라. 피할 수 없어도 피해라. 될 수 있는 한 피해서, 어떻게든 잘 피해서 우리 부디 살아서 만나자. 그때까지, 안녕…….

3. 파란만장 미스 김

기륭전자 노동자 투쟁을 취재한 후 처음으로 노동이라는 것에 대해 깊이 생각하게 되어 생생한 취재, 또 살아 있는 글을 쓰고 싶다는 마음에 녹즙 배달이라는 일을 시작했다. 오후에는 할아버지 손님들에게 '미스 김'이라고 불리며 카페에서 일했다. 이 글들은 그때 있었던 시시콜콜한 일들을 기록한 것이다.

　　　지금은 이게 다예요

　　　　　　　적어놓으니 무척 간단하고 만만한 것처럼 보이지
만 지금까지 살면서 잡으려고 해봐도 좀처럼 잡히지 않는 것들이
었다. 어쩌면 지금까지, 사소하고 소소한 행복을 진즉에 알았다면
오히려 그게 이상한 거였는지도 모르겠다. 20대는 피가 펄펄 끓는
시기였으니까. 맥주에 뭘 섞은 폭탄주로 식힐 수밖에 없을 만큼,
그렇게 뜨거웠으니까. 다시 스무 살이 되라고 한다면, 즉각 죽어버
리겠다. 두 번 다시 그렇게 살 자신이 없다. 그 시절을 되돌린다는
생각만 해도 끔찍하기 때문에 혹시라도 램프의 요정이 나타나서
다시 스무 살로 만들어준다면 바로 혀를 확 깨물지도 모르겠다. 어
른들은 젊어서 좋겠다고 하지만 이렇게 돌아볼 수 있는 걸 보면 이
제 젊지도 않다. 어쨌거나 그만큼 독한 시절이었다. 하기야 그렇게

나쁠 것도 없었다. 멀쩡히 국립 4년제 대학을 빚 안 지고 제 힘으로 다녔지, 좀 허접한 회사라 해도 월급 밀리지 않는 회사에서 사무실에 앉아서 일하는 정규직으로 몇 년 월급 타 먹었지, 폭삭 망했고 다시 일 들어올 기미도 별로 없어 보이지만 영화 시나리오 작가로 일단 데뷔는 했고, 2년이나 질질 끌며 휴학 중이지만 뭐 어찌 어찌 대학원도 합격해서 적을 두고 있고, 돈 없고 꽉 찬 나이에 시집 갈 가망이 별로 없어 보인다는 것만 빼면 그럭저럭 열심히 산 인생이었다.

부족한 건, 다만 자족의 힘이었다. 성서에서 사도 바울은 "나는 비천에 처할 줄도 알고 풍부에 처할 줄도 알아 모든 일, 곧 배부름과 배고픔과 풍부와 궁핍에도 처할 줄 아는 일체의 비결을 배웠노라"라고 말했다. 그 일체의 비결, 이것이야말로 지금까지 내가 몰랐고 앞으로 더 배우고 끝없이 배워야 할 것들이었다. 지금 병상에 누워 힘겹게 싸우고 있는 리영희 선생님 역시, 그 '일체의 비결'을 알고 계셨다. 선생님은 "인생에 대단히 로맨틱한 것이 기다리고 있을 거라는 기대를 버리면, 많은 것이 간단해진다"고 특유의 간명한 말투로 딱 잘라 말했다. 20대가 그토록 독하고 힘들었던 이유는 여기보다 어딘가에, 라고 중얼거리며 끝없이 뭔가 대단히 로맨틱한 일이 나를 기다리고 있을 거라는 삿된 망상이었다. 그 망상이 헛된 기대를 부르고 망상과 기대가 힘을 합쳐 피를 펄펄 끓게 하던 거였다. 비천에 처하기도 하고 풍부에 처하기도 하고 배부르기도 하고 배고 프기도 한 것이 인생일 텐데 비천에 처하면 매우 이상하게 여기고 배가 고파지면 억울해하다 보니 이건 공정하지 않다고 화를 내다 가 홧술이나 들이켜고 사방에 민폐를 끼치는 삶을 산 지 어언 10년, 지긋지긋하고 스스로가 싫었지만 남이라면 절대로 상종 안 하겠건 만 하필이면 지긋지긋한 이 여자는 나 자신, 평생 가까이할 수밖에 없는 인간이니 어떻게 해서든 대책을 세워야 한다. 일단 근면한 인간 이 되어야 했다. 특기라고 가지고 있는 건 잠 적게 자는 것, 아침에 벌떡 빨리 일어나는 것, 30분 안에 책 한 권 읽는 것, 타자 1300타 치는 것, 대형 오토바이 면허증, 몸이 바지런바지런 잽싼 것뿐인데 생활을 도모하는 데 별 도움이 되는 재주들은 아니었다. 그나마 이 런 조건에 일치하는 밥벌이가 아침에 하는 녹즙 배달이었다. 전단 지를 보자마자 전화를 걸어 녹즙 배달하는 일을 시작했다. 주부 사 원 모집이라기에 나도 모르게 애달픈 말투로 전화기에다 대고 저, 결혼 못 했으면 녹즙 배달도 못하나요, 하고 구슬프게 물었다. 그 건 꼭 아니라고 했다. 그래도 아가씨들이 하기엔 좀 그런 일이라며 지사장은 말끝을 흐렸다. 500명 정도 배달사원을 썼지만 결혼 안 한(못 한) 아가씨를 쓴 적은 없다면서 망설였지만 면접에 나가 열심 히 하겠다고 여덟 번쯤 말하자 채용해주었다. 지금 내가 비정규직 인지 하청업자인지도 모르겠고 종종 잡상인 취급을 당하지만, 따 지고 보면 잡상인이 아닐 것도 없다. 자본주의 체제 아래 사는 이상 우리 모두는 노동 시장에 자기를 파는 잡상인이니까. 훌륭한 잡상인으로 살아야지, 라고 중얼거리며 일생의 연인과 이별하는 기분으로 술을 끊었다. 그 많은 술이 없었다면 그 많은 연애, 혹은 사고를 단 한 번도 경험할 수 없었을 텐데 아직까지 술을 미워해야할지 고마워해야 할지 알 수가 없다. 다만 술과 보낸 시간을 후회하지는 않는다. 어쨌거나 끊는 김에 담배도 끊고, 고기도 끊어서식비를 줄였다. 돈도 못 벌지만 술을 끊으니 돈 나갈 데가 확 줄었다. 아등바등 어떻게 해서든 돈 버는 독한 재주만 생활력인 줄 알았더니 돈 안 쓰는 재주도 버젓한 생활력이라는 것을 이렇게 늦게깨달았다. 음식을 줄이니 몸도 가벼워지고 간혹 먹는 음식 맛을 천천히 음미하게 되었다. 예전에는 뭔가를 할 수 있는 것, 살 수 있는것, 가질 수 있는 것만이 자유라고 믿었지만 그렇게 믿고 있던 세상이 얼마나 좁은 세상이었나 돌이켜보니 부끄럽다. 아마 앞으로더 부끄러울 일이 많을 것이다. 하지 않는 것, 사지 않는 것, 가지지 않는 것 역시 자유였다. 어쩌면 이게 더 질 높은 자유였다.

어쨌거나 일이 쉽지는 않았다. 회사 생활이나 글 팔아 먹고사는 거나 카페 아르바이트 같은 건 노동의 'ㄴ' 자도 붙이기 좀 민망하다싶었다. 지사장님은 어쩐지 구성진 말투로 "이 일이, 비가 오면 좀서글퍼요……"라고 말했는데 아니나 다를까, 맡은 첫날부터 비가왔다. 하지만 내가 아무리 일찍 나온다고 해도 청소 아줌마들은 새벽 5시에 나온다. 집에도 안 들어가고 사무실 책상 앞에 앉아 밤새 도록 일하고 그대로 잠들었다가 일어나서 다시 일하는 사람들이 있다. 정말 일을 열심히 하시는 것 같다고 감탄하면 건너 책상에 앉은 사람이 콧방귀를 뀌며 요즘 가정이 안 좋은 거지, 하고 뭔가 어른만이 할 수 있는 관조의 태도를 보인다. 사정이 있어서 관둬야 했던 저번 아줌마에서 내가 담당으로 바뀌고 나서 먹던 사람들이 뚝뚝 떨어져 나가고 새로 먹는 사람은 한 명도 없고, 말이라도 붙여보려면 찡그린 얼굴로 손부터 내저어서 기가 팍 죽어 녹즙 가방과 수레를 질질 끌고 나오면 경쟁 브랜드 배달 아줌마가 안쪽에서 빤히 보면서도 문도 안 열어주고 왕따를 시키고, 회사에서 입히는 조끼는 바로 뒤에 '결사투쟁'이라고 적어놔도 하나도 안 이상할 것 같아 기분이 묘하고, 스키니 진이라도 입고 나온 날이면 청소 아주 머니들한테 어깨 너머로 흉보는 소리에 한참 잔소리를 듣지만 새 벽에 벌떡 일어나 일 나가는 건 전혀 싫지 않다. 아직은 영 숫기가 없어서 좋은 영업 사원이 되기엔 아무래도 틀린 것 같다. 그렇지만 회사 다닐 적에 아침에 벌떡 일어나 나가는 것보다는 훨씬 좋다. 그때는 정말이지 저녁 6시까지 사무실에 갇혀 일해야 한다는 게 죽을 만큼 싫었다. 사무실에 앉아 일하고 싶어 하는 사람들도 많다는 걸 알면서도 그렇게 싫었다. 달마다 엄마에게 돈을 부치지 않아도 되었다면 진작 도망쳤을 것이다. 그렇게 살면서 모은 전세금을 엄마에게 털어주고 앞으로 내 능력으로 회사 생활 같은 거 하기에는 받아주는 곳도 없어 영 틀린 것 같다고 고백한 다음 마이너스 통장만 끌어안고 있다가 비로소 아침 일찍 일 나가는데, 확실히 예전보다 낫다. 일을 마치고 새봄답지 않은 날씨에 주머니에 손을 찌르고 집으로 가다 보면 한때 내가 그들 중의 하나였으므로 확실히 알고 있는 바로 그 표정, 9시부터 6시까지 일해야 하는 사람들의 그 표정으로 사람들이 하나둘씩 출근을 한다. 아마 나는 그 사람들의 4분의 1이나 벌까 싶지만 대신 네 배는 행복하다. "이 일에도 어떤 어드벤처가 있다"라며 어드밴티지를 잘못 말한 게 분명한 지사장님도 귀엽고, '저 3층 흑마늘이에요'라고 문자하는 과장님도 귀엽고, 별것 아닌 일들이 웃기고 귀엽고 사랑스럽다. 아마 앞으로도 나는 돈벌이가 시원찮을 것이고 불같은 기세로 영업해서 구좌를 엄청나게 늘려 수당을 엄청 받는 일도 없을 것이고 뭐 그저 그렇겠지만, 알 게 뭐란 말인가. 마르그리트 뒤라스의 말처럼, 지금은 '이게 다예요'다. 알코올 중독에서 벗어나고 있는 대학원 휴학생, 매일 잡상인 취급을 받아도 사소한 것에 실실 웃을 수 있게 된 나는 녹즙 아가씨, 이게 다예요 C'est tout.

연애와 영업의 결정적 차이

녹즙 아가씨에서 직함이 하나 더 추가되었다. 그 이름이 무언가 하니 바로 '미스 김'. 사람이 저지르는 모든 어리석은 일들의 원인은 좁혀보면 딱 두 가지다. 외로워서, 아니면 먹고살려고. 심심하거나 배고파서 온갖 바보 같은 일들을 저지르게 된다. 나도 항상 그랬다. 심심하지 말아야겠다, 사람이 아침 해를 보며 일어나 해가 질 때까지 열심히 일하고 집에 돌아와 푹 잠드는 건강한 생활을 하면 남의 일에 신경 쓸 시간이 없을 텐데, 싶어 일단 나부터 그러기로 하고 홍대 앞에 있는 카페에 취직했다. 홍대 앞에 있는 카페라고 해서 아기자기하고 예쁜 인테리어에 젊은 사람들이 드나드는 오밀조밀한 카페를 생각해서는 안 된다. 저녁 6시가 지나면 커피 머신을 끄고 경음악 시디를 빼고 애들이 좋아하는 가요 시

디로 바꿔 틀고 튀김기를 켠 다음 트랜스포머처럼 한순간에 호프
집으로 변신한다.

　버드와이저와 오비 맥주 포스터, 소주 브랜드 광고 모델 유이의
등신대 포스터 옆에 도자기로 만든 다소곳한 백작부인 인형이나
커피 원두 병 같은 것이 놓여 있는 국적불명의 주간 커피 야간 맥
주 가게의 낮 시간 손님들은 주로 50대에서 70대를 다양하게 넘나
드는 어르신들이다. 미스 김, 나 아메리칸 커피 하나. 나는 카푸치노
로 줘. 미스 김, 오늘 어디 가나? 미스 김은 할 수 있는 한 최선을 다
해서 활짝 웃는 얼굴로 12시부터 6시까지 커피를 나른다. 아침 6시
부터 녹즙을 나르니 손가락을 꼽아보면 하루 열두 시간 노동하는
셈이다. 녹즙 배달도 처음에는 배달이 7이고 영업이 3이려니 했는
데 웬걸, 영업이 7에 배달이 3이다. 미스 김은 입이 안 떨어진다.
시음료에 빨대를 꽂아서 내밀면 쳐다보지도 않고 아 저리 치워요,
하고 말하는 사람들에게는 이제 익숙하다. 미스 김은 회사 다니던
시절을 생각하며 노래를 흥얼거린다. 괜찮아요, 나도 한때는 누구의
마음 아프게 한 적 많았죠…… 그때 저 그런 거 안 먹는다니까요,
하며 야멸차게 뿌리쳤던 녹즙 아줌마가 몇 명이던가. 아, 여사님
들, 그때는 죄송했습니다. 대책을 세워야겠다고 생각한 미스 김은
그동안 세일즈 관련 책을 50권쯤 읽었다. 그러다 보니 재미있는 점
들이 있었는데, 유명한 세일즈 교육가는 유명한 동기 부여 강사일

경우가 많다. 이들은 연애 관련 서적도 종종 쓴다.

그도 그럴 것이 연애와 영업은 신기하게 비슷한 구석이 많다. 첫째는 인사이드 마케팅, 내부교육이 철저히 되어야 한다. 자기 스스로를 좋아하지도 않고 자신이 없는 사람이 이성에게 매력적이지 못한 것처럼, 세일즈맨 스스로가 좋아하지 않는 상품을 팔 수는 없다. 다행히도 나는 내가 파는 녹즙을 좋아한다. 믿을 수 있는 브랜드고, 꽤나 맛있다. 두 번째는 손님, 혹은 이성의 거절을 개인적 거절로 받아들이지 말 것. 수많은 세일즈 도서는 입을 모아 손님에게 상품을 권했다가 거절당했을 경우 자기 자신이 거부당했다고 생각해서 의기소침해지는 것이 세일즈맨이 가장 빠지기 쉬운 함정이라고 말한다. 실은 남자 문제도 마찬가지다. 용기 내서 들이댔다가 반응이 신통찮으면 여자들은 스스로에게 수천 개의 화살을 돌린다. 오늘 옷이 별로였나? 역시 여자가 먼저 들이대면 안 돼. 내가 눈이 너무 작아서, 코가 너무 커서, 몸무게가 3킬로만 덜 나갔다면 좋았을 걸, 조금 더 예뻤더라면 어떨까, 직업이 좀 괜찮으면, 기타 등등 할 수 있는 자기 탓은 끝도 없이 많다(남자들은 훨씬 더 긍정적이다. 저 여자 뭘 잘못 먹었나 보다 생각하고 얼른 현명하게 발을 빼니까). 하지만 그게 그냥 나쁜 '때'였을 경우도 있는 거였다. 그 남자가 바쁠 때이거나, 기분이 안 좋거나, 뭘 잘못 먹었거나 뭐 어쨌거나 여러 가지 기타 등등. 세 번째, 모든 건 어차피 확률 게임이다. 전단지 10장 돌리는 것과 1000장 돌리는 것 중 고객이 될 만한 사람을 만날 확률은 당연히 1000장 쪽이 더 높다. 텔레마케팅의 경우 무작위로 23명에게 전화를 걸었을 때 응답을 받을 확률은 그중 7명이라고 한다. 23명의 남자를 만나봤자 뭔가 볼꽃이라도 일어날 확률은 그중 고작 7명인 것이다. 그러니 가뭄에 콩 나듯 남자를 만나 봤자 무슨 일이 일어나지 않는 건 당연한 것. 고객이든 남자든 구경이라도 많이 해야 내 것 될 확률이 높아지는 거였다.

하지만 단 하나만은 결정적으로 달랐다. 많은 세일즈 전문가들은 좋은 성적의 비결을 '고객을 빚진 상태로 만드는 것'이라고 말한다. 고객에게 호의를 자꾸 베풀어, 고객이 자꾸만 받게 만들어서 세일즈맨에게 빚을 진 상태로 만드는 것이다. 그러면 사람이란 존재는 받으면 어느 정도 돌려주어야 한다는 의식이 있기 때문에 세일즈맨과 고객 사이의 거래가 자연스럽게 이루어진다는 것인데 연애에서는 '빚진 상태'라는 것 자체가 존재하지 않는다. 잘해주고 잘해주고 또 잘해줘봤자 상대는 우쭐해질 뿐이다. 세일즈맨에게 호의를 받은 고객은 저 사람 참 친절하네, 너무 잘해줘서 미안하다, 하고 생각하지만 끝도 없이 퍼주는 연인은 상대의 목에 깁스를 둘러주는 꼴이다. 저렇게 잘해주는 걸 보니 내가 진짜 좋은가 보다, 내가 얼마나 좋으면 저럴까. 아주 나한테 죽네, 죽어. 빚 따위는 없다. 내가 당연히 받아야 할 것이다. 저렇게 나한테 잘하는 이유는 내가 당연히 그럴 만한 이유가 있는 인간이기 때문이다. 내가 좋아서 저러지 그것 말고 무엇을 생각할 수 있겠는가? 받는 건 자꾸만 당연해진다. 쟤가 뭔가 아쉬우니 나한테 이러겠지. 콧대도 점점 높아진다. 사랑에는 빚이 없다. 아쉬운 사람만 있을 뿐. 새벽에는 녹즙 리어카를 끌고, 점심 저녁에는 커피 쟁반을 나르면서 미스 김은 생각이 많다. 책상머리에 앉아 있는 것보다 많이 배운다. 평생 할 줄 몰랐던 영업이라는 걸 하면서 미스 김은 많이 웃게 되었다. 즐겁기 때문에 웃을 수 있는 게 아니라 자꾸 웃다 보면 즐거워진다는 것도 처음 알았다. 앞으로도 더 배울 것이 차고 넘칠 것이고, 미스 김은 조금 기대되기도 하고 조금 무섭기도 하다. 부디, 살살 배웠으면. 살살.

이런 시급!

미스 김은 하루를 네 등분으로 쪼개 살고 있다. 아침나절에는 녹즙을 배달하고, 녹즙 배달이 끝나면 얼른 주간 커피 야간 맥주의 카페로 달려가고, 다방에서 일하면서 짬짬이 책을 보거나 해야 할 공부를 하면서 커피 나르고 설거지하는 일이 끝나면 운동도 하고 글도 쓰고 남은 시간에 잠잔다. 시간이 금방 가는데, 요즘 미스 김은 유독 힘들었다.

대학 시절에도 등록금 벌어대느라 정규직으로 근무하면서 학부를 마친 적도 있고 주간 대학원 과정을 수강하면서 회사 생활을 병행한 적도 있는데 유독 요즘 시름시름 아픈지 생각해보니 익숙하지 않은 일에 처음 도전해서 그런 거였다. 녹즙 배달, 이라고 쓰고 영업이라고 읽어야 하는 이 일이나 카페 일이나 다 사람 대하는 일인데 책상머리에만 앉아 일했던 미스 김은 사람 대하는 일 해본 적은 없다. 이 분야에서는 그야말로 저숙련 노동자 그 자체다. 녹즙일은 석 달이 넘어가니 그럭저럭 할 만하고 그 전에도 홍대 앞 카페에서 일해본 적은 있지만 여기는 다르다. 젊고 세련된 젊은이들이 드나드는 그런 카페와는 거리가 멀다. 사장이 직접 집에서 로스팅한 원두를 갈아 커피를 내리지만 커피 맛 같은 거 별로 상관하지 않는 손님들이 온다. 설계도급계약서나 보험계약서를 든 손님들이 핸드폰을 한쪽 귀에 끼고 바쁜 걸음으로 들어와 여기 커피 둘, 그리고 자기 일에 열중한다. 같이 일하는 아가씨 말로는 그 전에는 재판 합의 보러 오는 사람들도 많았다고 한다.

하지만 커피 맛 잘 모르는 손님들만 온다고 생각한 건 미스 김의 오해였다. 며칠 전에 커피 맛의 전문가를 자처하는 손님이 왔다. 5시 반이면 생맥주 영업을 준비해야 해서 커피 머신을 끄는데, 굳이 다짜고짜 커피 한 잔 마셔야겠다는 손님 덕에 정리해둔 커피 머신을 다시 켰다. 리필도 해달라기에 그건 어렵다고 하고 기계를 닦는데, 손님이 갑자기 버럭 화를 낸다. 내가 스타벅스를 많이 가봐서 커피 맛을 아는데, 여기 커피는 향도 맛도 없고 그냥 물이란다. 내가 스타벅스나 커피빈을 얼마나 많이 가본 사람인 줄 아느냐며 손님은 흥분하는데 미스 김은 우리 다방에서 쓰는 원두 이거 다 사장이 코

스트코에 가서 스타벅스 원두를 자루로 사온다는 걸 알지만 그런 말 해봤자 상황이 별로 나아질 것 같지 않으니 그저 네, 네 하며 커피 머신을 행주로 괜히 문질러 닦는다. 온갖 불평을 주절주절 늘어놓고 있는 손님의 커피 미학을 한동안 듣고 있다 보니 바로 전전 테이블도 좀 이상한 손님이었던 것도 같다. 미스 김이 일하는 가게에서는 6시부터 생맥주 영업을 하기 때문에 낮에는 병맥주만 판다. 4000원을 받는데, 그렇게 작은 병이 아니기 때문에 술을 끊기 전의 미스 김이었다면 괜찮은 가게라고 생각하며 마셨을 정도다. 하지만 병맥주를 뭐 4000원씩이나 받냐고, 이 동네는 다 3000원 받는다고 버럭 화를 내며 나간 손님들도 있었다. 쩨쩨하기로는 어디 가서 지지 않을 미스 김이지만 맥주 한 병에 3000원 받으라는 건 좀 도둑놈 심보지 싶어서 활짝 웃으며 그 가게 찾으시면 저도 알려주세요 꼭 사먹으려구요, 하고 보냈지만 이번 손님은 4500원짜리 커피 한 잔 마시면서 톡톡히 그 값을 한다. 4500원이면 법정 최저 임금을 받고 있는 미스 김의 시급보다도 몇백 원 많은 값이니 아주 푼돈이라 할 수는 없지만, 손님은 찻값을 던지며 내가 이 돈을 왜 내고 있는지 모르겠단다. 자본주의 사회니까 그렇죠 손님, 하고 친절하게 말해줄 수는 없으니 미스 김은 커피 머신이 닳도록 행주로 문질러 닦고 있는데 그는 나가면서 끝내 미스 김에게 강렬한 한마디를 던진다. "도둑년!" 졸지에 도둑년이 된 미스 김은 그저 행주질만 한다. 별로 도둑질 하고 싶지 않았는데 도둑년이라니 어쩌겠나,

머신이 깨끗해지지도 광이 나지도 않아도 그저 행주질만 한다. 주방 이모님이 뭐 저런 인간이 다 있어, 소금 뿌려! 한다. 미스 김은 소금 뿌리러 간다. 딱 배추 숨이 살짝 죽을 정도로만 꽃소금을 살짝 흩뿌린다.

　다음 날은 두 개 1000원인 펜을 팔려는 할아버지가 왔다. 난처해서 미스 김이 따라다니며 사장님 죄송한데요, 하고 아무리 말해도 들은 척도 안하고 손님들에게 펜을 팔려던 할아버지는 결국 미스 김에게 이거 좋은 펜인데 아가씨 사, 라고 말한다. 사장님 계실 때 와주세요, 아유 그냥 아가씨가 좀 사줘, 사장님이 안 계셔서…… 펜은 사장님만 쓰나? 에이 아가씨가 좀 사~ 결국 미스 김은 약간 울컥한다. 할아버지, 저 오늘 벌어도 오늘 입에 풀칠도 못해요. 할아버지처럼 현금 장사 하는 거 아니잖아요. 할아버지는 움찔하더니 펜 팔기를 포기하고 냅킨을 한 무더기 쥔다. 그럼 이것 좀 가져갈게. 네, 가져가세요…… 결국 미스 김은 얼마나 지속될지 모르는 평화의 대가로 5센티미터 두께의 1회용 냅킨을 지불한다. 냅킨 정도로 평화를 계속 살 수 있으면 좋겠지만 보장은 없다. 저쪽에서 단골인 마포구 할아버지 연합 손님들이 미스 김을 부른다. 미스 김! 좀 전에 나왔던 노래 있지? 시디는 사장이 구운 것 한 장만 계속 트는데, 김범수의 '보고 싶다'를 경음악으로 편곡한 것에서부터 디즈니 〈인어 공주〉 주제가, 쇼팽의 클래식, 영화 〈시네마 천국〉의 삽입곡까지 이것저것 실려 있어 좀 전에 나온 노래가 뭔지 생각하려니 오래 걸린다. 미스 김! 왜 그것도 몰라? 비는 사랑을 타고 말이야! 비는 사랑을 타고라는 노래가 있었나, 하니 마포구 할아버지 연합은 우산을 휘두르며 말씀하신다. 이거 말이야 아임 싱잉~ 인더 레인, 아임 싱잉~ 인더 레인…… 사랑은 비를 타고 아니었나 잠깐 생각하다가 비가 사랑을 타든 사랑이 비를 타든 뭐가 뭘 타든 무슨 상관인가 싶어 달려가서 곡을 바꾼다. 60대 정도의 여자 한 분과 남자 두 분이 들어와서 냉큼 주문을 받으러 간다. 남자분이 먼저 난 냉커피, 여자분은 라떼를 드시겠단다. 다른 남자분이 그런 난 투미, 하셔서 냉커피 한 잔과 카페 라떼 두 잔을 내가는데 라떼 중 한 잔 위에 우유 거품 색깔이 제대로 안 났다. 모양이 그런 거지 우유가 덜 들어간 것은 아닌데 손님은 못마땅하다. 여봐, 아가씨. 이 위에 나는 이 흰색이 너무 없잖아. 같은 건데 왜 이래! 손님 보기만 그렇구요, 이것도 우유 거품이…… 아 잘 봐 두 개가 완전 다르잖아! 미스 김은 배짱 장사를 하기로 한다. 손님, 이쪽 손님께서 주문하신 건 라떼구요, 손님께서 주문하신 건 '투미'예요. 엄연히 다른 메뉴인데요…… 생글생글 웃으며 당신은 투미를 시켰지 않냐고 우기니 고등학교 생활지도부 선생님처럼 꾸짖던 손님은 이내 피식 웃고 다른 손님들도 한바탕 웃고 대강 넘어간다. 요 몇 달 동안 미스 김이 새로 배운 게 바로 생글생글 웃는 법이다. 전에는 죽어도 못하던 짓이다. 목이 탄다. 투미 한 잔 만들어 먹어야겠다.

개미지옥

미스 김은 카페를 잠시 쉬기로 했다. 써야 할 글들이 들어오면서 녹즙 배달만 다섯 달, 카페 아르바이트 두 달이 넘은 미스 김은 하루에만 감정노동을 열다섯 시간씩 하며 이 글들은 쓸 수 없겠다는 결론을 내려서 마침 방학 때 등록금을 벌어야 하는 후배에게 아르바이트 자리를 잠시 물려주기로 했다. 녹즙 배달도 점점 피곤한 일들이 많아진다. 이를테면 퇴사를 할 때 녹즙도 안 먹겠다고 알려주고 미납 요금도 청산하고 가면 좋은데 그냥 내뺀다. 하다못해 퇴사한다고 알려주기라도 하면 좋을 텐데 미스 김이 녹즙 손님이 퇴사했다는 걸 알아차릴 때까지 계속 녹즙은 나오고, 결국 아무도 먹지 못한 채 아까운 녹즙만 버려지고 그 녹즙 값은 미스 김이 덮어써야 하는 것이다. 억울한 것도 억울한 거지만 미스 김은 아무도 먹지 못한 녹즙이 너무 아깝다. 퇴사 안 해도 이제 그만 먹겠다고 하는 손님도 당연히 있는데, 그중에는 녹즙 값 달라고 난리 칠 때까지 모른 척 입 닦는 사람도 한둘이 아니다. 그 중 애들 분유값도 한창 들 때라 돈 생기면 주겠거니, 하고 모른 척해준 손님도 있었다. 그에게는 달라고 난리 치지 않는 미스 김의 배려 따위 그냥 멍청한 거였다. 이런 거 다 받으러 올 때까지 모른 척하면 안 주고 입 닦을 수 있다고, 그쪽에서 가만히 있는데 굳이 낼 필요 없다 달라고 달라고 난리 치면 그때 주면 된다, 하고 뭔가 대단한 노하우를 전수하듯 부하 직원에게 자랑했다고 한다.

노동자가 노동자를 착취하는 구조가 바로 이런 건가 싶어서 미스 김은 어깨에 힘이 쭉 빠진다. 게다가 미스 김은 그 사람도 하청 업체를 전전하다가 본인의 노력으로 안정적인 회사에 입사하게 된 사람인 걸 모르지 않는다. 못난 놈들끼리는 얼굴만 봐도 흥겹다는데 요즘 못난 놈들끼리는 얼굴만 봐도 뜯어먹을 궁리만 하는 모양이다. 미스 김도 어쩔 수 없이 달라고 달라고 난리 난리를 쳐야 할 것 같다. 녹즙 값 떼먹고 튄 사람들 이름을 다 대자보에다 써서 엘리베이터에 붙이라고 누가 그런다. 그럴 수야 없고 미스 김의 손님들은 대부분 좋은 사람들이지만 방금 그런 사람들은 정말로 확 써 붙여버리고 싶었다. 청소 아줌마들은 며칠 나오고 그만둘 줄 알았더니 오래도 한다고 독하다 독해, 한다. 하지만 힘들지 않은 노동이 어디 있을까. 회사 생활 할 때도 이 정도의 스트레스는 늘 있었다. 하지만 스트레스의 종류가 다르다. 말하자면, 미스 김은 '여성 비숙련 감정 노동자'다.

미스 김이 카페를 잠시 쉰다고 하자 카페 단골손님들인 할아버지들은 걔 참 예쁘지? 했다고 한다. 얼굴이 예쁘다 뭐 그런 얘기가 아니라 애쓰며 사는 것들은 다 이뻐, 하셨다는데 이런 날 미스 김은 그 말이 별로 반갑지 않다. 애쓰며 살아도 보람 없는 빈곤 노동, 개미지옥처럼 끝날 날 없는 빈곤 노동, 그중에서도 감정 노동, 돌봄 노동을 하며 살아가는 여성 비숙련 노동자들은 그다지 예뻐 보이지 않아도 좋으니 애 좀 덜 썼으면 할 것이다. 이 점은 미스 김이 앞으로도 내내 해야 할 고민이 될 것 같다.

보수와 진보가 다르지 않을 때

2010년 국회의원 강용석이 아나운서들에게 '다 줄 수 있냐' 뭐 이런 발언을 해서 시끄러웠다. 지금 그는 종편 스타가 되어 잘 먹고 잘 살고 있지만, 암튼 당시 나는 그에 대해 분기탱천의 감정을 느끼고 있었다.

2012년 대담집 진행 때문에 마포구의 어느 작은 카페에서 아침부터 〈고래가 그랬어〉의 발행인 김규항과 이야기를 나누고 있을 때 당시 선거에 출마했던 강용석이 문을 열어젖히고 씩씩하게 들어와 김규항에게 악수를 청했다. 당장 여기서 나가쇼, 하고 말할 수 없었던 나는 카운터 뒤에 숨어 몇 가지를 생각했다. 첫째, 지금 강용석은 자기가 누구랑 악수를 하고 있는지 절대 모르겠지? 이봐요, 저 사람은 진보의 수괴란 말이요. 둘째, 김규항은 대인배다. 셋째, 난 왜 숨어 있지?

'성희롱 발언'으로 잠깐 화제가 된 강용석 사건은, 아무래도 그냥 이대로 슬슬 넘어가지 싶다. 국회 차원에서의 징계는 9월 넘어 이루어진다고 하고 제명 결정을 내렸느니 어쩌느니 한동안 시끄러웠지만 제명 결정을 내린 것과 실제로 제명이 이루어진 것과는 다르지 않은가, 그런데 일단 한나라당에서 제명을 하기로 해놓고 이 안건을 올린 회의에서 결정을 내리려면 일정 이상의 인원이 모여 확정을 해야 하는데 이 모임이 도통 이루어지지를 않는다는 것이다. 이쯤 되면 어디서 많이 본 시추에이션 아니던가. 구렁이 슬슬 담 넘어가는 광경. 이쯤 되면 30년 한국 여자로 살아온 입장에서는 강용석에게 화가 나거나 그의 편을 들어 슬슬 구렁이 함께 담 넘어갈 사람에게 화나거나 그에게 열렬히 화내거나 하는 사람에게 화나거나 하는 걸 넘어서, 아예 내가 태어난 게 화가 나버린다.

무슨 이야기인가 하니 이 땅의 여인들에게 도대체 얼마나 수많은 강용석이 있는지에 대한 이야기다. 성희롱이니 발언이니 하는 말들은 딱딱하니 이런 사건들을 일단 '강용석 모먼트'라고 부르자, 우리에게 얼마나 많은 '강용석 모먼트'가 있는지, 그리고 또 매일 매시간 얼마나 일어나고 있는지에 대해 생각하다 보면 화가 나다 못해 힘이 쭉 빠져버린다. 물론 이것은 여성 노동자, 저임금 노동자, 저숙련 노동자, 기타 등등 '저低'자가 붙을수록 심해진다. 한마디로 건드려도 뒤탈 없는 계집애들은 저따위 일을 하루에도 수십 번씩 겪는다는 이야기인데 야멸차게 말하자면 좌파건 우파건 진영을 가리지 않고 이런 '강용석 모먼트'는 수도 없이 발생한다. 그건 남자들이 나쁜 놈들이라서, 이런 단순한 논리가 아니라 일단 교육이 부족해서 그렇다. 사실 강용석도 이명박 대통령이 너만 보더라, 이런 말을 칭찬이랍시고 했을 수 있다. 나는 아마 그가 칭찬으로 그랬을 거라는 데 기꺼이 5만 원은 걸 수 있다. 하지만 여자들은 저런 식으로 남자들 기분 나쁘게 하지 않는 법을 굳이 배우려 하지 않아도 금방 습득하고야 마는데 남자들은 그런 습득할 궁리하지 않고 얼마든지 살아도 살아지는 걸 보면 부럽기 짝이 없다.

그나마 강용석 같은 인간들이 '강용석 모먼트'를 일으킬 때는 우리 편 아니니까 날라차기라도 할 텐데, 그래도 '동지'인 것 같은 사람들이, 우리 쪽인 것 같은 사람들이 저런 순간을 일으킬 때는 도대체 어떻게 해야 할지 모르겠다. 그때 제일 곤란하다. 이럴 때 그냥 분위기 맞춰서 좋게 넘어가야 하는 것이 동지인 건지 다음에 어디 가서 그러지 말라고 똑바로 쏘아붙이는 게 동지인 건지 헷갈리다가 나중에 말하려고 생각하다 보면 어영부영 시간만 지나가 결국 나만 뻘쭘하고 속이 상하는 지경이 되어 결국에는 아 내가 싸게 굴었나, 내가 잘못된 사인을 보냈나? 하고 자책하게 된다. 이것이 바로 성폭력 피해자가 '왜 나에게 이런 일이 일어났을까'에 대해 생각하고 또 생각하다 보면 빠져 들어가는 전형적인 개미지옥이다. 놈들은 발 뻗고 편히 자고 오늘도 내일도 모레도 저런 짓 저런 말을 또 하는데! 성희롱이라는 개념은 본디 무척 주관적인 것이다. 그것도 피해자의 주관적 관점이 가장 중요하다. 피해자가 성적인 수치심과 불쾌감을 느꼈을 때 그것을 성희롱이라고 정의하는 것인데, 아직 한국에서는 가해자의 주관이 피해자의 주관 못지않게, 아니 그보다 몇 배나 힘이 세다. 아니 내가 여동생 같아서, 네가 내가 딸 같아서, 농담 몇 마디 한 걸 가지고 애가 까탈스럽긴, 하는 식으로 나를 까칠하고 예민한 여자로 만들어버리면 할 말이 없다. 더 저질스러운 경우에는 바로 피해자의 외모에 대한 품평이 따라온다. 별로 이쁜 것 같지도 않은 게, 혹시 공주병 아니야? 아는가, 그 순간의 지옥을, 그 순간의 자책을. 내가 싸게 굴었나, 아까 내가 너무 헤퍼 보이게 웃었나, 별것도 아니고 충분히 있을 수 있는 일로 내가 너무 유난스럽게 이러나, 그 멀미 나는 자기 검열을.

대한민국 보수층은 보수가 마땅히 가져야 할 '여유'가 없다. 돈 많고 많이 배운 사람들이라면 무릇 가진 자의 너그러움도 좀 있고 잘 배워먹은 도덕성 같은 것도 있고 원래부터 잘난 놈들은 이렇게 따라갈 수가 없구나, 하는 압도적인 매력을 좀 보여줘야 하겠건만 그런 게 전혀 없는 건 모두 다 아는 사실이다. 하지만 진보 쪽도 그딴 게 없기는 마찬가지다. 우리는, 즉 그러니까 진보는, 돈도 없고 힘도 없고 뭐 이것저것 다양하게 없으니까 유머 감각이라도 있고 성의라도 있어야 되겠건만 아쉽게도 재미는 없는데 말만 많고 한 경우가 태반이라 피곤하다. 21세기에는 여자 마음을 사로잡는 집단이 이긴다는데 이럴 때야말로 우리는 저쪽하고 다르다는 차별성을 좀 만들어야 할 때가 아닌가. 그러기 위해서 간단한 팁으로는 일단 무턱대고 언니언니, 라고 부르지 좀 마실 것, 굳이 나이 같은 거 묻지 마시고 외모에 대해 이야기 좀 하지 마실 것, 걸 그룹 이야기 좀 꺼내지 마실 것(사교육 시장의 지옥을 통탄하면서 섹시한 여중생의 폴 댄스를 동시에 즐길 수 있는 사람은 솔직히 말해 변태 그 이상도 이하도 아니다), 기타 등등. 강용석 성희롱 사건에서 강용석 욕하는 사람들치고 '강용석 모먼트' 한 번 안 만든 사람 없을 것이다. 그러나 너희 중 죄가 없는 사람이 돌을 던지라고 하면 모두 강용석에게 투석할 판이니 그동안 당하고 산 여자들은 저놈도 똑같은데, 하며 속만 터진다. 보수고 진보고 그래 니들끼리 북 치고 장구 치고 다 해먹어라 이 새끼들아, 하면서.

유명한 아버지는 유명하기도 하지

미스 김은 텔레비전이나 신문이나 인터넷 포털 뉴스를 잘 보지 않고 이 큰 도시에서 홀로 소외되기를 자처하며 묵묵히 녹즙 카트를 밀고 있기 때문에, 어지간한 일이 일어나지 않은 이상 세상에 떠도는 뉴스거리들은 저를 찾는 데 가기도 바빠서, 작고 동그란 제 세상에서 일어나는 여러 가지 일만 해도 새롭고 놀랍고 슬프고 약 오르고 신기해하느라 세상일에 불성실한 미스 김의 귀에 잘 들어와주지 않는다. 미스 김에게 이 '유명한' 사건을 일러준 이는 미스 김의 결혼한 친구였다. 유명환 외교통상부 장관이 거의 '내 딸 최적화' 시험을 치르게 해서 기어이 딸을 외교부 공무원을 만들었으나, 그 내 딸 최적화의 티가 나도 너무 난 나머지 들통이 나고 말았다는 것이다.

친구가 전해준 다른 소식으로 상황을 짐작컨대 다른 고시생들이 분노하는 것은 물론이며 노블레스 오블리주는 무슨, 노블레스들이 다른 놈 주머니 털어서 할 수 있는 건 다 가져가는 현재 상황에 대해 고시를 보지 않는 사람들도 가슴을 쾅쾅 칠 만큼 악이 올라 있는 듯 했다. 이야, 그 아버지 진짜 유명해졌다. 이런 종류의 애끓는 부^父정형 비리, 혹은 모^母정형 비리는 상당히 많은 모양이라 그런 부모 없이 제 몸뚱이 하나 갖고 시험 치르는 고시생들이 펄펄 화를 내는 것도 이상한 일은 아니다. 거기다가 외교부는 내 딸, 내 아들, 내 조카 최적화시키기 쉬웠던 특채 모집을 더 늘리려고 했다가 이번 일 덕에 접은 모양이다. 미스 김은 갑자기 지금 임신 9개월인 친구에게 무슨 생각으로 이런 시대에 애를 낳을 생각을 했냐, 무섭게시리, 하고 말하며 하품을 했다. 거기다가 친구와 친구 남편은 영화 시나리오 작가와 영화 촬영 감독이다. 한마디로 월급 받는 직업이 아니라는 이야기다. 둘의 결혼 소식을 들은 영화과 선배는 연애도 해선 안 될 것들이 결혼까지 했다며 반농담으로 한숨을 쉬었다. 아이는 곧 태어날 것이다.

앞으로 태어날 아이들에게 극히 보통의 부모 노릇만 하는 것도 이 시대에서는 대단한 일이 될지도 모른다는 생각이 든다. 우리 애가 억울한 일을 당했을 때, 혹은 우리 애에게 유리한 일이 생길 법한 상황에서 조금만 힘을 써준다면, 조금만 힘이 있다면 하는 식으로 자식에 대한 그 애잔한 마음을 딱 떨어지게 뿌리칠 수 있는 부모가 몇이나 될까. 그 부모들 역시, 다른 부모들은 똑같이 한다고 생각했을 것이다. 하루 일어나면 또 우수수수 낙엽 떨어지듯 전해지는 낙하산 인사 소식을 보면 유명한 그 아버지만 대표로 걸려 유명해졌지, 우리 사회는 다들 유명한 아버지처럼 자식을 사랑하는 아버지 천지다. 그리고 우리는, 먹고사느라 뺄도 없는 비리비리한 젊은 애들이다. 아버지가 내가 전화 몇 통 넣어보마, 할 수 있는 그런 아버지가 내 아버지였으면, 하고 바라지 않을 사람이 몇이나 될까. 그런 아버지를 타파하는 길은 아버지 나라와 민족 앞에 이게 무슨 짓입니까 부끄러운 줄 아셔야죠, 하고 멋있게 말해서 아버지를 민망하게 만드는 거겠건만 그럴 수 있는 사람이 우리 중에 몇이나 있을까. 한화 김승연 회장 아들이 어디서 맞고 와서는 아빠, 아빠, 쟤들이 나 때렸어, 하고 일러바쳤을 때 우리 귀한 새끼 누가 팼냐며 당장 몽둥이 가지고 달려가주는 믿음직한 아빠를 보았을 때로부터 몇 년이 지났건만 우리는 전혀 달라지지 않았다. 외교부에서 일하고 싶은데 하고 징징거리면 아빠만 믿어 여기저기 전화 몇 통 넣어보마, 우리 딸 일 잘할 테니까 걱정 마라, 하고 자신이 가진 그 힘을 나를 위해 쓰는 아빠는 얼마나 믿음직한가. 자식 쪽에서 나서서 아버지 이러지 마세요 창피하고 부끄러워요, 하고 노하는 것이 건전하겠지만 지금 이 상황에 대해 노하고 있는 사람들은, 어쩌면 나를 포함해서 다 약이 올라 화내고 있는 것 같다. 왜 저 아버지가 우리 아버지가 아닌 거지? 왜? 왜? 왜 나는 저런 아버지가 없는 거야? 이 마음의 싹부터 잘라야 제 손으로 밥 벌어먹는 사람들에게 희망이 있다. 저런 아버지를 멸종시킬 각오는커녕 내 아버지가 아닌 걸 자꾸 서운해 해서야 정직하게 제 밥 벌어먹는 밥그릇이 대접받을 날은 영영 오지 않을 것이다. 그 밥그릇은 언제나 옳다. 단, 아버지가 몰래 떠먹여준 게 아닌 밥그릇에 한해서.

배달의 민족 녹즙 아가씨의
푸르딩딩한 나날

드디어 녹즙 배달일도 8개월째에 돌입한 미스 김은 3일 만에 그만두리라는 녹즙 관계자들의 예상을 깨기는 했으나 그저 녹즙처럼 푸르딩딩하기만 하다. 그리고 기륭전자 농성장에서 배웠던 '비정규직 차별 철폐 투쟁가'의 가사를 이를 뿌드득 갈며 부르게 된다. 특히 "나서라 하청 노동자, 탄압 착취를 뚫고서 굴욕과 상대적인 박탈감 장벽을 넘어 눈물과 설움 떨치고"라는 가사를 부를 때 바르르 떤다. 일이 딱히 힘들어서 그런 건 아니다. 책상 앞에 앉아서 화이트칼라 정규직으로 일할 때도 골치 아픈 건 똑같았다. 노동이 주는 고통의 총량은 어느 정도는 동일한 것 같다. 하지만 사람들이 언제 '멀쩡한 일 가질 거냐'고 물어볼 때마다 짜증이 와락 치민다. 멀쩡한 일과 안 멀쩡한 일의 구분은 뭐고 녹즙 배달하는 건 어디가 어떻게 안 멀쩡한 일이며 도대체 어느 정도로 멀쩡해야 멀쩡한 일 취급을 받을 수 있는지 물어보고 싶었는데 며칠 전 프로야구 우승 결과를 가지고 내기하자는 손님의 이야기를 듣고 대강 짐작이 갔다. 내기를 해서 자기가 이기면 한 달 녹즙 공짜로 해달란다. 미스 김이 이기면 어떻게 할까 묻기에 그럼 나 대신 한 달 배달하라고 했더니 사람 시간이라는 게 단가가 있는 건데 너무하다면서 자신은 단가가 비싼 사람이니 한 달 공짜 녹즙 대 자신이 하루 대신 배달하는 게 공평하단다. 녹즙병으로 때려주고 싶은 사람 명단에 이렇게 한 명이 추가되었다. 사람 시간 단가 운운하는 건 그 사람의 값을 매기겠다는 이야기인데, 한마디로 내 시간은 네 시간보다 몇십 배 비싸다는 이야기를 너무 당당하게 하니 미스 김은 오히려 아무 말도 할 수가 없었다.

먹고사는 일이 다 귀하다는 게 지금까지 미스 김이 살면서 해온 생각이었는데 그게 다 어쭙잖은 거였다. 비정규직 문제도 다 단가 낮은 놈들 제값 주고 부려먹겠다는데 왜! 하는 식으로 사람 가지고 단가 치는 놈들한테는 당연한 이치였다. 게다가 그 단가 싸게 매기려고 거짓말들까지 하는 판이다. 이를테면 녹즙 배달 같은 건 판촉에서 배달과 수금까지 소화해야 하기 때문에 그렇게 만만한 일은 아니고 손님이 실컷 녹즙 먹고 돈 떼먹고 도망가기로 작심하면 어떻게 할 길이 없고 받아낼 방법도 없다. 미스 김도 요모조모 뜯겼다. 이 지사에서 일하다가 다른 곳으로 옮기는 아줌마가 있으면 지사장이 여기저기 전화해서 그 사람 쓰지 말라고 하는 경우도 있다고 한다. 지사에서 수당 안 주기로 마음먹는다면 계약서 쓴 것도 아니니 이것도 어쩔 수 없을 것이다. 노동에 대한 사회적 보호 장치가 전혀 없다. 수금하는 거나 수당 받는 거나 다 그냥 사람 사이의 인정만 믿고 해야 하는 것이다. 그러나 같이 일하는 아줌마들은 애들 학교 보내고 나서 일하고 가계에도 도움이 되니까 이만한 일도 없지, 한다. 사실은 품이 많이 드는 일인데 애들 학교 보내고 한가한 아줌마들 부업이라는 식으로 일을 낮게 봐서 단가를 낮추는 거구나 하고 미스 김은 아주 늦게 깨달았다. 그러고 보니 아르바이트 모집 사이트를 봐도 별다방이니 콩다방이니 하는 데는 정말로 시간당 최저임금 4110원만 딱 준다(당시). 그러고도 그들은 몹시 당당하다. 스타벅스 파트너네 뭐네, 맥도날드는 맥잡 맥라이더이네 하면서 너희들은 돈도 받고 사회 경험도 하는 거야, 하고 입에 발린 소리를 하면서 죽도록 부려먹고 거기서 일하는 사람들은 정말로 돈도 받으면서 사회 경험하는 거고 여기는 내가 계속 있을 데가 아니고 잠깐 머물렀다 가는 데라고 굳게 믿고 싶어서 그렇게라도 일한다. 하지만 사실 머물렀다 갈 데가 없지 않은가. 아아 굴욕과 상대적인 박탈감, 그래도 사람 가지고 단가 쳐선 안 된다 믿으며 푸르딩딩한 얼굴로 녹즙 가방을 새벽마다 꾸린다.

백수의 혜택

　　　　　2010년 뭐했냐고 물으면 미스 김은 신자유주의 일
빵빵이라고 말했다. 100, 신자유주의의 보병이었다는 얘기다. 백
기완 선생님의 콘서트에 가서 그런 이야기를 했더니 김선주 선생
님과 이유명호 선생님이 신자유주의의 쫄들병이라며 한참 웃으셨
다. 책상 앞에 앉아 하는 일해라, 그거 나이 들면 더 못한다는 충고
를 받고 도대체 애초에 책상 앞에 나와서 일하는 것을 왜 그만두었
는가 생각해보니 미스 김은 '미스 김'이라고 불리며 카페에서 차
나르는 일을 좋아했던 것도 아니고 녹즙 배달을 좋아했던 것도 당
연히 아니고 책상 앞에 앉아 있는 일 말고 다른 일을 알고 싶었기
때문이었다. 집회에 가서 동지들, 이라고 말은 잘하는데 뜻을 같이
하는 이를 동지라 부르는 것이니 괜찮다며 사전에 나와 있는 대로

해석한다면 누구에게나 동지, 동지, 하고 부를 수 있겠지만 글 써
본 일 말고 내가 한 일이라곤 없었다. 하긴 글 써서 돈 버는 일도
언제 잘릴지 모르는 건 비정규직이나 똑같지만 특수 계약직이니까
엄연히 다르고, 현장에서 일하는 분들이 동지, 라고 부를 때 부끄
럽지 않고 싶어서 2010년을 그렇게 보냈다. 그러나 더 독하게, 더
험하게 돈 모을 생각을 하라고 부추기는 신자유주의 아래서 글 써
서 돈 버는 김현진이 더 편한 일 하고 더 돈 버는 일 하면서 조금이
라도 좋은 팔자로 살 생각만 남들처럼 하면 했지 여간하면 '미스
김'이 되어 공부해볼 생각 못했을 속물인데, 여기에 큰 영향을 미
친 분이 지난 12월 5일 돌아가신 리영희 선생님이었다.

　2010년 2월 출간된 《리영희 프리즘》에서 주제에 안 맞게도 감히
선생님 인터뷰를 맡아 몇 번 뵈면서 지나가는 말로 청년백수 팔자
를 한탄했더니 선생께서는 네가 지금 백수인 것은 자유의 대가가
아니냐, 지금 시대가 그렇게 살 수도 있는 것이기 때문에 혜택이
다, 라고 딱 잘라 말씀하셨다. 그렇게 생각해보니 혜택은 혜택이었
다. 그러면 어떻게 하면 잘살 수 있을까요, 하고 여쭙자 선생님은
단순 명쾌한 해답을 주셨다. 자족할 것. 물론 있는 놈들이 너희는
이 정도가 딱이니까 거기에 만족하고 살아, 일하는 만큼 받고 싶은
건 너희의 욕심이고 네 팔자가 한심한 것은 죄다 네 탓 네 탓 네 탓
이소로이다, 하는 신자유주의적인 비자발적 만족이 아니라 정말로

195

만족하는 것, 물질을 소유하려다가 물질에 소유당하는 것이 아니라 생활의 주인이 되는 것. 그러면서 선생님은 그러나 자본주의는 모든 것을 더 벌고 더 가지는 것만을 성공의 척도로 삼으니 그런 틀 아래에서 나는 평생 낙오자였다, 라며 미소를 지으셨다. 어쩐지 힘이 되었다. 낙오자도 그리 못할 일이 아니라는 생각이 들었다. 요즘 말로 하면 '루저'일 텐데, 정작 그 말은 나는 저렇지 않은데 저 사람은 루저라면서 손가락질할 때 훨씬 더 많이 쓰니까 몹시 폭력적인 말이다. 누구는 루저고 누구는 위너인가? 그렇다면 김성환 삼성 일반노조 위원장은 루저고 이건희는 위너인가? 그런 고민을 하며 사실은 책상 앞에서 일할 능력도 안 되고 당장 생계도 급하고 배우면서 일하자, 하는 마음으로 녹즙 배달 시작했을 적에 선생님께서 명동 백병원에 입원하셔서 낮 시간이 한가한 바람에 귀찮을 정도로 많이 찾아뵈었으니 청년 백수였던 것이 행운이었던 셈이다. 저 요즘 녹즙 장사 한다고 하자 선생님께서는 옛날에 책 외판했던 시절에 당신 성적이 좋았다며 은근히 자랑하셔서 못하시는 게 없구나 싶었다. 때는 봄이었고 병실 창으로 비치는 햇살이 참 좋았다. 간혹 선생님은 노래를 부르셨는데, 작은 체구에 어울리지 않는 낮게 울리는 멋진 목소리였다. 너 목사 딸이지, 난 찬송도 많이 안다, 하시며 찬송가도 부르시다가 반야심경도 외곤 하셨는데 무식한 나는 멀뚱멀뚱 가만히 듣고만 있었다. 이건 역시 한국어로 하면 맛이 안 난단 말이야, 하시더니 이건 이러이러한 뜻이라고 설명하시더니 갑자기 이렇게 말씀하셨다. 나는 죽는 것은 전혀 두렵지 않아. 단지 지금 내 몸의 고통이 지긋지긋할 뿐이다. 장례식장에서 그 말씀을 떠올리며 너무 울면 안 되겠다고 생각했지만 자꾸만 눈물이 났다. 이제 놓여나셨건만 더 울지 말고 배움에 충실할 일이다 싶은데 지금도 눈물이 난다. 지각 있는 사람들에게 사상의 은사였지만 무식한 미스 김에게는 미스 김, 미스 김 하고 불리든 뭐든 누구를 동지로 부르고 동지라 불릴 때 부끄럽지 않아야 하겠다는 결심을 하게 해주신 삶의 선생님이셨다. 우리 모두에게도 희망과 위로가 될 이야기는 변혁이 온다, 반드시 온다고 몇 번씩 말씀하셨던 것이다. 지금 사회 돌아가는 꼴에 한탄하고 상처받는 사람들이 이토록 많으니 변혁은 꼭 온다고, 그것이 역사의 변증법이라고, 이토록 괴로워하는 사람이 많을 때 역사적으로 늘 혁명이 일어났다고 분명하게 말씀하셨다. 물론 몇몇은 파출소도 가고 감옥에 가고 그래야 할 거라고 하시길래 감옥 가기 싫은 나는 얼른 눈을 피했지만 어쨌거나 선생님이 말씀하신 그 변혁을 더 앞당기려면 더욱 공부해야겠다. 그런데 야속하게 그리운 마음에 눈물은 그침이 없다.

녹즙 아가씨 드디어 사표 썼다!

3일만 지나면 그만두리라던, 본인을 포함한 모든 이의 기대를 배반하고 최소한 1년은 해달라는 지사장님의 기대를 간신히 맞췄지만 나름 끈덕지게 버티다가, 새해 벽두에 아이스박 스에 들어 있던 청천벽력 같은 종이 한 장 때문에 기어코 사표를 썼다. 실은 사표를 쓴 것도 아니고 지사장님한테 주섬주섬 그만둔 다고 말한 것뿐이지만. 어쨌거나 그 종이의 내용인즉슨 먼저 매주 두 번 교육이 있는데 빠질 경우 벌금 비슷한 결석비가 부과된다는 것인데 녹즙 아가씨 미스 김은 오후에 카페 아르바이트 하느라 갈 수가 없었다. 그리고 개인당 목표 구좌수, 즉 이번 달에는 얼마를 팔아야 한다는 목표를 정해줄 테니 거기에 미달될 경우 본인의 돈 으로 채워야 하는 원칙이 새로 생긴다는 종이를 받아든 미스 김은 아이스박스 옆에서 시름에 빠졌다.

　신자유주의 신자유주의 잘도 나불거렸는데 이것이야말로 진정한 신자유주의구나, 하고 시름에 빠진 미스 김은 지사의 마이너스 성장 때문에 어쩔 수 없는 정책이라는 지사장님의 부연 설명을 읽으며 그래, 이렇게 목표를 정해서 내가 더 열심히 뛰어서 돈을 벌어야지, 하는 긍정적인 생각은 못하고 이제는 정말 그만둬야겠다, 하는 결심만 공고히 했다. 안 그래도 왜 20층 건물에서 100명 이상에게 녹즙을 먹이지 못하냐는 독려에 지친 데다 2, 3만 원 하는 녹즙 값 안 내고 막무가내로 버티는 사람들 때문에 월말마다 쌈짓돈으로 마이너스 때우느라 일하면 일할수록 빵꾸만 나고 있는데, 이 새로운 정책 밑에서 일하면 아예 빚쟁이가 되겠구나 싶었다. 월말마다 마이너스 난 거 자기 돈으로 메꾸는 건 야쿠르트 여사님도, 다른 브랜드 녹즙 여사님도 다 똑같다. 도서관에서 워킹푸어, 즉 일하면 일할수록 가난해지는 사람들 이야기를 읽었는데 그놈의 마이너스 때문에 지난 5월부터 받아본 수당이 없다 보니 이게 내 얘기가 아닌가 싶어 괜히 책에서 멀리 도망치게 되곤 했다. 어쨌거나 드디어 녹즙에서 해방되면 새벽마다 일어나지 않아도 된다, 야호!

녹즙 아가씨 시즌 2: 리로디드

'매트릭스 2: 리로디드'도 아니고 녹즙 리로디드, 녹즙 아가씨는 시즌 2를 맞았다. 쥐도 새도 모르게 벌써 1년이다. 사건의 전말은, 학교 개학하기 전에 관두고 며칠이라도 어디 여행을 가든지, 그런 배부른 소리까지는 아니어도 하다못해 새벽에 일어나지 말고 늦잠이라도 자보고 싶었던 미스 김이 사표를 쓴 것에서 시작되었다. 그리고 미스 김은 이제나 저제나 하며 사장님이 후임을 구해주기를 몹시 기다렸다. 가정집에 돌리는 것을 그냥 판매라고 하고 사무실에서 돌리는 걸 특판이라고 하는데 미스 김은 이 특판 지사 소속이다. 배달이 3이면 영업이 7인데, 물론 돈 걷는 것도 주요 업무 중의 하나다. 해가 바뀌었으니 바야흐로 20년 경력을 맞이하시는 한국야쿠르트 여사님과 이 지역 토호인 C 녹즙 여사님 사이에 끼어 미스 김은 허우적허우적, 지사에 갈 때마다 사장님에게 왜 그 큰 건물에서 100구좌를 못하느냐고 혼나곤 했다. 그러다 보니 슬금슬금 돌려야 하는 건물이 늘어서 몇 명 안 먹는 근처의 건물까지 가라고 하시니 어느새 건물 다섯 곳을 허우적허우적 돌아다니게 되었다. 제일 주가 되는 건물이 23층짜리라 해도 다 임대가 된 것도 아니고 컴퓨터 관련 회사다 보니 녹즙 먹을 사람은 없고 전기 먹을 기계만 자리 잡고 있는 층만 몇 층이 된다고 설명해봤자 고용주 입장에서는 다 핑계에 지나지 않을 터였다. 우리 사장님은 좋은 사람이지만 만일 못된 사람이 있어서 돈 떼먹겠다, 마음만 먹으면 얼마든지 떼일 수도 있는 일인 것이다. 이쪽 일들이 다 그렇듯이 달마다 결산할 때 돈 안 넣어 준 손님 때문에 마이너스가 나거든 그 돈을 자기가 메꾸기라도 해야 수당이 지불되는 방식이라 초기비용이 없는 미스 김은 돈 못 받은 지 벌써 몇 달이 됐다. 그냥 안 먹고 안 쓰면서 나중에 계 타는 기분으로 결산할 생각이었지만 친구들은 다 바보라고 한다. 하지만 뭘 어쩌겠는가. 다른 여사님들도 내 돈 때려 박은 게 얼만지 몰라, 하면서도 또 때려 박는다.

어쨌거나 미스 김은 그만두고 일주일을 달게 잤다. 사실 첫날은 달게 못 잤다. 후임자에게 며칠 연수를 시켜줘야 하는데, 아이들 과외비 때문에 왔다는 아주머니가 오셨다. 강단도 있어 뵈고 아이가 고 1, 고 3이라니 정말 뭐라도 안 하시면 안 되겠구나 싶어 미스 김은 안심이 되었다. 손님들 하나하나 인사 시켜드리고 이렇게 이렇게 하시라고 요령을 알려드리고 워낙 넓은 사무실이다 보니 자리 찾는 게 일이라서 길 잘 찾으시라고 몰래 스티커도 붙여 드렸다. 나름대로 열심히 배려한다고 하고, 인수인계가 끝난 다음 모처럼만에 단잠을 자고 있는데 아침부터 전화가 때르릉 울렸다. 비몽사몽간에 받아 봤더니 후임 여사님이었다.

"저, 지금 21층인데요, ×××씨 자리가 어디예요?"

말문이 턱 막혔다. 기가 막혀서 그런 게 아니라 도저히 어디가 어디라고 설명할 수가 없어서 그렇다. 게다가 좀 돌아다니면 다 찾긴 찾는데다, 그분 보기 쉬우라고 회사 로고가 크게 박힌 녹즙 주머니를 잘 보이는 데 놔서 표식을 해놨건만 너무 당연하게 어느 자리냐고 당장 와서라도 가르쳐달라는 기세니 뭐라 말할지 몰랐다. 미스 김도 처음에 자리 찾기가 너무 힘들어서 다섯 시간이나 걸렸다. 자리 찾다가 울고 싶기도 했지만 결국 어찌 찾기는 했다. 다 그러면서 배우는 일이지 싶었다. 그래서 그거 찾으시는 게 다 녹즙 일이라고, 중앙 쪽에 제가 붙여 놓은 코끼리 스티커 찾아가시면 되고 이거는 제가 도저히 설명을 못해 드리는 문제니까 이거 찾으시면서 배우시는 거라고 말씀드리고 끊었는데 이미 잠은 10리 밖으로 달아난데다 뒷맛까지 개운치 않았다. 결국 배달을 그만두고도 아침잠을 자 본 건 달랑 일주일뿐이었는데, 숨이 턱에 찬 지사장님에게서 밤 11시에 전화가 걸려왔다.

"어떻게 3일만 안 되겠니?"
"무슨 일인데요?"
"그 아줌마가 못하겠다면서 무작정 펑크를 내버렸어. 내일 물량 다 어쩌냐……."

평일이면 뒷날로 미뤄서 어찌어찌 때울 수 있지만 마침 금요일이어서 주말 분량을 고스란히 지사장님이 손해를 볼 수밖에 없는 노릇이니 발을 동동 구를 만도 했다. 그동안 든 정도 있고 아침에 특별히 하는 일도 없으니 일단 안심하시라고, 다시 들 일이 없을 줄 알았던 녹즙 가방을 다시 꾸렸다. 물론 3일로 끝나지도 않았다. 이렇게 녹즙 컴백을 해버릴 줄이야. 그냥 정말 지사장님 마음에 맞는 에이스로, 경력자로 뽑으실 때까지 제가 할 테니까 찬찬히 찾아보시라고 말씀드리니 매우 좋아하시는 눈치다. 아이고, 노동 유연화가 노동자만 망치는 게 아니라 힘없는 자본가에게도 별로 좋지 않구나, 싶었다. 또 녹즙이라니, 이러다 녹즙에 빠져 죽는 건 아니겠지. 오늘은 대학원 수업 가기 전에 책가방 메고 돌렸다. 그나마 녹즙 아가씨 근성이 애들 과외비 벌려는 아줌마보다 강하구나, 하고 별 쓸잘데기 없는 걸로 실실 쪼개기나 하면서, 그런 거에나 위로를 받으면서…… 그러면서 길에 있는 깡통이나 걷어차며 투덜거린다. 요즘 기성세대가 참 문제야, 나약해가지고 말이지…… 도통 힘든 일은 안 하려고 한다니까? 쯧쯧…….

쥐가 죽었다

그 쥐는 당연히 아니고 다른 쥐, 진짜 쥐가 죽었다. 집이 점점 을씨년스러워진다싶더니 급기야 쥐가 나왔다. 같이 살고 있는 나이 든 푸들이 쥐를 발견했다. 징그럽긴 했지만 두고 볼 수만도 없어 꼬리를 잡아챘다. 작은 쥐였고, 나에게 낚아 채일 정도니 건강하지도 않은 쥐였다. 처음에는 죽었나보다 싶어 어떻게 처리할지 몰라 변기에 넣고 내릴 셈으로 퐁당 빠뜨렸는데 아뿔싸, 쥐는 맹렬하게 헤엄을 치기 시작했다. 얼른 쥐를 구조했다. 갑자기 가여운 생각이 들어 일단 쥐를 씻기고, 조그만 고구마를 하나 주었더니 그 고구마만큼 작은 쥐는 눈도 제대로 못 뜨면서 고구마를 꼭 끌어안았다. 춥지 말라고 쥐를 두루마리 휴지로 둘둘 말아 신문지를 깐 종이 상자에 눕히고 햇볕이 잘 드는 곳에 두었다. 물론 쥐를 키울 생각이야 없었지만 인적 없는 어딘가에 던져 버릴 수도 없는 노릇이라 일단 상자에 잘 두고 어찌할 바를 궁리하고 있던 참이었는데, 한나절 지나고 보니 쥐는 뻣뻣하게 죽어 있었다.

지난달 아버지가 돌아가셨다. 아직 50대였고, 헬스장 같은 곳에서 신체 나이를 재면 30대로 나올 만큼 건강하던 분이 갑자기 암이 발전해서 치료도 제대로 해보기 전에 하늘나라로 갔다. 결혼 안 한 딸이 상주였으니 남들 보기에는 초라한 장례식이었을 텐데, 나는 울지도 않아서 조문 온 어르신들에게 이따금 꾸중을 들었다. 울고 싶어도 울 틈이 없었다. 아버지에게 임종 판정이 내려지자마자 장례식장은 어디로 할 거냐, 화장이냐 매장이냐, 장례식장에서 쓰는 장식은 뭘 할 거냐, 관은 뭘 쓸 거냐, 온갖 잡스러운 일들이 기다리고 있어서 슬퍼할 틈이 없었다. 나는 그야말로 '불꽃 네고'를 하느라 바빴는데, 꽃도 필요 없다 양초도 필요 없다 상복도 안 입겠다 온갖 장식 다 필요 없다, 돈을 줄이려고 갖은 애를 쓰다가 급기야 녹즙 배달할 때 쓰는 스쿠터를 타고 집에 가서 아버지 양복을 꺼내 왔다. 수의를 사면 큰돈이라서 발품을 팔기로 한 건데, 성산대교를 넘어 집에 갔다 오는 동안 몇 번이나 강에 들이박고는 싶었지만 눈물은 나지 않았다. 울기에는 너무 바빴다. 발인이 끝나자마자 어머니는 자매들이 있는 대구로 내려갔고 나는 빈 집에서 늙은 개와 지내며 녹즙 배달을 재개해 눈코 뜰 새 없이 지내다 보니 급기야 쥐까지 출몰했던 거였다.

 눈을 감고 빳빳해져 있는 조그만 쥐를 보니 어찌나 가엾던지 공연히 쥐에게 미안하기까지 했다. 이제 목사님인 아버지가 없으니 문 닫을 일만 남은 교회 화단을 파고 쥐를 눕혔다. 저승 가서 배고프지 말라고 아까 쥐가 껴안고 있던 고구마도 같이 묻었다. 혹시 고양이가 파내갈까 봐 위에 묵직한 돌을 얹고 나서 상자를 버리는데 나도 모르게 자리에 털썩 주저앉아서 한참을 목을 놓아 엉엉 울었다. 아버지 죽었을 때도 안 울던 년이 쥐가 죽었다고 울다니 별일이다. 그렇지만 다 가엾어서, 평생 목회만 하다가 갑자기 죽은 사람도 불쌍하고 그런 사람하고 결혼해서 평생 초라하게 산 엄마도 불쌍하고 이럴 때 기댈 형제자매 하나 없는 나도 갑자기 서럽고 뭐 찾아먹을 게 있다고 이런 집구석까지 기어들어왔다가 죽은 쥐도 불쌍하고, 온 세상이 다 가엾은 일 천지였다. 죽으면 빳빳해진다. 사람도 그렇고 쥐도 그렇다. 흙에서 와서 흙으로 간다. 쥐가 왔다 가서, 비로소 울었다. 쥐 아니었으면 울지도 못할 뻔했다. 안녕, 쥐…… 그리고 모두 다, 안녕. 아빠도 안녕…….

고양아 넌 어디서 왔니?

    요즘에는 고양이가 대세인가보다. 고양이가 기분 나쁘다든가 검은 고양이는 불길하다든가 하는 말도 옛말인 듯싶고 도둑고양이보다 길고양이라는 말이 자주 쓰인다. 반려동물로 고양이를 선택하는 사람도 부쩍 늘어서 고양이 집사를 자청하며 고양이 모시고 산다고 하시는 분들이 많다. 그런데 나는 사실 고양이가 그저 그렇다. 지금까지 쭉 개만 길렀, 아니 주웠기 때문일 수도 있고 마크 트웨인을 비롯한 고양이 찬미자들이 계속 개를 조롱하는 통에 그렇지 싶다. 이 고양이 찬미자들은 아무에게나 다가가서 꼬리를 치고 혀로 핥아대고 손, 하면 손 주고 앉으라면 앉는 개가 미련해 보여서 싫다며 하도 고양이의 도도함과 독립심을 입에 침이 마르도록 찬양해대는 통에 말 못하는 개 대신 내가 억울해서 그만

죄 없는 고양이까지 흰 눈으로 보게 됐다. 사실 고양이를 보면 귀여워 어쩔 줄 모르지만, 개를 하등하게 이야기하는 어떤 고양이 애호가들이 싫은가 보다. 어차피 주인이 주는 밥 얻어먹고 사는 거야 고양이나 개나 똑같은데 고양이는 굴종하지 않는다며 개를 하찮게 보고 고양이를 찬미하는 사람들을 보면 어차피 사료 대주는 호구 노릇 하는 건 너나 나나 똑같은데 고양이 앞에 알랑방귀 뀌며 비굴하게 구는 게 그리도 즐겁냐 흥, 하며 아주 삐딱한 마음이 되곤 했다.

그런데 어느 날 새벽, 녹즙 배달을 가려고 교회를 나서는데 어디선가 야옹야옹 소리가 계속 들렸다. 힘차게 야옹야옹 하는 것도 아니고 힘없이 야옹야옹 울기만 했다. 어디서 고양이가 우나 둘러봤지만 보이지도 않고 우는 소리만 들려서 그냥 배달하러 갔다. 여전히 그만둔 여사님들 대체 인력이 구해지지 않아서 2인분 몫을 해내려면 꼬박 네 시간은 달려야 했다. 누구 면접 보러 오긴 왔냐고 물어보면 지사장님은 구슬프게 하루 일 견학하고 나더니 전화를 꺼놓고 안 받는다~, 하고 대답해서 아예 물어보지도 못하겠고 이를 박박 갈면서 요즘 어른들 참 문제야, 이렇게 나약해서 도대체 어디다 쓰겠어, 하면서 그냥 잘난 척이나 한다. 배달 갔다 오고 대학원 수업 다녀오고 도서관에 책 빌리러 나가는데 아직도 야옹야옹 소리가 들렸다. 야옹? 하고 불러보자 야아옹…… 하는 소리가 들렸는데 영 힘없는 소리였다. 지금까지 수년 동안 길에서 다친 개를 주워온 것만 해도 수십 마리가 넘어서 이제 고양이까지 주워 가면 엄마가 나를 가만두지 않을 테니 제발 울지도, 내 눈에 띄지도 말고 있다가 무사히 네 엄마 찾아가렴, 하고 속으로 빌면서도 그냥 모른 척하자니 좀 그래서 예의상이랄까 도의상이랄까 뭐 그런 마음으로 나가봤다. 아니 그런데 이게 웬걸, 차 밑에 지난번에 장사 지내줬던 새끼 쥐보다 별반 크지도 않은 새끼 고양이가 웅크리고 있었다.

까만 줄무늬 고양이가 오들오들 떨고 있었다. 내 주먹보다 조금 클까, 일단 집어든 고양이를 귀찮다고 버릴 수 없으니 일단 병원에 데려갔다. 좀 굶어서 그렇지 아주 건강한 상태라며 의사 선생님은 몸 이곳저곳에 난 상처 자국을 살폈다. 수고양이들은 영역 싸움을 하기 때문에 아주 어린 수컷들이 공격받는 경우가 많다며, 어른 수컷들에게 해코지를 당한 자국 같다고 했다. 병원에서 맡아줄 수도 없고 일단 집에 데리고 오긴 했는데, 집에 있던 나이든 개는 이게 웬 털뭉치인가 싶은지 킁킁 냄새를 맡았다. 대강 씻기고 먹이를 주자 걸신들린 듯 먹어치우더니 나무젓가락을 반 부러뜨려 놓은 것 같은 가느다란 다리로 비칠비칠 걷지도 못하고 그저 야옹야옹 울기만 했다. 잘 먹이고 닦아 놨더니 2주일 만에 세 배로 커졌다. 아직도 조그마한 고양이지만 나름 씩씩해졌다. 좋은 가족이 생겼으면 싶은 마음에 정 안 붙이려고 그냥 고양아 고양아, 하고 부르고 있는데 고양아 고양아 할 때마다 마음이 짠하다. 4월에 돌아가신 아버지는 집에 밥이 남거나 먹을 게 조금이라도 있으면 꼭 길고양이 배고프다고 바깥에 부지런히 가져가서 화단 구석에 잘 챙겨두시곤 했다. 그러니 이 녀석은 분명히 아버지가 돌보던 고양이의 자식이거나 조카거나 친척이거나 하여튼 뭐 그렇겠지 싶어 고양아 고양아, 하고 부를 때마다 마음이 저렸다. 아버지가 그토록 챙겨준 밥이 아마 이 새끼고양이 안에도 있을 테니 아, 이렇게, 생명이란, 그저 끝나버리는 게 아니구나. 어떤 방식으로든 이어지는구나, 그렇구나.

힘내요 건당 인생

녹즙 배달도 어느새 18개월째, 그러고 보니 미스 김은 병장을 달고야 말았다. 병장도 달았으니 이제 제대도 해야 할 텐데 도대체 후임이 들어올 기미가 없으니 이대로 녹즙계에 투신하게 되는 게 아닐까 잠시 불길한 예감, 올해로 20년째를 맞으시는 나의 경쟁 상대 한국야쿠르트 여사님도 이렇게 1년, 2년 지나다 보니 20년이 되셨나 잠시 생각했다. 도대체 왜 이렇게 사람이 안 구해지나 싶어 한국야쿠르트고 C녹즙이고 닥치는 대로 사람 좀 구해지시냐고 묻고 다녔더니 요즘 사람 구해지는 데가 도무지 없다고 한다. 일할 만큼 기운 좋고 어여쁜 아주머니들은 훨씬 손쉽게 돈벌 수 있는 노래방 같은 데로 빠지고, 연세가 더 많은 아주머니들은 이 일이 힘들어서 도저히 못한다고들 하니 손님들 얼음팩 챙기다 말고 마음이 횅해졌다. 아무래도 제대는 아직 요원한 모양이다.

　이런 계절이 배달업계에는 쥐약이다. 장마와 폭설, 이것이야말로 미스 김을 덜덜 떨게 하는 자연재해다. 요즘 레인부츠, 일명 장화가 패션 아이템으로 유행이지만 미스 김에게는 패션 아이템이 아니라 직업상 꼭 필요한 업무용품이라 꼭꼭 꿰어 신고 찰방찰방 걸어서 배달을 간다. 지구 환경도 그렇고 스쿠터 기름 값도 만만치 않아서 요즘은 그냥 걸어 다닌다. 애초에 우리 지사에는 자전거가 내 몫까지 돌아오지 않았다. 비가 독하게 오면 초등학생용 우비를 입는다. 어른용보다 훨씬 저렴해서 잠깐 창피한 것 정도야 참는다. 발이 작은 덕분에 장화도 어른 것보다 훨씬 싼 어린이용을 샀다. 누구에게 얻은 스파이더맨 우산까지 쓰니 영락없이 비만 오면 피터팬 콤플렉스에 걸린 꼴이다. 그래도 병장 달고 나니 왜 딱 붙는 바지를 입었냐느니 이 옷은 이게 뭐냐느니 하며 지분지분 괴롭히는 청소 아주머니들이 확 줄어서 고참이란 게 바로 이런 거로구나 싶었는데 오늘 아침 그만둔 여사님 땜빵으로 들어가는 건물에서 청소 아주머니가 바락 악을 썼다. 걸레질 다 해놓은 바닥을 왜 밟고 다니느냐는 것이다. 그렇다고 미스 김이 바닥을 밟지 않고 공중 부양할 재주는 없고, 죄송하다고 굽신거린 후 조심조심 다녔다. 건물에서 근무하는 사무직 직원님들은 걸레질 해놓은 거 밟아도 괜찮지만 너 밟으라고 걸레질 해놓은 게 아니라는 얘기다.

이렇게 비정규직 노동자들 사이에서도 다 급이 있다. 이 와중에도 일종의 카스트 같은 게 있는 것이다. 경비나 청소 같은 용역 노동자들은 일단 어딘가에 소속되어 있고 다달이 월급 나오는 분들이라 우리보다 우위다. 그분들한텐 우리 눈 밖에 나면 너 여기 못 드나든다, 뭐 이런 당당함이 있다. 그렇다면 그 앞에서 당당하지 못한 사람은 누구인가. 여기에서 '우리'라 함은, 미스 김처럼 배달하는 사람들이나 택배 하시는 분들처럼 '건당'으로 돈 받는 사람들을 말한다. 그래서 건물에 들어갈 때마다 경비나 청소하시는 분들 앞에서는 저도 모르게 주눅이 들곤 한다. 그래서 커다란 수레에 택배 물품을 이만큼 실어서 엘리베이터를 기다리거나 사무용지 같은 걸 지고 건물을 드나드는 분들을 보면 어쩐지 동병상련 같은 게 뭉클뭉클 올라온다. 사람이 달마다 돈 들어오는 곳이 있으면 그래도 안심이 되게 마련인데 그런 거 없는 사람들은 개구리밥처럼 동동 불안하게 산다. 사무실 문이 잠겨 있으면 하염없이 기다리기만 해야 하는 것도 우리의 공통점이다. 경비나 청소 노동자들은 출입증을 목에 걸고 다니니까 마음대로 드나들 수 있지만 우리 같은 사람들이 그거 얻기는 하늘의 별따기라. 누군가가 화장실에 가지 않나 하고 사무실 유리문 너머를 바라보며 애태우기 일쑤다. 미스 김이 배달하러 가는 사무실 문이 또 잠겨서 밖에서 문 앞에 누가 없나 들여다보는데 택배하러 오신 분이 수레를 밀고 와서 인터폰을 누른다. 아무도 대답이 없다. 택배 기사분이 계속 인터폰을 누른다. 이

분도 건당으로 일하는 까닭에 마음이 급할 텐데 아무도 안 나온다. 대여섯 번 누르자 그제야 문이 딱 하고 열린다. 그 덕에 나도 같이 들어가면서 감사합니다, 하고 꾸벅 인사를 했는데 엘리베이터에서 그 기사님을 또 만났다. 피곤한 표정을 하고 있던 기사님이 갑자기 씩 웃더니 손님들이 깜짝 놀라겠어요? 그런다. 오늘 너무 짧은 바지를 입은 게 아닌가 싶어 약간 고민하고 있었던 미스 김은 제풀에 놀라 왜요? 하고 물었다. 기사님은 엘리베이터에서 내리면서 한 번 더 씩 웃으며 말했다. 아니, 이렇게 예쁜 아가씨가 배달을 해줘서 손님들이 깜짝 놀라겠다고요. 아이쿠 이거 너무 고마운 바람에 미스 김은 꾸벅 인사하고 큰 소리로 말했다. 아침부터 그런 말씀을 들으니 오늘은 안 먹어도 배가 부르겠어요! 너무 감사합니다! 아저씨도 웃고 미스 김도 웃고 엘리베이터 문이 닫혔는데 기사님 키만큼 상자가 쌓인 수레가 짠하다. 아, 건당으로 일하는 사람들, 모두 힘냅시다. 계속 비가 오니 더 짠한 날이다.

당신들이 선물이다

녹즙 아가씨의 명랑 하드코어 녹즙 생활은 여전히 계속되고 있다. 녹즙 아가씨의 글을 읽고 녹즙을 신청했다는 월간 〈작은책〉의 독자 사연을 읽고 어느 지역인지 몰라도 어딘가의 녹즙 여사님이 나에게 빚을 졌다며 득의양양했다. 하지만 정작 녹즙 아가씨 지역의 녹즙 성적은 그다지 좋지 않다. 사실은 그만둔 여사님 몫까지 2인분을 뛰느라 영업할 틈이 없기도 했다. 지사장님은 열과 성을 다해 영업하지 않는 녹즙 아가씨에게 좀 섭섭하겠지만, 한두 명밖에 손님이 없는 건물 여러 곳을 빨빨거리고 돌아다니는 걸 아시기 때문에 그리 잔소리는 하지 않는다. 1월에 사표 냈는데 아직도 못 그만두고 있으니 이러다 평생직장이 되는 건 아니겠지, 하고 한숨을 쉬면서 대학원 마지막 학기를 맞이하고 있는 녹즙 아가씨는 지사장님에게 이번 학기가 논문학기니 제발 공부 좀 하자고 애걸복걸했지만 지사장님 입장도 곤란하다. 벼룩시장에 계속 광고를 내서 일할 사람을 찾고 있는데도 광고료만 들 뿐이지 면접 보러 오는 사람도 없다고 한숨을 푹푹 쉬신다. 그러니 모질게 그만둘 수도 없고, 어쨌거나 지사장님이 처음 일할 때 최소한 6개월은 해줘야 한다고 당부한 기간은 초과달성한지 오래니 오늘 주어진 일을 그냥 열심히 하고 있을 뿐이다.

 지사장님 형편도 좋지 않기는 마찬가지다. 일산 쪽에서 근사한 레스토랑을 하다가 잘 안 되어 사모님과 두 분이 이 일에 애쓰고 있는데, 사람 관리하랴 매일매일 반품 관리하랴 아침부터 밤까지 전화기를 놓지 못하고 지낸다. 참 다들 열심히 일하며 산다. 녹즙 아가씨가 그만둔 여사님 몫으로 돌아다녀야 하는 곳 중 백화점이 하나 있는데, 개장하기 전의 백화점은 정말이지 으스스하다. 아동복과 여성복 코너 몇 군데에 배달을 가는데 원래 백화점은 창문이란게 없어 칠흑처럼 깜깜하다. 핸드폰의 희미한 불빛에 의지해서 더듬더듬 녹즙 넣으러 가다 보면 크고 작은 마네킹들에 한 번 놀라고, 거울에 비친 녹즙 아가씨 모습에 또 한 번 놀란다. 수금하러 가도 백화점에서 일하시는 언니들은 좀 무섭다. 녹즙 아가씨는 평소에는 좀 센 척해도 어차피 태생이 어쩔 수 없는 먹물이라 진짜 야생의 언니들에게는 상대 안 되는 풋내기다. 백화점 매니저 언니들은 사람 대하는 내공이 100단인 데다 돈 받으러 가면 덜컥 신경질을 낼 때가 있어 미스 김은 비위를 거슬릴까 봐 종종 덜덜 떤다. 지사장 사모님은 아들이 하나 있는데 오죽하면 백화점에서 일하는 아가씨하고는 절대 결혼 안 시키겠다고 고등학생 아들을 벌써부터 세뇌시킬 정도니, 백화점 언니들이 강인하긴 하다. 사무실에서 녹즙 받아먹는 회사원들은 여기에 비하면 너무너무 얌전하고 순한 양 같다.

도저히 취직이 힘들 것 같은 친구가 취직에 성공해 선물을 해줘야겠다 싶었다. 녹즙 배달 안 하는 주말에 뭘 선물할까 고민하다가 지갑이 필요하다는 말이 생각나서 어딜 갈까 생각하다가 아참, 우리 손님 중에 잡화 파는 손님이 있지 싶어 백화점엘 갔다. 평소 좀 깐깐해 보여서 무서웠던 매니저님이 환하게 인사를 건네는데 평소 녹즙 아가씨를 대하던 것과는 딴판이다. 저예요 저, 아침에 녹즙 배달하는 학생이요, 하자 매니저님이 살짝 의아해하다가 활짝 웃었다. 어머, 아침에만 보다가 이렇게 보니 못 알아보겠네. 친구가 취직해서 지갑을 하나 사주려고 하는데, 어떤 게 좋을까요? 매니저님은 자상하게 이것저것 꺼내서 보여주신다. 평소에 뭘 안 사봐서 어리버리한 눈길로 요모조모 살피다 마음에 드는 걸 골랐다. 근데 원래 예쁜 건 다 비싼 법, 그래도 친구에게 한번 크게 쏴줘야지 마음먹고 있었는데, 생각지도 않았건만 매니저님이 그래 잠깐만 있어봐

깎아줘야지, 하셔서 아니 뭘 또 깎아주시려고 그러세요, 했더니 그래도 아침에 부지런히 열심히 일하는데 깎아줘야지, 하고 50프로나 깎아주셔서 생각보다 훨씬 싼 값으로 친구 취직 선물을 샀다. 영수증과 쿠폰을 이것저것 챙겨주시면서 이것 가지고 저쪽 카페에 가면 커피 한 잔 공짜로 마실 수 있으니까 꼭 마셔, 그리고 이거 가지고 7층에 가면 사은품 줄 거니까 이거 꼭 가지고 가서 타 가지고 가, 하며 어깨를 톡톡 치셔서 간만에 녹즙 아가씨는 기뻤다. 친구도 좀 지갑이 화려한 것 같은데, 이러면서도 은근히 마음에 들어 하는 눈치다. 어른들이 아는 집 팔아줘야 한다는 말이 왜 있는지 알겠다. 그리 도움은 되지 않겠지만 앞으로도 열심히 우리 손님들이 하는 곳 찾아다니며 팔아줘야지. 별 생각 없이 시작한 이 녹즙 배달 덕에 참 여러 사람을 만나게 되고 처음 보는 사람들 앞에서도 어색하지 않게 웃게 되었다. 생각해보면, 다 고마운 일투성이다. 물론 죽어라 녹즙 값 안 주는 손님은 빼고.

녹즙 병장 미스 김 전역하다

　　드디어, 드디어, 드디어 녹즙을 그만뒀다. 대학원
졸업 학기인데다 이사까지 가게 되어서 녹즙 배달을 도저히 더 할
수가 없어 녹즙 아가씨는 그냥 아가씨 되었다. 봄에 돌아가신 아버
지가 경매최고서라는 굉장한 유산을 남기시는 바람에, 이병헌을
닮은 잘생긴 깡패가 집에 찾아와서 추석까지 집을 빼달라고 했다.
평생 목사님 사모님으로 살아온 어머니를 차마 깡패와 마주치게
할 수 없어서 알겠다, 빼주겠다, 고개를 꾸벅꾸벅 숙였다. 돌아가
신 아버지가 하늘에서 나에게 이렇게 잘생긴 남자를 보내주시는구
나, 하고 이 와중에도 웃었다. 안 웃으면 어쩌겠는가. 어머니는 재
판 결과를 기다렸고, 보증금을 하나도 돌려받지 못하게 되었다는
참담한 결과를 안고 집으로 돌아왔지만 이상하게 마음이 그냥 그

랬다. 전에 혼자 살던 자취방 전세금 빼서 아버지에게 드릴 때도 어쩐지 돌려받을 것 같은 느낌이 안 들더라니 이렇게 되려고 그런 모양이었다. 내내 살림에 빵꾸가 날 때마다 이리 뛰고 저리 뛰고 했는데, 이번에는 아무것도 하기 싫어졌다.

우리가 탈탈 턴 돈으로 서울에서 지내긴 어림없으니 그냥 반지하로 가자고 설득했지만 어머니는 펄쩍 뛰셨다. 설득하기도 피곤하고 그냥 어머니 전 힘이 없으니 어떻게든 해보세요, 저는 반지하라도 상관없다고 내내 이야기했으니까 몰라요 전 그간 돈 열심히 벌었으니 이번에는 어머니 믿고 아무것도 안 할래요, 하고 배 째시라고 했다. 배 내민 효과가 있었다. 과연 어머니는 의연하게 방을 구하고 이사 일들을 처리했다. 이번에는 늠름한 어머니 뒤만 따라갈 수 있었다. 그간 부모 덕본 적 한 번도 없다고 원망하던 것들을 싹 잊기로 했다. 아버지가 살뜰히 가꾸던 교회 건물을 떠나면서 마음이 아프지 않은 건 아니었으나 오래 아파한들 뾰족한 수가 생기는 것도 아니고 이사한 다음날까지 계속 녹즙을 배달했다. 지사장님이 스쿠터 기름 값이나 하라고 지폐를 건네셨지만 극구 사양했다. 그 기름 값이 어쩐지 앞으로도 여기 와야 할 기름 값인 것만 같아서 얼른 줄행랑을 쳤다. 녹즙도 그만뒀으니 사람들이 어떻게 먹고 사냐고 물으면 좀 초조해야 할 텐데, 어째 그냥 태평하기만 했다. 그냥저냥 먹고는 살아요. 이 녹즙 일기를 연재한 월간 〈작은책〉

에서 원고료 대신 쌀을 보내주는데, 그것만 해도 엄마랑 두 식구 한 달 먹고는 산다. 대단한 글을 쓰는 것도 아닌데 이렇게 귀한 변산반도 현미를 막 받아도 되나 싶어 저번에는 쌀꾸러미를 싸들고 재능 투쟁 천막에 가져다 드렸는데, 돌아서서 생각해보니 이분들이 단식 투쟁 중이라는 걸 깜빡했다. 단식 현장에 쌀을 갖다주다니, 바보……

어쨌든 글 값 대신 받는 쌀 먹고 수돗물 틀어 물 먹고 대강 지내는데 그냥 매일 즐겁다. 즐거울 일이 하나도 없건만 이렇게 막 즐거워도 되나 싶었으나 자책의 마음은 별로 들지 않고, 공부하고 책 읽고 도서관 가고 돈 안 쓰고 대강 간장에 밥 비벼 먹고 그냥 즐겁다. 이게 제일 감사한 일이다.

그러고 보니 자본주의가 가장 두려워하는 존재는 '노숙자'라고 한다. 법이고 보장제도고 아무것도 없이 제멋대로 사는 노숙자는 체제야 내 알 바 아니라는 식이니 어떻게 할 수가 없다는 것이다. 사내로 태어났다면 노숙자 노릇도 한 번 해봤겠건만 여자의 몸이니 그렇게까지 해보긴 뭣하고, 지금도 그냥 칠렐레팔렐레 하고 산다. 없이 사는 놈들이 있는 놈들 배 아프게 할 수 있는 수가 딱 하나 있는데, 그저 실실 웃고만 다니는 것이다. 개뿔도 없으면서 도대체 뭐가 즐거워 그렇게 실실거리고 다니느냐고 아무리 다그쳐도 안 가

르쳐주고 그저 혜실혜실 웃기만 하는 것이다. 약 오르지, 우린 즐
겁지롱, 하면서. 시절이 엄혹할수록 웃어볼 일이 눈 씻고 찾아본들
있겠냐만, 그래도 실실거리면서.

혼자가 팔자는 아니겠지요

무남독녀 외동딸인데다가 작년에 아버지가 소천하셔서 '거의' 사고무친의 신세가 된 미스 김은 늘 새해마다 몹시 곤고했다. 주제는 누구나 그렇듯이 올해는 또 어떻게 사는가, 하는 것인데 이제는 녹즙도 관두어서 원고료 조로 주는 쌀—현미밥은 맛이 없다, 라는 어머니를 설득해서 이제는 100퍼센트 현미밥을 먹고 있는데 너무나 맛있어서 둘 다 매일매일 감탄하며 변산 대지의 은총에 감탄하고 있다, 변산 땅과 일구는 손에 매일 축복 있기를!—과 미스 김이 각종 매체에 기고한 원고료로 생활하고 있는데 이걸로 두 식구 생활이 간신히 되는 것이 감탄스럽고 감사할 따름이다. 글 품팔이라는 게 겉으로야 자판 좀 두드리면 되는 것 같으니 편해 보이지만, 10년 전부터 원고료는 한 푼도 안 오르는 데다 일은 적고 하고자 하는 자는 많으니 이 어찌 아니 곤고할 수가.

어쨌거나 이제 완연한 30대가 되어서 어머니는 친구 딸 결혼식에 다녀올 때마다 울적한 표정을 숨기지 못하시는데 미스 김은 이번에 대학원을 훌륭하게 낙제했다. 미스 김만 낙제한 것은 아니고 전 학급이 낙제하는 참사가 일어났으니 미스 김의 학업 태만으로 오해하시지 않도록 미리 말씀드린다. 어쨌거나 모녀 가정을 걱정한 담당 황지우 교수님께서 따로 부르시더니 다음 학기에 작품만 내서 졸업하고, 일단 교수님 친구 회사에 비서로 취직하란다. 갑자기 모 의원 여비서 계좌 8억 사건이 생각난 미스 김은 아니 선생님이 이토록 나를 사랑하셨던가 하며 선생님 그러면 당장 8억쯤 꽂아 줍니까, 하고 여쭈었다가 혼만 났다. 그 다음번에는 소개팅, 아니선 비슷한 걸 당했다. 뜻도 모르고 한때 정부 요직에 계시던 어르신이고 지금은 미스 김과 문자 친구로 지내고 있는 분이, 새해니점심이나 한 끼 하자고 하셔서 무심코 나갔다 웬 멀쩡한 총각이 동석했으니 말 그대로 눈 뜨고 소개팅을 당한 것인데, 주선자가 워낙 짱짱한 분인 만큼 자리에 준수한 청년 기업가가 앉아 있었다. 마치 얼굴에 '7막 7장'이라고 써 있는 것만 같았다. 미스 김은 사실 지금까지 그리 평탄한 연애 생활을 해오지는 못했다. 미스 김은 단정하고 얌전하고 말없고 꽃사슴 같은 총각을 좋아하는데, 그런 총각들은 하나같이 미스 김을 무서워해서 마치 퓨마를 본 가젤처럼 잽싸게 도망치기 때문이다. 미스 김은 정말 속상하다. 거기 서! 해치지 않아…… 조금만 참으면 너도 다 좋은 건데! 어쨌거나, 주선하신 어르신이 식사를 마치고 그럼 커피는 두 젊은이가 들지, 하고 떠나자 청년 기업가는 자신에 대한 이야기를 시작했는데 지금의 한류 열풍에 제가 어느 정도 역할을 했다고 자신 있게 말씀드릴 수 있어요, 앞으로는 한중일 협력에 교두보 역할을 하려고 준비하고 있습니다, 열정 하나는 누구에게도 지지 않거든요, 등등 나오는 말마다 어머 이 풀풀 풍기는 7막 7장의 냄새…… 미스 김은 존 에프 케네디 좋아하세요, 하고 물을 뻔했다. 청년 기업가는 스카이다이빙을 한 경험을 상세히 설명하며 낙하산이 펴지는 순간 정말 이 세상 모든 것에, 이 낙하산을 한 땀 한 땀 꿰맨 그 손길들에 감동하게 되더라구요, 라고 말하기에 결국 더 이상 비위가 버티지 못한 미스 김은 밝게 웃으며 당신이 돈을 냈으니까 캄보디아 애들이 고사리 같은 손으로 그 낙하산을 꿰맸을 텐데요 뭐, 하고 발랄하게 대꾸해서 그 자리는 산산이 파토가 났다.

한중일 협력 잘하시라고 격려하고 돌아오면서 미스 김은 역시 올해도 시집은 갈 수 없겠구나, 하는 확신이 들어 아예 올해는 초반부터 도처에 중매를 청해야겠다는 생각이 들었다. 미스 김은 지난 22개월 새벽에는 녹즙을 배달하고, 오후에는 카페에서 서빙을 한 근면 성실한 대한민국 청년이다(물론 남자는 아님). 손끝이 야물

진 않지만 대학, 대학원 모두 부지런히 고학으로 마쳤으며 장래희
망은 욕심 없이 나 먹을 것만 추수하면서 낮에는 일하고 읍면 소재
도서관에서 책 빌려다 읽고 쓰며 주경야독하는 것이다. 버스가 다
니지 않는 시골이라도 전혀 걱정 없다! 미스 김은 대형 오토바이
면허를 가진 것만이 일생의 자랑이고 혼수로 현금은 없지만 125cc
오토바이 한 대, 스쿠터 한 대와 X-박스 360 게임기도 한 대 가지
고 있다. 단 개신교인이고 70억 인구에 한 명을 더 낳아 보탤 생각
이 전혀 없다는 치명적인 약점이 있다. 그럼에도 불구하고 괜찮은
남자분을 아시는 분은 제보 부탁드린다. 나는 다이렉트다, 하시는
분은 neopsyche11@gmail.com을 이용하시길. 하지만 의외로 수
줍음이 많은 미스 김이 바로 회답해드릴 거라 약속드릴 수는 없다.
참고로 젊은 여자들은 보통 남자들의 수트 차림을 좋아하는데 미
스 김은 작업복 잠바만 보면 가슴이 콩닥콩닥하는 희한한 취향이
있다. 고로 작업복 입고 일하시는 분도 대환영이다. 다녀온 분도
아무 상관없다! 아참, 미스 김은 최근 신간을 냈다. 도시의 그늘,
재개발 지대에서 자취를 하면서 만난 따뜻한 이웃들을 만나며 울
고 웃은 기록,《뜨겁게 안녕》이라는 제목이다. 혹시 서점을 지날 때
들춰라도 주시기를.

동아줄보다 새끼줄

먼저 지난번 공개 구혼 사건(?)의 뒷이야기를 말씀
드리고 넘어가는 것이 독자에 대한 예의일 터, 솔직한 것이 매력인
미스 김의 매력을 십분 발휘해 사건을 모두 밝히자면, 단 한 분도 없
었다고 판정하는 것이 옳을 듯하다. 부하 직원을 염려해 사장님이
던지신 건이 한 건 있었지만 이것은 본인이 아니었으므로 예외로 치
고, 미스 김의 메일 주소로 메일이 몇 통 왔는데 하나같이 내용이 절
절하게 죄송하다고, 구혼 메일이 아니라서 죄송하다고, 나중에는 너
무 죄송해하셔서 미스 김이 몸을 던지고 울고 싶었다! 제가 죄송합
니다, 제가 주책이지요, 제가 동네방네 시집가고 싶다고 떠들어서
흑흑. 몇 통 온 메일들은 죄송한데 과월호를 구할 수 없겠느냐(편집
부에 문의해보시라고 정중히 답변을 드렸다), 아이 아빠이지만 평소 글

잘 보고 있다(그저 감사할 수밖에!), 그 외에는 관심은 있지만 친구로 만나보고 싶다(미스 김은 친구 같은 거 필요 없다! 친구는 많이 있단 말이다!) 등등이 있었다. 드디어 미스 김은 지금까지 살아온 내용에 대해 돌아보게 되었다. 그러다가 몹시 물질적 생각을 하게 되었다. 내가 연봉 5000쯤 되면 좋겠지, 내가 이렇게 빈털터리니까 아무도 소개팅도 안 잡아주는 게 아닌가! 이게 다 돈 때문이다!

그런 생각을 하다 미스 김은 결혼한 친구 집에 가게 되었다. 남편이 지방 출장을 간 김에 살며시 놀러갔다. 미스 김은 결혼을 해도 애를 낳을 생각이 눈곱만큼도 없는데, 그러면 사람들이 이기적이라고 한다. 미스 김 눈에는 애를 낳는 사람들이 훨씬 더 이기적으로 보인다. 얼마 전 인류가 70억을 돌파했다고 하는데, 지구가 이렇게 아픈데 인간 개체가 더 늘어날 필요가 있는지 전혀 모르겠다. 물론 미스 김도 제 새끼를 보면 귀엽겠지만, 적어도 내 유전자를 이어받은 개체를 더 늘리는 것이 지구 편에서 보면 훨씬 이기적이라고 생각한다. 그러나 친구 아이는 너무너무 예뻤다. 생긴 것도 귀엽고 하는 짓도 너무 예쁜 아이다. 한때 미스 김과 소맥을 퍼마시며 길거리 좀 구른 적 있는 친구는 이제 남편도 있고 나라의 혜택을 받아 임대아파트도 당첨되어 깨끗하고 예쁘게 살고 있다. 친구는 아이를 토닥거리며 똑같이 옛날에 구르면서 괴로워했지만 이제 남편과 아이가 있어서 안정적이 되었다, 하늘에서 이런 동아줄이 내려왔다, 너도 살길 찾아야지, 뭐 그런 요지의 말을 해서 미스 김은 소금 뿌린 달팽이처럼 움츠러들어서 그 자리에 녹아버리고 싶었다. 아, 동아줄…… 누군가가 미스 김 몫의 동아줄을 가져 가버렸다는 생각이 들어 왕년에 같이 술 먹고 저지레하던 친구가 높이 빛나 보였다. 귀여운 아기와 놀다 미스 김은 터덜터덜 집으로 돌아와 빨랫줄이나 머리끈을 보고도 화들짝하는 등 내내 줄 공포증을 겪었다.

남편이 다시 지방 출장을 가서 또 친구 집에 놀러갔다. 친구는 어째 피곤한 얼굴을 하고 있었다. 어제 남편과 말도 안 되는 이유로 싸운 이야기를 털어놓더니 친구는 미스 김에게 그저께 잘난 척해서 미안해! 다 썩은 동아줄이었어! 고생하는 무대는 똑같은데, 그게 자취집이나 막걸리집 같은 데서 남편, 아이, 시댁, 이런 걸로 옮겨온 것뿐이야! 나를 용서해! 라고 외쳤다. 미스 김은 쿡쿡 웃었지만, 썩은 동아줄이면 뭐 어떠랴 싶어 투덜투덜 미안하다고 하는 친구가 더 예뻐 보였다. 우리는 모두 동아줄이 하늘에서 내려오길 바라지만, 그런 게 안 오는 사람도 있지 싶다. 그래야 인생이 공평하고, 재미있기도 할 것이고, 미스 김은 동아줄보다는 새끼줄을 갖고 싶다. 그래서 조용하고 차분한 사냥감을 발견했을 때 도망 못 가게 꽁꽁 묶고 싶다. 당분간 새끼줄은 쓸모가 없을 듯하지만, 공개 구혼에 보여주신 심심한 애정에 감사드린다. 봄에는 우리 모두 뭔가 좋은 일이 있기를!

살겠다는 것들은 다 이쁘다

작년 이맘때는 지금보다 훨씬 더 추웠다. 적어도 작년 겨울에는 눈이 더 많이 왔다. 처음에는 폭신폭신한 척 쌓이던 눈들은 여러 사람의 발걸음을 거치면서 둥글고 거칠고 미끄럽게 보도에 들러붙었다. 요즘 애들이 급격한 발육 덕분인지 어지간히 발이 커서 토마스 기차 같은 유치한 그림이 새겨져 있고 솜도 폭신하게 든 아동용 털장화를 운 좋게 싸게 사 신고, 모질게 언 얼음 위를 걸어 지사장님이 놓고 간 내 몫의 아이스박스를 열면 그 안에 든 그날치 배달해야 하는 녹즙은 아예 꽁꽁 얼어 있었다. 눈이 온 날에는 잔뜩 쌓인 눈을 헤치고 아이스박스를 열면 녹즙이 서로 들러붙어 잘 떨어지지 않았다. 녹즙을 나르는 손수레를 도둑맞았다. 별 수 없이 등으로 지고 다녀도 그냥저냥 다닐 만했던 것은 '인사'

가 싫었기 때문이었다. 도둑맞은 손수레가 비싼 거라고 설명했지만 보안팀에서는 주차장의 CCTV를 보여주지 않았다. 아가씨는 평소에 인사도 안 하고 말이야, 하고 알쏭달쏭한 말을 던지며 보안팀장은 23층 빌딩 곳곳이 흑백으로 비치는 멀티비전 쪽으로 고개를 돌렸다.

그가 다시 뭐라고 말하려 할 때 나는 아무 말 없이 꾸벅 인사를 하고 나간 다음 커다란 등산용 가방에 녹즙을 넣어 등에 지고 다니는 걸 택했다. 그가 원한 인사는 아니었다. 그러나 그뿐만 아니라 모두가 그런 '인사'를 원했다. 안녕하세요, 안녕히 가세요, 이런 인사 말고 모두가 이렇게 공짜 녹즙을 간절히 원하는지 나는 녹즙 배달원이 되기 전까지 알지 못했다. 녹즙 배달원의 재량에 따라 판촉이나 서비스용으로 액상 위장약 한 포만 한 녹즙 샘플을 몇십 개 주는데, 다들 그걸 원했다. 그게 인사였다. 다른 여사님들은 누가 공짜 녹즙을 원하면 가격이 써 있는 팜플렛을 내밀며 웃어 보이는 노련함이 있었지만 나는 배달한 지 2년째가 되어도 그런 기술을 익히지 못했다. 여사님들은 아가씨는 다들 만만하게 본다며 어깨를 토닥거렸다. 그러고 보니 결혼 안 한, 또는 못 한 녹즙 배달원은 서울 지사에서 나 한 사람밖에 없었다. 배달을 마친 뒤 오후에는 홍대에 있는 커피숍에서 저녁까지 서빙을 했다. 추석에 설날까지 배달을 하고 제대로 수금을 못해 애를 먹으면서도, 나는 그 배달 일을 싫어하면서도 좋아했다. 아마 신문이나 다른 걸 배달했다면 그런 기분을 못 느꼈을 것이다. 신문과 달리 녹즙에는 나쁜 소식이 없었다.

물가가 오르면서 덩달아 녹즙의 단가가 오르는 것 정도가 나쁜 소식이었다. 녹즙 값 오른다고 내 주머니에 돈 들어오는 것도 아닌데 손님들은 나에게 신경질을 내기도 했고, 눈을 맞추지도 않고 이번 달부터 안 먹을래요 하는 손님을 보면 연인에게 차인 듯 마음이 비통해질 때도 있고 뭐 그랬지만 그래도 뭔가 건강한 걸 사람들에게 전하러 가고 있다는 느낌, 몸에 좋은 걸 등에 이고 지고 있다는 느낌, 영업시간 전의 캄캄한 백화점이나 쇼핑몰 안의 벽을 더듬으면서 단단하게 굳어진 어깨는 그래도 살고 있다는 느낌을 주었다. 책상머리에 앉아 글밥이나 먹고살던 때는 누가 물어볼 때마다 입버릇처럼 힘들다고 하면서도 마음속으로 기고만장했던 것 같다. 원래 펜 한 자루로 먹고사는 종자들이 몸 쓰는 일에 열등감을 갖고 있는 것은 역사적으로 유구한 일이다. 하지만 진짜 살아 있다는 것, 살고 있다는 것을 절절히 느낀 것은 22개월간 군 복무처럼 녹즙 배달을 하다가 간신히 그만둘 수 있었던 작년 어느 가을이었다. 그 '인사'를 안 바라는 청소 아주머니들을 뵈면 언제나 더 드리고 싶었다. 아주머니도 아니고 언제나 가장 일찍 나와서 일하시는 호호 할머니가 한 분 계셨는데, 이분은 녹즙 샘플을 한 움큼 쥐어 드리면 계속 사양하시다가 받고는 공부 열심히 혀, 하며 주름진 입술로 미소를 지었다. 이 기집애가 옷 입고 다니는 게 뭐 이래, 하고 다른 청소 아주머니한테 주먹으로 쥐어박혔을 때도 그 할머니를 뵙고 나면 마음이 따뜻해졌다. 우리는 녹즙 샘플에 빨대를 꽂아 나란히 입에 물고 어스름해져 오는 창밖을 바라보았다. 할머니는 아참, 하시더니 호주머니에서 뭘 꺼냈다. 크래커, 쿠키, 감자칩같은 사원들이 먹다 버린 과자들을 비닐봉지에 따로 싸 놓은 거였다. 할머니는 창문을 열고 여차, 하며 과자를 한 움큼 던졌다. 비둘기들이 날아와 과자 부스러기를 쪼았다. 할머니가 다른 쪽으로 과자를 던지자 이번에 못 얻어먹은 놈들이 푸드득 날아들었다. "맨날 모아두시는 거예요?" "응, 애들이 이 시간엔 매일 이걸 얻어먹으러 와. 여기 사무실 사람들 버린 거 아깝잖아. 이 시간이 되면 밥 먹는 줄 알고 으레 와." 검게 번들거리는 비둘기 깃털들을 보며 나는 괜히 걱정이 됐다. "사람들 다 비둘기 싫어하지 않아요? 먹이 준다고 막 뭐라 그럴 수도 있는데." 할머니는 한 번 더 과자를 뿌리며 느긋하게 대답했다. "다 살겠다고 그러는데, 얼마나 이뻐. 살겠다고 하는 것들은 다 이뻐……."

사는 게 강퍅하다는 생각이 들 때면 그때 과자를 뿌리던 할머니 모습을 생각하고 그 목소리를 떠올린다. 살겠다는 것들은 다 이뻐. 악에 받쳐 잘 살겠다는 것들은 안 이쁘지만 살겠다는 것들은 이쁘다. 그 다음부터 나는 함부로 비둘기 징그럽다 말 안 하기로 했다. 누가 그럴 자격이 있단 말인가. 살겠다고 하는 것들끼리.

야옹아 할아버지가 뭐라시디?

　　　　　　지금은 하지도 않는 녹즙 이야기를 자꾸 해서 민망하지만 그 22개월이 내게 큰 노릇을 하긴 한 모양이다. 그 전에 나는 그 흔한 '도를 아십니까'에 한 번도 걸린 적이 없었다. 인상이 좋지 않아 그런 모양이다. 그러나 녹즙 시즌을 거친 이후, 길을 물어보는 사람도 많아지고 반말을 쓰는 사람도 부쩍 늘어났다. 내가 인상이 만만해졌나, 호감 반 유감 반으로 생각했는데 이사 온 다음 날 우리 집 앞을 배회하는 남자 덕분에 녹즙 이전의 나와 녹즙 이후의 내가 분명히 달라졌다는 것을 알게 되었다. 우리 집 앞을 늘 배회하는 남자가 편하게 말을 거는 유일한 여자가 되었기 때문이다. 그걸 보면 분명 인상이 나아진 게 틀림없다. 우리 집 앞을 항상 배회하는 그 남자는 바로 우리 집주인 할아버지신데, 깔끔한 성격인 사람들이 그렇듯 살찔 틈이 없다. 푹 패인 부리부리한 눈으로 이 건물은 물론 온 동네를 바삐 오가는 할아버지는 복장 또한 터프하다. 여름에는 거의 옆구리까지 파인 런닝 차림에 가을에는 그 위에 춘추용 점퍼 한 장, 겨울에는 오리털 점퍼를 입는 미니멀한 차림새로 핵심은 늘 지퍼를 열어놓는다는 것이다. 추정 연령 70대 이상, 춥지 않으셔요, 라고 물으니 남자는 괜찮아! 하고 외치셨다. 젊으셨을 때 뭘 하셨는지는 모르겠지만 할아버지는 노는 법이 없다. 집 안팎을 청소하거나 1층에 있는 인쇄소에 가서 일을 도우신다. 모르는 사람이 보면 다 그 인쇄소 직원일 줄 알 정도로 바삐 일하시는데, 인쇄소가 문을 닫은 후에는 밤 12시가 가깝도록 집 앞의 자그마한 돌쩌귀에 앉아 계시는 바람에 나의 음주 전선에는 큰 지장이 생겼다. 할아버지가 깨어 계실 만한 때에는 차마 못 들어가고 아예 더 늦게까지 마시는 바람에 간도 지갑도 상황이 나빠졌다.

이 건물의 1층에는 조그마한 출판사가 있다. 할아버지는 언제나 그곳에서 일을 돕고 있어서, 사람들은 그 출판사 직원인 줄 안다. 도움이 되는지 안 되는지는 잘 모르겠지만 출판사에서 할아버지를 썩 반기는 눈치 같지는 않다. 나는 금주를 잘 해오다가 올해 1월부터 갑자기 다시 술을 마시기 시작했다. 아버지가 돌아가신 지 1주기가 되어가는데, 경제적으로 능력이 좋지 않았던 아버지 때문에 생전에도 힘들었는데 아버지가 일찍 돌아가신 게, 인정하기 싫었지만 사실은 아버지를 사랑했다는 게, 그래서 아버지 때문에 이렇게 마음이 상한다는 것을 인정하기가 더 힘들었다. 사실 이 모든 것은 술 마시기 위한 핑계일지도 모른다. 어쨌건 할아버지에게 안 들키기 위해 늦게 들어갔지만 별로 소용없는 짓이었다. 어느 날 할아버지는 갑자기 나를 불러 세우더니 외쳤다.

"뭔 술을 그렇게 마셔!"

움찔하자 할아버지는 야단을 치기 시작했다. 그동안 내가 술 마시고 들어오는 걸 네 번쯤 봤다고 하시기에 별로 못 보셨군, 슬쩍 안심했지만 할아버지는 거침없이 지금 홀어머니 모시고 혼자 살면서 술이나 마시고 남자나 만나고 다닐 때냐, 어떻게 해서든 좋은 데 취직해서 어머니 잘 모실 생각을 해야지 내 집에서 술 마시고 다니는 꼴은 못 본다, 내 건물에 사는 한 시집살이할 각오를 해라, 친구들은 네네 하고 있었던 나에게 천치 같다고 했지만 그냥 듣고 있었다. 잔소리한 값만큼 월세를 좀 깎아줘야지 않나, 하고 잠깐 생각했지만 그래도 별꼴이네 하고 비웃고 말 것을 잔소리해주는 사람 있는 것도 나쁘지 않다 싶었다. 그런데 웬걸, 이제는 나를 볼 때마다 말씀을 하시는 바람에 돈 내고 사는 집에 살건만 할아버지가 있나 없나 집 주변을 배회하면서 간첩처럼 침투하고 탈출하며 산다. 그러면서도 할아버지가 밉지 않고 못내 짠한 건 사료와 물을 그릇에 담아서 야옹아! 야옹아! 하고 부르는 모습 때문이다.

 이사 온 다음 집 근처에 고양이들이 있길래 고양이가 있네요, 하고 말했더니 할아버지는 혹시라도 먹이를 주지 말라며 손사래를 쳤다. 혹시 주고 싶으면 우리 집에서 준다는 걸 안 들키게 딴 집 앞에 가서 주라는 것이다. 하지만 할아버지는 고양이 밥을 주다가 나에게 들켰다. 사료도 고양이 전용 사료로 사고 있는데, 돈이 많이 든다고 부끄러운 표정을 지었다. 동네 할머니가 키우다 버렸다는 삼색 고양이는 할아버지가 야옹아! 하면 야옹, 하면서 다가온다. 할아버지와 같이 사는 할아버지 아들도 술을 마신다. 며칠 전에는 두 분이 복도에서 쩌렁쩌렁 싸웠다. 그러니 할아버지는 오죽 내가 싫었을까. 그제는 할아버지가 나이가 몇이냐고 물었다. 저 나이 엄청 많아요, 엄청 많아요, 하고 몇 번씩 말씀드려도 자꾸 몇인지 이야기하라고 하셔서 할아버지가 놀랄까 봐 서른이에요, 하고 좀 깎아서 말했는데 할아버지는 그래도 깜짝 놀랐다. 나는 한 스물두어 살이나 된 줄 알았다고 하시길래 아이고 고맙습니다, 하고 웃고 넘어갔다. 그래도 할아버지는 여자는 말이야, 자존심이 있어야 돼. 남자들은, 내가 남자기 때문에 아는데, 내킬 때만 여자 찾을 수가 있어, 그러니까 자존심을 잘 지켜야 해, 라고 말씀하셨다. 나는 여자면서 자존심이 너무 없어서 슬펐고 내킬 때만 남자 찾은 적이 있다는 걸 할아버지가 알면 나를 걱정하지 않고 미워할 것 같아서 슬퍼졌다. 알겠어요, 하고 고개를 끄덕끄덕하자 할아버지는 혹시라도 자기가 한 말 너무 마음에 두지 말라고 말씀하셨다. 어제도 나를 붙잡고 혹시라도 마음에 두지 말라고 말씀하시더니 아까는 갑자기 세상을 어렵게 살려면 말이야, 얼마든지 어렵게 살 수가 있어! 라고 하셨다. 할아버지의 심각한 표정에 나도 모르게 푸하하하, 하고 웃었는데 할아버지는 민망한 표정으로 쉽게 살려고 하면 또 쉽게도 살아지는 것이야, 하고 말씀하셨다. 할아버지가 그런 말씀하실 때마다 네네, 하고 들으면서 성적 떨어졌다고 때리는 어머니가 무서워 어머니를 해치고 시신을 집에 한참 방치했다는 고교생이 떠올랐다. 개인 사생활의 존중과 이웃에 대한 관심 사이에 균형을 잡는다는 건 참 어렵다. 하지만 적어도 우리 할아버지가 그런 집에 있었어야 되는데, 아마 그 아이가 그 지경까지 가도록 우리 할아버지라면 놔두지 않았을 텐데 싶었다. 나는 귀찮아서라도 다시 술을 끊을 작정이다. 할아버지가 나 말고 오래 말하는 상대는 아까 그 야옹이뿐이다. 야옹이를 쓰다듬으며 할아버지는 뭐라고 그 녀석에게 한참 동안 말씀하고 계신데, 나중에 그 고양이를 보면 뭐라고 하시더냐고 물어보고 싶다. 사실은 뭐라고 하셨을지 다 알 것도 같다.

그럼에도 불구하고 믿을 수 있는 힘

　　　　　　　대구에서 태어나 경상도 사투리를 많이 듣고 자랐
지만 경상도 사투리가 친근하기는 해도, 매력은 역시 전라도 사투
리에 있다. 핸드폰 통화 사용량이 전국에서 가장 낮다는 대구 언저
리의 기억을 떠올려보면, 경상도 사람들이 속마음은 따뜻해도 겉
으로는 무뚝뚝하다는 평을 듣는 이유가 마음만 전하면 되지 그 이외
는 쓸데없는 사설이란 분위기라 그런 듯하다. 그러나 전라도 사투리
는 팔도 중 가장 '가락'이 있다. 그래서 판소리도 경상도 사투리로
하는 것은 없는 모양이다. 그래서 남자를 만나도 전라도 사투리를
쓰는 남자를 보면 남몰래 혼자 점수를 더 주곤 하는데, 지금 월세
를 살고 있는 집 주인 할아버지도 전라도 분이다. 처음에는 딱딱하
게 경어로 말씀하시다 조금씩 친해질수록 전라도 사투리가 짙어져

서 혼자 좋아서 몰래 웃는다. 하지만 할아버지는 내가 왜 웃는지는 전혀 모르고 그냥 잘 웃는 아가씨구나 한다. 전에도 살짝 말했다시 피 할아버지는 동네 고양이에게 아침저녁으로 밥을 주신다. 나도 고양이용 캔을 가져다 할아버지에게 살짝 건네면 할아버지는 자기 고양이도 아니건만 아따 이거 고맙쇼잉, 하고 머쓱하게 말해서 나 는 또 웃는다. 할아버지가 가장 귀여워하는 고양이는 최근 새끼를 낳았는데, 할아버지는 새끼 키우느라 자꾸 고양이가 몸이 축난다 며 캔을 사다 먹였다. 아뿔싸 그러니 고양이는 그냥 사료를 거들떠 보지도 않고 할아버지만 보면 야옹야옹, 하며 더 맛있는 것을 내놓 으라고 요구하는데 할아버지는 아따 이눔아, 맨날 맛있는 것만 밝 히냐 밝히길, 하면서도 마음이 약해서 반 캔씩 준다.

동네 할머니가 키우다 버렸다는 이 고양이는 사람을 좋아해서 쓰다듬어주면 목을 골골 울리면서 바닥에 누워 몸을 쭉 뻗으며 하 품을 한다. 삼색 고양이가 낳은 새끼답게 아기고양이들의 색깔은 다채로웠다. 하지만 아기고양이 구경을 한 적이 없어서 새끼 어떻 게 생겼어요, 하니까 할아버지가 이리 와보쇼잉, 하며 꼬불꼬불 으 슥한 골목으로 내 손을 잡아끌었는데 고양이가 놀랄까 봐 살금살 금 걸었다. 쉿, 하고 목소리를 낮추며 골목 한켠의 야트막한 담 너 머를 가리켜서 우리는 나란히 까치발을 하고 살며시 담 너머를 들 여다보았다. 검정과 흰색의 얼룩고양이, 꿀색 줄무늬가 있는 아기

고양이, 제 엄마와 똑같은 삼색 고양이가 파드득 도망쳤다. 나 먹으려고 샀던 닭가슴살 캔을 주고 싶어 하자 할아버지는 고개를 절레절레 흔들며 그렇게 맛있는 걸 자꾸 줘싸면 안 돼, 이것들이 골목에서 지 힘으로 살아야 되는데 그게 안 되는 겨, 하며 조금씩만 주자고 했다. 할아버지에게 캔을 맡기면 할아버지가 고양이들이 암약한 골목에 가서 조금씩 먹이를 가져다두시는데 할아버지가 아침 일찍 일어나 동네 주민센터 목욕탕을 다녀오는 꼭두새벽이면 이 고양이 가족이 야옹, 야옹, 하며 밥을 재촉하는 소리가 요란했다. 아침이 밝아서 사람들이 오가는 시간이 되면 엄마 고양이는 새끼의 목덜미를 물어서 옮기는데, 새끼가 많이 자라니 무거워서 목덜미를 물고 담을 뛰어올라가다 몇 번씩 실패하고 네 번째 시도에야 겨우 담 위에 올라갔다. 자세히 보려고 살그머니 다가서다 보니 할아버지가 멀리서 고양이들을 보고 계셨는데, 뭐라고 말씀을 하고 계셨다. 몰래 귀를 기울여보니 할아버지는 엄마 고양이가 아기를 물고 담에 뛰어올라갈 때마다 주먹을 꽉 쥐고 고양이를 응원하고 있었다. 영차, 하나둘, 아이쿠, 영차 하나둘, 그렇지! 고양이도 귀엽지만 할아버지가 귀여워서, 볼 때마다 애잔했다.

요즘은 날씨가 더우니 할아버지는 런닝셔츠 한 장 걸치고 언제나 집 앞 야트막한 돌 앞에 앉아 있다가 동네 사람들 짐도 날라 주고 재활용 쓰레기도 치우고 우편물도 대신 받아주는데, 엄마 고양이 혼자 할아버지 발치에 앉아 있었다. 아가들 어디 갔어요? 하니 할아버지는 다 죽었어, 하며 땅바닥을 봤다. 하나는 차에 치이고, 하나는 누가 때려 죽였다고 한다. 할 말이 없어서 엄마 고양이를 쓰다듬는데, 사람한테 험한 꼴 당하고도 엄마 고양이는 여전히 골골거리며 바닥에 누워 더 긁어달라고 조른다. 그럼에도 불구하고 믿는 힘, 이 깊은 지혜를 길고양이에게 배울 수 있을까. 나에게는 어려워만 보이는 지혜라 왈칵 울고 싶었다. 그래서 속으로 할아버지를 따라 열심히 나도 외쳤다. 영차, 하나둘. 영차, 하나둘…….

4.   차마 그러려니 할 수 없었던 날들

나쁜 짓

　　사람들이 저지르는 나쁜 짓이야 헤아릴 수 없이 많지만, 역시 사람이 다른 사람을 때리는 행위는 무엇보다 나쁜 짓일 테다. 물론 나 역시 그런 짓을 저질렀고, 그 경우 100퍼센트 음주가 발단이었다. 그래서 늘 술이 깨고 나면 손이 발이 되도록 빌고 빌었다. 지문이 없어질 만큼 빌어봤자 나에게 상처받은 사람들, 그 마음들을 낫게 하진 못할 것이다. 하지만 주사가 아니라 아주 또렷하게 맨 정신으로 폭력을 휘둘렀던 적이 딱 한 번 있다. 차마 입에 담지 못할 만큼 여성 비하적인 발언을 했던 적도 그때 딱 한 번. 정말 나쁜 짓이었다. 하지만 내가 해온 나쁜 짓 중 유일하게 후회하지 않는 짓이기도 하다.

몇 년 전 어느 새벽, 나는 어느 종합병원의 로비에 차려진 초라한 농성장 돗자리 위에 멍하니 앉아 있었다. 링거를 꽂은 환자 몇몇이 왔다 갔다 할 뿐 1층 로비는 고요했다. 사랑을 이야기하는 종교단체에서 운영하는 그 병원에선 그다지 자비를 찾아볼 수 없었다. 가장 궂은일을 맡아 하던 조무사들이 인원 감축을 이유로 한꺼번에 일방적으로 해고당했고, 그들은 부당해고를 주장하며 병원 로비에서 며칠째 농성 중이었다. 대부분이 여성 노동자들인 조무사들은 중병 환자의 대소변 수발을 들거나 변기를 비우고, 살이 썩지 않도록 침대 위에서 환자를 굴리는 일을 했다. 환자의 보호자가 애쓴다며 가져다준 빵을 나눠 먹으면서, 그들은 자기가 맡았던 환자들 걱정을 했다. 누구누구님은 지금쯤 뭘 해드려야 하는데 제대로 됐을지 모르겠다…… 그러면서 지나가는 보호자와 반갑게 인사를 나눴다. 하나둘씩 검은 양복을 입은 용역들이 들어왔고, 나는 그날 새벽 농성장 침탈이 있을 거라는 소식을 우연히 전해 듣고 할 수 있는 일도 없으면서 무조건 오토바이 시동을 켜고 동호대교를 건너 병원에 도착해서 그냥 머릿수나 맞추고 앉아 있던 중이었다. 모든 침탈은 새벽녘에 일어나는 법이니까. 물론 이게 어설픈 정의감이라는 것은 알았다. 그저 농성자 중 한 사람이라도 더 끌어내기 귀찮게 하는 것 정도가 내 목적이었다. 거기 간 건 다리 하나만 넘어가면 될 만큼 그 병원이 가까이 있었고, 나에게는 하필 오토바이가 있어서였다.

아, 나는 왜 인간 어뢰 김남훈으로 태어나지 않았나. 여자로 태어나서 좋은 점은 하나도 없건만 왜 김남훈으로 태어나지 못했나, 하나둘 늘어나는 검은 옷들을 보며 나는 쓸데없는 망상만 했다. 하필 그날따라 농성장에 남자라곤 한 명도 없었다. 벽에 붙어 있는 플래카드보다 사람 수가 적었다. 한쪽에 농성을 돕기 위한 대학생들이 몇 명 와 있었지만 다들 농성은커녕 농활도 제대로 못 해낼 만큼 연약해 보였다. "수간호사가 제일 먼저 덤빌 거예요." 조무사 한 명이 떨리는 목소리로 그날 처음 본 내 귀에 속삭였다. "그 사람 진짜 무서워요. 우리한테도 성질나면 뭐 집어던지고 반말하고 욕하고. 우리 중에 그 사람한테 막말 안 들어본 사람이 한 명도 없어요. 조무사라고 얼마나 무시하는데요. 덩치도 엄청 커요. 제일 목소리 크고 뚱뚱한 사람이 오면, 그 사람이에요." 성모님의 자비로 운영한다는 병원에서 막말에 욕설이라. "그 사람도 수녀님예요?" "아뇨, 그 사람만 아니고 다른 원무과 직원들이 와서 우리 끌어낼 건데요. 그 사람들은 다 수녀예요. 그런데 수녀라고 뭐 다른 줄 아세요? 다른 것 하나도 없어요." "……." "지금까지 몇 번이나 쫓겨났는지 몰라요. 그래도 한 명 두 명씩 다 다시 들어왔어요. 근데 플래카드를 계속 뺏어가서, 몇 번을 다시 썼는지 몰라요. 오늘은 학생들이 와서 써줬어요." 농활도 못 하게 생긴 학생들은 예쁜 플래카드를 잘 만드는 재주가 있었다. 빼앗기기엔 아까운 것들이었다. 긴박한 발소리가 들려왔다. 조무사의 얼굴이 창백해졌다. "와요!"

과연 수녀 여럿과 남자 원무과 직원, 딱 봐도 아까 그 수간호사로 보이는 비대한 여자가 앞장서서 달려왔다. "당장 나가 이 인간들아!" 위치로 보아 수간호사의 오른팔쯤 되어 보이는 사람이 나를 보더니 혀를 찼다. 모르는 얼굴이라 그런 모양이었다. "이건 또 뭐야? 당신 누구야?" 혀를 한 번 더 차더니 허리에 손을 얹고 손가락질을 했다. "당신 직장에 가서 당신 할 일이나 해!" 마침 나도 뚫린 입을 한 개 가지고 있었다. "니들이 니들 직장에서 똑바로 못 하니까 내가 여기까지 쫓아오는 거잖아! 똑바로 좀 해! 그리고 너 나 알아? 어디서 봤다고 반말이야!" 여자는 잠시 망설이더니 다시 말했다. "당신은…… 당신 직장이나 가세요!" 조금 공손해졌군. 나는 어차피 비위가 상했으므로 쏘아붙였다. "말 까려면 끝까지 까던가, 밸도 없긴." 여자의 얼굴에 이 미친년은 뭐야? 하는 표정이 역력히 떠올랐고, 원무과 직원들이 플래카드를 떼내기 시작했다. 조무사들과 학생들이 달라붙었지만 역부족이었다. 나도 냉큼 달려들어 플래카드 하나를 움켜쥐었다. 애들이 와서 열심히 만들어준 걸 어디서 뺏으려고. 안 뺏겨. 안 뺏긴다고. 누가 우리 집 가보를 내놓으라고 해도 그렇게 열심히 붙들고 있진 못했을 것이다. 한참 줄다리기를 하다가 누군가가 콧김을 씩씩거리며 몸뚱이로 충돌해 와서 바닥에 데굴데굴 굴렀다. 구겨진 플래카드를 쥔 채 억지로 돌아보았다. 뺨에 닿은 석조 바닥의 감촉이 섬뜩할 만큼 차가웠다. 그 막말한다는 수간호사였다. 그녀는 나를 중풍 환자 굴리듯 굴리려 하며 소리쳤다. "나가, 이년아, 안 나가? 너 누구야?"

과연 그녀는 덩치가 컸다. 당시 취재한답시고 여기저기 돌아다녀 좀 말랐던 나보다 30킬로는 족히 나가 보였다. 그게 몇 년 전 6개월 쯤 배우고 그만둔 브라질리언 주짓수를 써먹은 유일한 때였다. 단순한 격투기가 아닌 두뇌 쓰는 운동이라 따라가질 못하고 관뒀는데, 딱 두 가지는 몸에 익혔다. 마운트 포지션 유지, 그러니까 상대방을 타고 앉아 있는 것과 무릎으로 배를 눌러 장기 압박하기. 뒤의 건 체중을 다 실어서 정통으로 누르면 여자 무릎이라도 생각보다 꽤 아프다. 나를 깔고 앉은 그녀를 와락 끌어안고 한 바퀴 굴렀다. 마운트 포지션을 잡고 머리를 낮춰서 상대의 머리 옆까지 붙여 균형을 잡은 다음 그녀의 귀에만 들리게 속삭였다. "내가 누구면 네가 어쩔 건데?" 바로 씩씩대는 욕설이 돌아왔다. "이 미친년이!" 그래, 말 잘했다. 내가 이 구역의 미친년이다. 밑에서 버둥거리는 움직임이 느껴졌지만 아시다시피 마운트 포지션은 한 번 잘 잡으면 빠져나오기 쉽지 않다. 그때가 내가 태어나서 제일 잘 잡았던 마운트 포지션이었다. 우리가 그 여자한테 어떻게 당했는지 알아요? 하던 조무사들의 푹 꺼진 눈꺼풀이 머릿속을 스쳐 지나갔다. 그걸 다 한 방에 갚아 줄 모욕이 어디 없을까. 입술이 나도 모르게 속삭이고 있었다. 귓가에 워낙 바짝 갖다 대서 그 사람한테만 들릴 목소리였다. "아줌마 맨날 저 사람들한테 욕하고 그런대매? 잘난

척하지 마. 아줌마 남편은 아줌마랑 그거 하느니 토할 걸?" 이런
말 해서는 안 된다는 것 알고 있었다. 정말 나쁜 말이었다. 같은 여
자끼리 그러면 안 된다는 것도 알았다. 저쪽에서 남자 직원 두 명
이 마지막 조무사를 짐짝처럼 현관 정문 밖으로 갖다 내던지는 게
보였다. 나는 평생의 연인을 만난 듯이 그녀를 부둥켜안고 놓지 않
았다. 무릎으로 복부를 지그시 눌렀다. "꺅! 놔!" 비명과 함께 버둥
거림이 더 격렬해졌다. 모르긴 몰라도 이건 좀 아플 거다. 체육관
에 다닐 때 멤버 중 유일하게 60킬로그램 미만이라 더미 취급
을 당하며 온갖 실습 대상 노릇을 했기 때문에 그 통증은 익히 아는
바였다. 나는 여전히 무게를 바닥으로 바짝 실었다. 손에는 아직도
구겨진 플래카드가 들린 채였다. 그간 착하게 살지도 않았지만, 남
에게 이 정도로 노골적으로 못되게 군 적은 생전 처음이었다.

    원무과 직원 서넛이 들러붙어서 겨우 나를 떼어냈다. 과연 주짓
수는 위대한 무술이군. 덩치 작은 사람이 큰 사람을 유일하게 제압
할 수 있다더니. 그 와중에 신발이 벗겨지고 어느새 맨발이었다. 수
간호사가 씩씩거리며 소리쳤다. "저 여자가, 저 여자가 나한테!!!"
"내가 뭘 어쨌는데?" 나는 사악하게 웃었다. 지금까지 웃어본 것
중 가장 사악한 웃음이었다. "절대 말 못할 걸? 해봐, 한 번! 내가 뭐
라 그랬는데?" 물론 나는 뒷말까지는 하지 못했다. 직원들이 거칠
게 팔을 잡아 밖으로 끌어냈기 때문이다. 남자 서넛이고 나는 아쉽

게도 김남훈이 아니니 맨발로 질질 끌려갔다. 그 와중에도 그들은 끝끝내 플래카드를 빼앗으려고 했는데, 그걸 꽉 움켜쥔 내 손아귀에는 마치 악마가 깃든 것 같았다. 제일 먼저 끌려나간 대학생들이 만든 소중한 거라 내줄 수 없었다. 결국 그건 빼앗기지 않고 나는 사뿐히 현관에 내동댕이쳐졌다. 뒤쪽에서 비명 같은 고함 소리가 들려왔다. "우리 도와주시는 분한테 그러지 마!" 조무사 중 한 명이 눈물을 줄줄 흘리며 내 신발을 찾아 들고 뛰어오고 있었다. 털썩하고 성의 없이 나르는 짐짝처럼 병원 밖에 부려져 나는 숨을 골랐다. 그녀가 울면서 신발을 내밀었다. 내가 잠자코 신을 신는 동안 그녀는 손등으로 눈물을 닦다가 갑자기 쿡, 하고 웃었다. 내가 올려다보자 그녀는 울다가 웃었다.

"아니, 우린 봤어요…… 수간호사…… 아이 속이 다 시원하네." 구겨진 돗자리와 수녀들이 가위를 가져와 반으로 도려낸 플래카드 조각을 들고 한두 명씩 모여든 조무사들이 같이 킥킥 웃기 시작했다. 누가 속삭였다. "쌤통이야." 누가 내 손에서 플래카드를 받아들었다. "그나마 멀쩡한 거 한 개 있네요!" 어떻게 그렇게 밝을 수가 있을까. 그들은 몇 번이나 그랬듯이 다시 돗자리를 가지고 로비로 들어가 청테이프로 고정시키고, 플래카드를 다시 붙이고, 전지에 매직으로 구호를 적기 시작했다. 부당해고 철회하라. 비정규직 철폐하라. 어깨를 주물렀다. 온몸이 쑤셨다. 해가 떠오르기 시작했다. 방금 나는 태어나서 제일 나쁜 짓을 저지른 참이었다. 그런데 별로 미안하지가 않은, 참 희한한 날이었다. 그게 내가 해본 가장 나쁜 짓이다.

태어나서 미안합니다

2011년 겨울, 시나리오 작가 최고은 씨가 사망했다. 다섯 작품이나 계약에 성공한 유망한 시나리오 작가였다. "그동안 너무 도움 많이 주셔서 감사합니다. 창피하지만, 며칠째 아무것도 못 먹어서 남는 밥이랑 김치가 있으면 저희 집 문 좀 두들겨주세요." 최 작가는 같은 다가구 주택에 살던 이웃에게 쪽지를 보냈지만 갑상선 기능 항진증과 췌장염을 앓다가 수일간 굶은 상태에서 제대로 치료받지 못해 사망했다고 추정된다. 지난 2012년 일명 '최고은법'이라 불리는 예술인복지법을 시행하기 위해 한국예술인복지재단이 설립됐다. 그리고 수많은 예술인들이 이를 통해 많은 창작준비금, 산재보험 등 다양한 복지혜택을 받았다고 한다. 그러나 최 작가의 방에 그의 몸과 함께 얼어붙어 있었다는 전기장판은 다시 누가 데워줄 수 있을까. 이 글은 그때 썼다. 여관방에서 굴러다니던 시나리오 작가 시절의 경험이 당시 그에게 쏟아졌던 '알바'라도 하지 그랬느냐, 라는 말을 차마 듣고 넘길 수 없어서였다. 내가 그보다 오래 살 수 있었던 유일한 이유는 건강했던 것밖에 없다.

　　30대 시나리오 작가가 사망했다는 뉴스를 보고 가슴이 철렁했다. 하필 그는 나와 안면이 있는 후배였다. 나이는 위였지만 내가 딴 짓 하다 늦게 졸업하는 바람에 몇 번 마주친 적 있었다. 그것도 벌써 몇 년 전이지만, 그가 이렇게 슬픈 죽음을 맞으리라고는 꿈에도 생각하지 못했다. 나 역시 매일매일 도대체 뭐 해서 먹고살아야 하나, 라는 무기력증에 시달리던 터라 최고은 씨가 생판 모르는 사람이었다 해도 남일 같지 않았을 것이다. 게다가 능력이 없었으면 모르되, 다섯 작품이나 계약했다면 신인 작가치고는 엄청난 다작이고 능력이라는 증명이다. 굶어 죽었다, 병으로 죽었다 말이 많지만 결국은 기운이 빠져 죽은 거라고 생각할 수밖에 없는 죽음이었다. 굶든, 병이 나든 기운은 점점 빠지고 그렇게 죽음은 찾아오게 마련이니까. 그 사람이 일 안 하고 집에서 글만 쓰면서 대책 안 세우고 놀고먹다 죽은 것처럼 이야기하는 사람이 간혹 있다. 예술 계통 일을 하는 사람들은 죄다 배가 불러서 그러고 있다고 생각하는 사람이 많은 탓일 테다. 그쪽 계통 일은 놀고먹고 그러고도 기운 남아서 하는 일이라고 생각하니까 알바라도 하지 뭐 했냐, 여자가 글 써서 살려면 역시 돈 벌어오는 남편이 있어야 한다, 그런 말이 나오는 것이다. 이를테면 남편 같은 고정 수입이 있든가 해서 잉여의 시간에 한가롭게 '즐기는' 것이라고 생각하지 도무지 이건 노동 취급을 안 해준다. 나 역시 글 쓴다든가 예술학교에서 학부를 마치고 대학원을 다닌다고 하면 무슨 전공 했냐, 무슨 공부 하냐고 물으면서 꼭 이렇게 덧붙이는 사람들이 있다.

그거 돈은 돼요?
전망 좋아요?
얼마나 벌어요?

이런 질문을 서슴없이 하는 그런 사람들은 예술 나부랭이 같은 걸 하고 있는 사람들이 쫄쫄 굶는 걸 볼 때 좀 고소해하는 것도 같다. 아니, 그걸 봐야 속시원해하는 것 같을 때도 있다. 그들은 어쩌면 이렇게 생각하는 것도 같다. 나는 하기 싫은 일에 붙잡혀 그냥 돈 버느라 견디고 있는데 너는 하고 싶은 일을 하니까 반드시 고생을 해야 해. 넌 하고 싶은 일을 하는 만큼 그 대가를 치러야 해. 넌 좀 힘들어야 해. 그래야 공평해.

그런 고통의 평준화가 뭐 이해 안 될 것은 없다. 허나 예술 나부랭이를 하고 있는 사람들도 인생이 그리 잘 대해주지는 않는다. 내가 영화 시나리오 작가로 간신히 데뷔했던 2007년에도 이미 시나리오 작가의 등단율이 사법고시 패스 확률보다 낮아졌다고 했다. 내가 데뷔할 수 있었던 것도 다 그냥 운이었다. 담당 교수님이 작품을 가져다가 영화사와 연결해주셨고, 든든한 기성 작가와 공동으로 작업했기 때문에 업혀갈 수 있었던 거였다. 그럼에도 불구하고 3년이나 그 작품에 투자했는데, 연봉으로 환산해보면 연 300만원 정도 번 셈이다. 당연히 그걸로 먹고살 수 있을 리가 없다. 할 수 있는 모든 아르바이트를 다 해대면서 입봉까지 버티긴 버텼다. 아쉽게도 영화는 깨끗이 망했고, 일단 데뷔만 하면 다음 일이 들어오리라는 희망도 박살났다. 물론 내 능력이 보잘것없었던 탓이 크지만 초짜 시나리오 작가들은 자기 작품을 내밀 수 있는 판로 자체를 찾기가 어렵다. 게다가 영화 시나리오 작업을 하면서 다른 일을 하며 생계를 도모하면 되지 않느냐는 말은 참 쉽지만 물리적인 시간상, 절대적으로 무리다. 매일 상근하는 일을 잡기가 일단 불가능하다. 최고은 씨 역시 스토리 작법을 가르치는 등 근근이 아르바이트를 했다지만 시나리오 작가로 살려면 아르바이트조차 마음대로 할 수가 없다. 언제나 스탠바이 상태로 있어야 하기 때문이다. 와서 여관에서 며칠 합숙하면서 책(시나리오) 고치자, 하면 당장 모든 걸 작파하고 가야 한다. 그런 전화는 언제 걸려올지 모르고 바빠서 못

가는데요, 해봤자 나를 대체할 후보 선수 따위는 얼마든지 있으니 그럴 수가 없다. 결국 어찌할 바를 모르고 입봉만 하면, 입봉만 하면, 하고 주문을 외우면서 버티는 수밖에 없다. 일 시켜주는 게 어디인가, 하면서 결국 버티고 또 버티는 건데 이게 엄청나게 기운 빼는 일이라서 고은 씨도 결국 그러다 기운이 빠졌을 것이다.

쌍용차 노동자들의 죽음과 비교하며 이것이 배부른 죽음이라는 식의 글을 읽은 적이 있어 거기 비교해서 설명하자면, 시나리오 작가들도 시나리오라는 자동차를 만든다. 계속 자동차를 만든다. 시제품이 나올 때까지 만든다. 여기 좀 이상한데, 이러면 거기 고치고 저기가 좀 아닌 것 같애, 그러면 그거 고치고 시제품이 나와서 그 자동차에 투자하겠다는 고객을 유치할 때까지 계속 만드는 것이다. 자동차 출시만 되면 다 잘될 거야, 하고 희망을 걸면서 언제 완성될지도 모르고 중간에 엎어질지도 모르는 자동차를 계속 만든다. 돈 이야기는 꺼내면 안 된다. 일단 제품이 나와서 투자를 받아야 돈이 생기지 않겠냐, 그런 이야기가 나올 게 뻔한 데다 이상하게도 예술계나 종교계나 운동권 사람들은 하나같이 고질적인 버릇이 있다. 그건 바로 돈 달라고 하면 깜짝 놀라면서 그의 '진정성'을 의심하는 것이다. 묵묵히 배고픔을 견뎌야 그놈의 '진정성'을 인정받을 수 있다. 창자가 쪼그라들 때까지 견뎌야 조금 알아준다. 물론 그걸 인정받아서 좋은 일은 없지만 돈 밝힌다는 욕 정도는 피할 수 있다.

게다가 글 쓰는 일은 생각처럼 그리 우아하지가 못하다. 글 써서 버는 돈은 죄다 거저 버는 돈이라고 생각하는 사람들이 많은데 남의 돈 제 것 만들기는 다 힘들다. 글쓰기도 물론이다. 한국의 현실은 절대로 〈섹스 앤 더 시티〉의 캐리 같을 수 없다. 나도 유명 패션지에 글 써봤지만 한국의 원고료 시세는 참담하다. 서울의 물가는 뉴욕을 넘어선 지 오래라는데 서울에서 글 써봤자 절대 캐리처럼 월세도 내고 마놀로 블라닉을 사 신고 칵테일도 사 먹고 할 수가 없다. 글만 써서 먹고살려면 아무것도 안 하고 숨만 쉬고 살아야 한다. 돈 안 드는 건 숨 쉬는 것밖에 없으니까. 영화사 측에서도 투자에 성공할 때까지 최 작가에게 지급할 돈이 없었다고 한다. 그 말은 아마 어느 정도 사실일 것이다. 고은 씨가 거래한 영화사가 어디인지는 모르지만 그들이 특별한 악질일 거라고는 여겨지지 않는다. 이 사람을 굶겨 죽이고 자기네는 주지육림을 벌이지 않았을 것이고 투자를 받을 때까지 돈이 없는 게 아마 맞을 것이다. 그렇지만 다섯 작품이나 계약한, 그 재능을 다섯 장의 계약서가 증명해주는데도, 그 신인 작가는 입봉 입봉, 하고 분신사바 되뇌듯 외며 지나가야 하는 어두운 터널을 못 견디고 결국 굶고 지치고 병들어 기운 빠져 죽었다는 사실이 너무나 참담하다. 누군가를 탓할 수 있다면 좋겠지만 도대체 이 이야기에서 누구를 악질로 규정해야 한단 말인가. 희망이 제일 나쁜 놈이다. 데뷔만 하면…… 그 실같이 가느다란 희망에 모든 걸 다 걸고 아무리 배고파도 버티는 것이다.

데뷔만 하면 이 모든 것이 나아질 거라고. 물론 나아진다는 보장은 아무것도 없다. 아무리 적은 돈을 줘도 영화 크레디트에 내 이름 올리고 데뷔한다는 것 하나에만 온 희망을 걸고 그런 것들을 다 버텨 내는 것이다. 고 최고은 작가는 다섯 작품이나 계약했는데도 그 재능 있는 아까운 목숨이 스러지고 나는 여기 숨이 붙어 있어 그의 죽음을 바라보고 있는 것은 순전히 운이다. 우리를 갈라놓은 것은 그냥 운밖에 없다. 나는 그냥 어쩌다 보니 몸뚱이가 튼튼해서 살아남아 있는 것뿐이다. 운이 좋아 몸뚱이가 튼튼해서 아르바이트하러 갈 수 있었고 커피 쟁반 나를 수 있었고 녹즙 배달을 할 수 있었기 때문에 여기 살아 있는 것뿐이지 그의 죽음은 내 등 뒤에 바로 닿아 있었다. 내가 건너 알고 있는 아주 흥행한 어느 한국 영화의 스태프도 자살로 생을 마감했다. 문화예술계 전반의 문제다. SBS에서는 막내 작가가 건물 옥상에서 투신자살했고, KBS에서는 젊은 남자 FD가 로비에서 목을 매어 자살했다고 한다. 꿈을 쫓아 가다 가랑이가 찢어져 우리는 그냥 이렇게 죽는 것이다. 죽을 각오를 하면 뭘 못하냐는 식으로 흔히 하는 그 말은, 정말로 죽고 마는 사람들 앞에서 이토록 무색하다. 계속 사는 게 골치 아프다 싶을 때마다 아 세상에 굶어 죽으라는 법 어디 있어, 하고 혼자 큰소리를 쳤는데 그 말이 부끄럽게 가슴을 후벼 판다. 내가 굶어 죽지 않았던 것은, 내가 밥과 김치를 구할 수 있었던 것은 그냥 운이 좋았기 때문인 걸 미처 모르고. 세상에 굶어 죽으란 법이 이렇게 있는

데. 죽을 각오를 하고 덤벼들어 자신이 잘하고 좋아하는 일을 하던 사람이 정말 죽어버리니까 살길 마련 안 했다고 바보 취급을 받는다. 그래도 고은 씨는 마지막 쪽지에 미안합니다, 라고 적었다. 도대체 그는 뭐가 미안했을까. 그는 갑상선 항진증을 앓았고 나는 저하증을 앓았고, 내가 그나마 몸뚱이가 튼튼한 것 말고는 우리는 다른 게 하나도 없었다. 쓰다 보니 그는, 우리는 뭘 그렇게 미안해해야 되는지 화가 난다. 꽥꽥 소리라도 지르고 싶은 심정이다. 우린 놀고먹으려고 했던 거 아니에요, 우리도 거저 돈 버는 거 아니에요, 내가 대신 사과할 테니까 죽은 사람 욕하지 말아요, 결국 하고 싶은 일 하면서 먹고살려고까지 한 거 진짜 미안합니다, 이거 미안해서 어쩌나, 태어나서 미안합니다. 진짜 미안해요. 그러니까 그 사람한테 뭐라고 하지 말아요. 작가가 되리라 믿었을 그 반짝거리던 희망이, 몇 년 전 학교에서 마주쳤던 최 작가의 웃는 얼굴이 너무 환해서, 그 빛이 차차 깜빡깜빡 꺼졌을 생각을 하니 비통하기 이루 말할 수 없다. 믿음직한 남편도 없고 받쳐줄 부모도 없고 글 써서 먹고살겠다고 되도 않은 꿈을 꾼 우리는 미쳤나 보다. 가난하면 꿈까지 가난했을 것이지.

가만히 있으라, 가슴에 묻으라

소포클레스의 비극 《안티고네》의 여주인공 안티고네는 오이디푸스의 딸로, 어머니 이오카스테가 자살하고 오이디푸스가 스스로 눈을 찔러 장님이 되는 바람에 두 쌍둥이 오빠 폴리네이케스와 에테오클레스가 제대로 왕위를 이어받지 못한 채 외삼촌 크레온이 섭정하는 것을 보아야만 한다. 게다가 폴리네이케스와 에테오클레스는 왕위를 놓고 서로 다투지만 오이디푸스의 저주로 두 사람 모두 죽고 만다. 크레온은 자신을 지지했던 에테오클레스에게는 성대한 장례를 치러주라 명하지만 폴리네이케스의 시체는 짐승에게 뜯어 먹히도록 버려두었으며 무덤을 만드는 것도, 그를 애도하는 것도 모두 엄히 금했다. 본래 크레온의 아들 하이몬의 아내가 될 신분이던 안티고네는 동생 이스메네의 만류에도 불구하고 몰래 오빠 폴리네이케스의 시체에 장례 의식을 치르다 크레온에게 붙잡혀가고, 신의 법이 인간의 법보다 우선한다고 말한다. "나는 서로 미워하기 위해서 태어난 것이 아니라 서로 사랑하기 위해 태어났습니다." 크레온은 약간의 물과 음식만 주고 안티고네를 석굴에 매장한다. 예언자 테이레시아스의 불길한 예언을 듣고서야 크레온은 석굴로 달려가지만, 이미 안티고네는 목을 매달아 죽은 후였으며 그 앞에서 정신이 나간 크레온의 아들 하이몬은 스스로 목숨을 끊는다.

이 글은 2008년 일어난 많은 일들에서, 특히 그해 아주 긴 시간 동안 단식 투쟁을 이어갔던 김소연, 유흥희 기륭전자 조합원의 모습에서 《안티고네》를 떠올리며 쓴 것이다. 7년이 지났지만 안티고네들의 투쟁은 계속되고 있다. 기륭전자 노동조합은 설립 10년을 넘겼고 복직을 약속한 기륭전자 회장은 주식으로 엄청난 이득을 거머쥔 채 도주, 회사가 공중 분해되어 노동자들은 싸움에는 이겼으나 돌아갈 직장이 없다. '일하고 싶다'는 단순한 마음을 가진 수많은 노동자들 역시 툭하면 석굴에 갇히는 신세가 되는 것은 변함없다. 우리는 서로 미워하기 위해서가 아니라 사랑하기 위해 태어났다. 하지만 그렇지 않은 사람도 꽤 있는 모양이다. 이를테면 기륭의 최동열 회장 같은 이. 때가 벌써 2015년이건만 여전한 크레온들은 석굴 속에 안티고네를 집어넣고 이렇게 말한다. '가만히 있으라'고. '가슴에 묻으라'고.

2008년의 시위에서 길 위에 선 수많은 여자들은 소녀였던 안티고네의 나이와는 상관없이, 몇 살이건 그대로 안티고네였다. 《안티고네》 속 안티고네가 오빠 폴리케이네스의 시신을 거둬주고 싶은 지극히 인간적이고 자연스러운 소망을 품었다가 끝내 굴 속에서 죽음을 택했듯이, 2008년의 안티고네들도 복잡한 구호를 외친 적이 없었다. 끊을 수 없는 혈육의 정으로 끝내 오빠를 묻어주고 싶었던 안티고네처럼 그들은 안전이 보장되지 않은 위험한 먹거리를 먹기 싫었고 자녀와 가족들에게도 먹이고 싶지 않았으며 그렇게 주장하는 사람들이 함부로 맞는 것이 싫었기 때문에 기어코 길 위로 나섰다. 그녀들의 외침은 단순했다. "먹기 싫은데 왜 먹으라고 하느냐!" "사람을 때리지 마라!" 이것이 전부였다. 2008년 여름, 길 위의 수많은 안티고네들은 이 단순한 요구를 굳이 거리로 나서서 외쳐야 한다는 사실에 고단함과 모욕감을 느꼈다. 우리는 단지 서로 미워하기보다 사랑하기 위해 태어났을 뿐인데.

그리고 거리에는 안티고네가 아닌 이스메네 역시 존재했다. 《안티고네》에서 이스메네는 자신도 언니와 똑같은 죄를 지었다며 같은 벌을 받기를 주장하지만, 2008년 서울 길 위의 이스메네들은 안티고네와 자신들을 정확히 구분 지었다. 《안티고네》의 이스메네와 그들이 정확히 같았던 점은 단 하나, 지배자의 권위를 철저히 인정했다는 거였다. 그녀들은 시민들이 '명박산성' 앞에 스티로폼을 쌓아올릴 때도, 분노해서 닭장차 위로 기어 올라갈 때도, 인도로 밀어내려는 경찰력에 맞서 스크럼을 짤 때도 한결같이 새된 소리로 "비폭력, 비폭력!" 하고 외쳤다. 비폭력, 참 좋은 말이다. 너무나 좋은 말이다. 아무 데나 갖다 붙여도 즉시 그럴싸해 보이기로는 이만한 말이 없다. 그러나 그녀들이 비폭력이라고 외칠 때 시민 쪽에서는 움찔할지언정 곤봉과 살수차와 방패를 지닌 쪽에게는 단 한 줌의 효력도 없었다. 그런 그녀들의 목소리가 속 좁은 내게는 전경 여친인가? 하는 생각에 이어 마치 때리는 아버지라 하더라도 아버지니까 존경하고 말 잘 들어야지, 하고 말하는 것처럼 들렸다. 그러나 안티고네는 결코 때리는 아버지를 인정하지 않을 것이다. 이것이 안티고네와 이스메네의 결정적인 차이점이다.

"똑같이 대응하면 똑같은 사람이 되잖아요. 폭력에 폭력으로 대응하면 저들과 똑같아지잖아요." 그것이 그녀들의 주장이었다. 흠잡을 데 없이 옳은 말이었다. 그러나 안티고네들은 맞고 싶지 않았고, 이스메네들의 '비폭력' 외침은 피지배자들이 지배자들을 향해 감히 행할 수도 있었던 극히 미미한 폭력을 저지하는 역할을 수행했을 뿐 그 반대쪽을 향해서는 한 치의 힘도 갖지 못했다. 그래서 2008년의 이스메네는 패배주의의 다른 이름이었다. 그렇게 인도 위에 서서 비폭력을 외치는 이스메네를 뒤로 하고 도로로 나간 안티고네들은 끝내 외로웠다. 그녀들은 스크럼을 짠 폴리네이케스들이 얻어맞고 방패로 찍히는 것을 보았으며 목이 터져라 때리지 말라고 외쳤지만 거기에는 먼지만큼의 힘도 없었다. 이스메네라면 '좋은 게 좋은 것'이라고 안티고네를 만류했겠지만, 2008년의 서울에서 '좋은' 것이란 때릴 수 있는 힘을 가진 자들에게만 좋은 것이었다.

또 길 위에는 그 사태를 지휘하는 수많은 크레온들이 있었다. MB를 가장 권위 있고 강력한 크레온이라고 상정한다면 그의 힘을 계승하고 싶어하고 그 뜻을 따르는 수많은 크레온들이 이름 있는 자로서, 혹은 없는 자로서 길 위에 수없이 서 있었다. 적어도 나는 아주 많은 크레온을, 그해 보았다. 태어나서 그처럼 많은 시간을 길 위에서 보낸 적도 없었고, 그토록 칼처럼 권위를 내세우는 가부장들을 한꺼번에 많이 본 적도 없었다. 그들이 휘두르는 권위는 연장자 혹은 남성으로서가 아니라 국가를 대변하고 있었으므로 한층 더 강력했다. 광화문 앞에 삼삼오오 모여 앉아 있는 청년들에게 무차별로 지팡이를 휘둘러 매를 때리던 어떤 노인도 크레온이었다.

스크럼을 짜고 긴장해 입술을 깨물고 있는 젊은이들에게 주먹으로 매 세례를 퍼붓던 50대 아저씨도 크레온이었다. 살수차 뒤에 서서 쏴, 쏴, 쏘란 말이야, 하고 직사 방향을 조절하던 경찰 역시 크레온이었다. 전경들에게 핸드마이크를 잡고 소리치며 "야 이 새끼들아, 가서 죽여버려, 죽여버리란 말이야, 만약 밀리면 내가 니네 죽여버릴 줄 알아!" 하고 섬뜩하게 소리치던 경찰 지휘관도 크레온이었다. 국가 권력을 신앙처럼, 혹은 자기 자신처럼 옹호한다는 점에서 그들은 모두 크레온과 다르지 않았다. 그들은 정말이지 수없이 많았다. 그해 5월 31일이었다. 청운동 동사무소 앞에서 만나자는 시위대의 호소에 어찌어찌 검문을 뚫고 청와대 앞에 도착하고는, 아니 왜 백만 대오가 나를 기다리고 있지 않단 말인가, 하고 궁금해하며 초를 꺼내 불을 붙이려는 순간 수많은 경찰들이 와락 달려들었다. 내가 LPG 가스통을 꺼내 불을 붙였다 한들 그들이 그만큼 놀랐을까. 그들은 언제나 '집어넣으라' 혹은 '가만히 있으라'고 요구했다. 그 초를 당장 집어넣으라고, 너 혼자 이 청와대 앞까지 어찌어찌 왔다 한들 어떤 사람도 뒤따라오지 못할 테니 당장 사라지라고. 나는 당신들 말대로 여기 들어올 수 있었던 게 나 하나라면 초하나 켜봤자 고작 작은 촛불 하나일 뿐이라고 설명해봤지만 그들은 계속 집어넣으라고 말했다. 그 초를 당장 집어넣을 뿐 아니라 여기에서 사라져라, 이곳은 군사특별지역이라며 만약의 경우 발포할 수 있다고 했다. 죽은 오빠를 애도한 것이 뭐 그리 큰일인지 알 수 없듯이 작은 초 하나 켜는 것이 총 맞을 수 있을 만큼의 일인지도 알수 없었다. 6월 19일에는 OECD 장관회의가 열렸다. 부패한 MB 정권에 대한 비판이 영어로 써 있는 피켓을 들고 코엑스 정문 앞으로 갔을 때 순식간에 네 명의 경찰이 앞을 막아섰고 상급자가 나타나 소리쳤다. 그의 외침 역시 청와대와 동일했다. "당장 집어넣어, 그 피켓! 당장 접어서 가방에 집어넣으란 말이야!" 그 피켓에 써있는 문구 역시 대단할 것 없었다. '물, 수도, 전기 민영화 반대.' 도시에서 살아가는 사람들이 없이 살 수 없는 것들에 대한 호소였지만, 크레온들은 무조건 '집어넣어라'고 한다. 너의 주장을, 너의 생각을, 다 집어넣어라. 그들은 피지배자들이 뭐든 집어넣기를 원했다. 안 그러면 그들을 석굴 안에 집어넣고 싶어 했다. 네 요망을 집어넣어라. 네가 살고자 하는 생존 요구도 집어넣어라. 국가권력에 반하는 그 모든 것들을 집어넣어라. 인간이 원하는 것을 주장하고자 하는 것은 천부의 권한이건만 크레온들은 그런 것 따위 허용하지 않았다. 길 위에서 그들의 명령에 저항한다면 철저한 대가를 치러야 했다. 이미 크레온은 경고했으니 나머지는 죄다 안티고네의 몫이었다.

크레온의 아들 하이몬 역시 길 위에 있었으나, 그들은 충실한 아버지의 계승자였다. 그 하이몬들은 여러 명이었으되 똑같은 제복을 입고 같은 구호를 외치는 그들은 모두가 한 사람처럼 보였다.

진압을 거부한 이길준 의경 같은 이를 독특한 하이몬이라고 해석할 수도 있을 것이다. 《안티고네》의 하이몬이 아버지를 배반하고 폴리케이네스의 봉분에서 스스로 파멸함으로써 저항했듯이 자신이 속한 군대의 수장, 즉 거대한 아버지가 신의 법이 아닌 인간의 법을 선택하고 있다고 인식한 하이몬, 그럼으로써 안티고네처럼 자결은 아니라 할지라도 군대에 정면으로 저항함으로써 자신의 사회적 목숨을 끊어버린 그런 하이몬. 그러나 그의 저항이 대한민국의 수많은 크레온들의 마음을 티끌만큼이라도 움직일 수 있을 것인가? 쓰라리지만 그럴 리 없다. 《안티고네》의 크레온을 몰락시킨 것은 결국 사랑하는 아들을 잃고 만 쓰라린 고통이었지만, 반항하는 하이몬은 한국에서 절대 아들로 승인받지 못한다. 결국 이길준 의경은 체포되었고, 대한민국의 크레온들은 결코 이 하이몬의 일탈에 괴로워하지 않았다. 왜냐하면 그들은 결코 그를 사랑한 적이 없었으니까. 진짜 하이몬이 아니라, 잘 써먹을 수 있는 수많은 하이몬들 중 하나에 불과했으므로. 없어진다 한들 그를 보충할 가짜 아들은 얼마든지 있다. 《안티고네》의 크레온이 아들의 고통에 마음을 쓰지 않았듯, 한국의 크레온들도 국가권력의 수하이기 이전에 한 시민이고 젊은이들인 하이몬들의 정신적 고통에는 한 치의 관심도 없다.

그리고 《안티고네》의 크레온과 달리 한국의 크레온들에게는 괴로워할 일이 끝까지 없을 것이다. 아마 그들이 원하는 대로 영원한 부귀영화가 함께할 테니까. 《안티고네》의 크레온에게 타격을 입힐 수 있었던 유일한 존재는 아들 하이몬이었지만, 그들은 결코 자신의 혈육을 우리처럼 비천한 안티고네와 어울리도록 놓아두지 않을 것이다. 그들은 자신의 권력을 고스란히 물려주어 자신의 아들, 그 아들의 아들, 그 아들의 아들도 똑같은 크레온으로 만들고자 하는 꿈을 자나깨나 꾸고 있으며 계급사회로 변모하고 있는 한국에서 그 꿈은 아주 순조롭게 이루어지고 있는 중이니까. 지금의 안티고네들은 하이몬과 접촉조차 할 수 없다. 크레온들은 아내 에우리디케와 연합하여 천한 안티고네와 자신의 아들을 효과적으로 격리시켜왔으며, 앞으로도 그러할 것이다.

1000일 넘게 투쟁을 이어오고 있는 기륭전자의 경비실 지붕 농성장에서, 나는 길 위에서 본 수많은 안티고네가 아닌 석굴 안의 안티고네들을 만났다. 8월의 잔인한 햇볕 아래, 그곳은 마치 지옥처럼 뜨거웠다. 경찰의 해산 명령을 거부하고 거리 위에 선 안티고네들이 아직 붙잡히지 않은 채 들판에서 오라비의 시체를 찾아 헤매는 안티고네들이었다면, 60일째 단식을 이어가고 있는 기륭전자의 여성 노동자 김소연, 유흥희 씨는 살아 있으되 시신처럼 누렇게 뜬 얼굴의, 마침내 사로잡혀 굴 속에 넣어진 안티고네들이었다. 내가 그곳에서 본 것은 농성 천막이 아니라 무덤 그 자체였다. 사람이 60일을 굶어서는 살 수가 없다. 굶는 것을 좋아하는 사람이 있을 리 없다. 다만 안티고네가 마지막 순간 손에 든 끈처럼, 그들이 내놓고 싸울 것은 오직 제 목숨뿐이었다. 60일 동안 곡기를 끊은 자그마한 두 얼굴에는 부정할 수 없는 죽음의 그림자가 선연했다. 그 무덤 아닌 무덤에서 본 것은 안티고네가 그러했듯이, 인간이 마지막으로 내놓을 수 있는 무기가 제 목숨밖에 남지 않았을 때의 가련한 위엄이었다. 그 창백하다 못해 인간다운 모든 핏기가 모조리 사라진 얼굴과, 살아서는 내려가지 않겠다는 필사의 각오로 지옥처럼 뜨거운 컨테이너 박스 위에서 그들과 나란히 놓여 있는 '근조'라고 적힌 검은 관은 안티고네가 최후의 순간 그 가느다란 목에 매려 손에 들었을 끈의 다른 모습 같았다. 60일 가까이 곡기를 거부하며 그들이 목숨을 내놓고 싸우는 이유도 별 거창하고 대단한 것은 아니었다.

그저 죽은 오빠 땅에 좀 묻게 해달라, 사람 도리 좀 하고 싶다, 육친 수습 좀 하자, 나는 크레온 당신의 법규보다 신들의 법규를 따르겠다고 선언한 안티고네처럼 이들이 하려 한 것 역시 밥 먹고 살고 싶다! 사람답게 살고 싶다! 일하고 싶다! 그것이 전부였다. 건의했다고 직장에서 잘리고, 하지도 않은 잡담했다고 잘리고, 애 낳아서 휴가 쓴다고 잘리고, 노동부가 정한 최저임금보다 딱 10원 많은 돈을 받고 죽도록 일했는데도 하다못해 연애에서도 가장 저

열한 이별 방식인 '문자 메시지'로 해고당한 이들은 아무것도 가진 것이 없어 제 생명을 소진하며 싸우고 있지만 기륭전자의 크레온들은 말한다. 누가 너희보고 굶으라고 했느냐고. 그들은 제 손에 피를 묻히지 않기 위해 곧 경찰력을 동원할 예정이다. 몇 평 되지도 않는 경비실 옥상에서 뜨거운 여름 햇볕을 그대로 받으며 약해질 대로 약해져 하루의 절반쯤은 정신을 놓은 채 창백한 얼굴로 누워 있는 두 여성 노동자들은 곧 기륭의 크레온들이 소환한 공권력에 의해 끌어내려질 예정이다. 마치 크레온이 안티고네를 굴 속으로 몰아넣으며 면피를 위해 약간의 음식을 쥐어 주었듯이.

굶어 죽으라면 죽을 수 있다. 군홧발로 밟고 머리채를 끌어당긴다면 끌려갈 수도 있고, 곤봉으로 두드리고 방패로 찍힌다면 맞을 수 있다. 그러나 진정 기억해야 할 것은, 안티고네는 크레온이 원한 대로 목마르고 굶주린 죽음을 맞지 않고 스스로 제 목을 매다는 죽음을 택했다는 것이다. 2008년의 안티고네들이 갈 길도 그와 다르지 않다. 그녀들은 스스로 목을 매는 안티고네처럼 대한민국 국민이 되는 길을 거부하고 말 것이다. 실제 제 목숨을 끊지는 않는다 하더라도, 대한민국 국민으로서의 목숨은 기어코 끊고야 말 것이다. 안티고네들이 원한 것은 국가의 전복이나 권위에의 도전이 아니다. 우리는 미워하기 위해 태어난 것이 아니라 사랑하기 위해 태어났다. 그저 사람답게 사는 것, 위험한 먹거리를 먹지 않는 것,

함부로 공권력에게 매 맞지 않는 것이었지만 크레온이 기어코 그녀들을 굴 속으로 내몬다면 끝내 끈을 들 수밖에 없을 것이다.

한국에서, 싸우는 여성은 모두 안티고네다. 연약한 단독자, 슬픈 단독자, 어둡고 캄캄한 굴 속의 그 안티고네의 일당으로서 말할 수 있는 것은 오직 이것뿐이다. 앉아서 사느니, 서서 죽겠다고. 당신이 준 그 얼마 안 되는 음식물로 버틸 수 있을 때가지 버티다가 목숨을 끊기느니 모질게 매듭을 지은 끈으로 스스로 끊고야 말겠다고. 당신이 강퍅해질수록 국가와 우리의 끈은 희박해질 뿐이라고, 기어코 굶겨 죽여야 속이 시원하겠느냐고. 정녕 목을 매서 죽어야 속이 후련하겠느냐고. 더 이상 안티고네의, 하이몬의 죽음은 없어야 한다. 굴 속에 넣어준 고작 그 만큼의 음식물로는 안티고네를 살릴 수 없다. 이제는 길 위의 피를, 멈춰야 한다. 그 피가 시작된 바로 이 길 위에서.

무혈의 테러리스트

기륭전자 사태를 간접적으로나마 경험한 후 실제 밑바닥 노동을 해보지도 않고 책상물림으로 내가 무슨 글을 쓸 수 있겠는가, 하고 생각하고 육체 노동 시장에 뛰어든 지 1년 반쯤 됐을까, 하도 사람들이 멀쩡한 애가 왜 그렇게 사느냐고 물어서 그 대답으로 썼던 글이다. 실은 글 쓰는 사람들이 육체노동에 대해 갖는 어떤 경건함이랄까. 콤플렉스도 없지는 않았을 것이다. 어떤 사람들에게는 30년 살면서 고작 3년 정도 그런 육체노동을 해보고는 내가 해봐서 다 안다. 라는 식으로 보일지도 모르겠다. 그렇게 보였다면 나의 교만함에 대해 먼저 사과드린다.

"멀쩡한 애가 왜 그러고 사냐."

녹즙을 배달하고 카페에서 서빙하는 동안 가장 많이 들어 본 말이 이 말이다. 대학원을 휴학하고 다른 카페에서 아르바이트하던 그 전에도 멀쩡한 애가 왜 커피나 타고 사냐, 네가 커피나 나르고 다닐 사람이냐, 라는 말을 좋은 뜻에서 해주신 분들이 종종 있었는데 사실 이건 아무리 좋은 의미라도 굉장히 폭력적인 말이다. 멀쩡하지 않은 사람이나 커피나 타고 녹즙이나 배달하는 거라는 이 공고한 오해. 커피 마시고 녹즙 배달 받을 사람 따로 있고, 커피 나르고 녹즙 나를 사람 다 따로 있다는 이야기라 이 말은 폭력적이다. 그리고 자신을 누가 날라주는 커피 마시고 누가 갖다주는 녹즙 받아먹어 마땅한 사람이라고 당연스레 생각하는 사람들은 그것들이 어떤 과정을 통해 자신에게 도착하는지 전혀 관심이 없다. 바로 그런 무심함이야말로 우리 사회의 어떤 카스트를 탄탄히 하는 접착제 노릇을 하고 있는 것이 아닐까.

그 일 할 사람, 그 일 하지 않을 사람으로 나누는 이러한 태도는 한 발자국만 떼면 홍대 청소용역 노동자들이나 한진중공업 노동자 같은 사람들을 탄압하는 사용자들과 같은 태도가 되기 쉽다. 그런 대접을 당하고 싶지 않았으면 그런 일을 하지 않았으면 될 것이 아닌가, 그런 일 할 사람이 되지 않았으면 될 것이 아닌가, 하고 그런 일 할 사람들의 일, 남의 일 이렇게 칼같이 줄을 그을 때 그런 생각을 하고 있는 우리 자신도 누군가에 의해 그런 일 할 사람, 아닌 사람으로 우리가 남을 판단한 바로 그 잣대로 나뉘고 있기 때문이다. 사람의 능력에 따라 그의 시장 가치가 정해지는 것이 자본주의에서 사람 사는 질서라고 칼같이 당연히 생각하는 사람들이라면 아마 나처럼 시장 가치가 없는 사람과는 별로 가까이 지내고 싶지 않겠지만, 나 역시 그런 분들과는 마구 척지고 싶다. 있는 대로 척지고 싶다. 평생 척지고 싶다. 만나봤자 서로 별 도움이 안 되는 사람들끼리는 서로 확실하게 척지고 사는 게 피차 정신 건강에 좋으니까.

그렇지만 지금까지 지난 1년 반 동안 종종 들은 왜 그러고 사느냐, 라는 질문에 대해서는 늘 똑 부러지게 대답하지 못했다. 그것 말고도 들은 비슷한 말들은 이런 것들인데, 왜 그냥 사소한 것도 넘어가질 못 하느냐, 왜 피곤하게 사느냐, 옳지 않다 싶은 걸 군이 왜 지적하느냐, 비판적인 글을 써서 사람들 기분을 왜 상하게 만드느냐 등등. 그런 말들의 요지는 결국 '왜 그러고 사느냐'는 것이었다. 화가 나는 일이 있어도 일일이 싸우지 말고, 대거리하지 말고, 좋은 게 좋은 거려니 하고 넘어가고 그러면 되는데 뭐 그리 피곤하게 사느냐고. 그러고 보면 지난 30년간 그냥 예, 예 하고 살았으면 무난하게 넘어갈 수 있는 일들이 차고 넘쳤다. 까마득한 옛날, 고등학교 그만두면 모두 장선우 감독의 〈나쁜 영화〉에 나오는 것처럼 가출하고 담배 피고 신나 불고 그런 애들이 된다고 다들 생각할 무렵 교장과 싸우고 싸우다 고등학교를 때려치운 것부터 시작해서 왜 그렇게 사느냐, 하고 잔소리 들을 일이 서른 먹을 때까지 참 많고도 많았다. 삐딱한 글도 참 많이 썼고, 팔리지도 않는 삐딱한 책들도 많이 썼고, 부르는 데가 있으면 가서 삐뚤어진 이야기를 잔뜩 해댔다. 물론 이건 피곤한 짓이다. 나도 왜 그랬는지 모르겠다. 관심병이라 한다면 그 또한 맞는 이야기다. 그러다가 일본의 사회운동가 유이사 마코토의 책에서 아주 공감이 가는 구절을 발견했는데, '사회의 스트라이크 존을 넓히고 싶다'라는 말이었다. 안 해도 될 이야기를 주책없이 해서 괜히 미움받고, 얼른 술 한잔 들이켠 다음 새침하게 없는 일처럼 굴어도 마땅찮을 거지같은 연애 이야기를 책으로까지 내고, 힘 있는 오빠들에게 미움받기 딱 좋을 이야기들만 내가 세상에 해대고 있는 이유는 물론 성질이 더러운 탓도 있지만, 결국 이 갑갑한 한국 사회의 스트라이크 존을 1밀리미터라도 넓히고 싶은 꿈이 있기 때문이다.

고등학교 같은 거 때려치우고도 얼마든지 살 수 있다는 것, 최근에는 번듯한 직장 안 갖고 안 벌고 안 쓰면서도 얼마든지 살아남을 수 있다는 것, 하는 식으로 이 사회의 스트라이크 존을 조금씩 넓히는 데 나의 하찮은 삶이 조금이라도 보탬이 될 수 있다면 좋겠다. 결국 나의 꿈은 자본주의가 가장 원하지 않고 거기에 필요 없는 사람이 되는 것이다. 돈 때문에 크게 행복하지도 크게 불행하지도 크게 초조하지도 않은 사람, 그래서 이런 이상한 친구도 나름대로 잘살고 있는데 뭐 어때, 하는 증거가 되는 사람. 그래서 나는 오늘도 열심히 녹즙 손님들을 모신 다음 지인의 호의로 한켠을 얻어쓰는 사무실에 출근해 글을 쓴다. 나이 서른에 아직까지 뭐가 될지 궁리나 하고 있는 게 스스로도 한심스럽지만 어디론가는 분명히 가고 있을 테니까. 아버지가 돌아가신 지 벌써 석 달이 지났다. 결국 아버지가 남겨주신 유산 중에는 경매최고통지서 같은 갑갑한 것도 있지만 돌도 되기 전에 책을 열심히 읽어주셔서 일찍 책에 재미 들리게 해준 값진 것도 있었다. 지금은 그게 얼마나 다행인지 모른다. 그래서 도서관에만 가면 놀이공원에 간 것처럼 하루 종일 즐겁게 지낼 수 있으니 돈 안 들이고 즐겁게 지낼 수 있는 삶이야말로 자본주의에 대한 테러다. 누구도 피 흘리게 하지 않는 건전한 테러리스트다. 주변에 아직도 아이고 너 크면 뭐 될래, 하고 걱정해주시는 분들도 계시고 한겨레신문사 관련된 어른들을 뵈면 아예 네, 제가 옛날에 한겨레신문 CF도 나오고 그랬던 개예요, 크게 못 돼서 죄송합니다, 하고 미리 사과하지만 지금 적어도 불행하지는 않다. 그것이야말로 얼마나 큰 행복인가.

　그래서 오늘도 어설픈 테러리스트는 남은 녹즙을 꿀꺽꿀꺽 마시면서 흐느적흐느적 산다. 아버지가 생전에 남기신 경매최고통지서 덕분에 8월 안에 나가라고 몸 좋은 깡패가 찾아왔는데, 뭐 어떻게든 될 일이다. 케세라 세라. 그러고 보니 부모가 남겨주는 재산만 유산인 게 아니었다. 아버지가 경제력이 없으셨던 건 그 나름대로 큰 유산이었다. 반지하든, 옥탑이든 무신경하게 버텨낼 수 있는 신경에 오히려 곰팡이 냄새가 없으면 좀 허전한 체질이 되어버렸다 보니 어디서든 뒹굴뒹굴 살 자신이 있다. 장미꽃은 못 되어도 엉겅퀴처럼. 오늘 녹즙이 조금 쓰긴 하지만, 달달한 날도 올 것이다. 안 오면 또한 어떠하랴.

아사는 그리 쉽지 않다

벌써 기륭전자 노조가 결성된 지 10년이다. 말 그대로 평범한 '아줌마'들에 불과했던 이들은 눈빛 하나로 쨰리면 다 무릎 꿇을 만큼, 죽는 것 빼곤 다 해본 투사들이 되었다. 얼마 전 내가 진행했던 팟캐스트에 유홍희 분회장, 오석순 조합원을 모셔 이야기를 들었는데 내리 세 시간이 지나도록 이야기는 끝나지 않았다. 중간에 멈출 수도 없었다. "우리 이 이야기 늘어놓으면 일주일 밤을 새워도 모자라. 그런데 투쟁 다 끝나고 나니까 우리 나이 인제 쉰이야. 투쟁은 이겼는데 우리 이제 어디 가서 일하니."

여자들이야 툭하면 굶는 게 일이지만, 나는 독한 마음먹고 굶어본 적이 있다. 몇 년 전 김소연, 유홍희 조합원이 경비실 옥상에 드

281

러누워 100일 가까이 단식을 했을 때 동조 단식을 했다. 그만큼 절약한 식대를 투쟁기금으로 모으자는 취지였다. 성서에도 종교적 의무로 인해 단식을 했을 경우 그 음식 값만큼 과부나 고아를 도우라고 율법에 정해져 있는데, 이런 모양새가 닮은 것이 신기했다. 그때 생생한 르포를 쓰고 싶었던 나는 〈시사인〉에 요청해 하루나 이틀 함께 단식 체험을 한 후 농성장에서 보낸 체험기를 쓰기로 하고 가서 하루 굶어봤는데 이런, 여자들은 또 특히 나는 다이어트한다고 굶어본 적이 하도 많아서 하루 갖고는 뭐 너 굶었니? 소리도 안 나올 지경이었다. 그렇다면 이틀. 이틀도 별로 배가 안 고팠다. 그럼 사흘로 하자. 사흘 굶고 체험기를 쓰자니 좀 낯이 안 서는 것 같았다. 그렇다면 5일? 뭔가 어정쩡해. 일주일 하면 어떨까? 7일째 물 말고는 효소도 사양하고 아무것도 안 먹다 보니 어지러워 죽겠는데 기륭전자 사람들은 변태인가, 하도 이 사람들은 단식을 많이 하다 보니 먹는 기분이라도 느끼려고 농성장 컨테이너에 만화《식객》전권을 갖추고 있었다! 누굴 죽일 셈인가…….

  그렇게 산 채로 고문을 당하면서 이왕 하는 것, 10일은 채우고 체험기를 써야 하지 않겠나 싶어 결국 열흘을 채웠다. 그래봤자 94일간 단식한 두 사람에게는 한참 못 미쳤다. 땡볕이 쨍쨍하던 8월, 나는 조심스럽게 경비실 옥상으로 통하는 계단으로 올라가보곤 했다. 두 사람이 아직 숨이 붙어 있는지 매일 아침 무서웠기 때문이었다. 다행히 누워 있는 두 사람은 매일 살아는 있었다. 살아만 있었다. 그때 나는 앞날에의 고민, 대학원 진학 등의 문제로 3년째 다니던 회사를 그만둔 직후였다. 연배나 목소리나 타의 추종을 불허하는 조합원, 우리의 사랑스러운 행란 언니가 저 최근 회사를 그만뒀어요, 하자 고개를 갸웃거리며 이렇게 말했다. "정규직인데 왜 관뒀어?" 그러게, 나는 너무나 배부르게 산 게 아닌가. 그 말은 오랫동안 내 가슴을 찔렀다. 그러게 나는 왜 그랬을까. 배가 부르다 못해 넘쳤구나. 행란 언니의 활약은 그뿐이 아니었다. 효소는 섭취하지 않았지만, 칼로리가 없다는 소리에 블랙커피를 연하게 마셔서 그나마 마음을 달래고 있었는데 몇 사람이 트집을 잡았다. 대학 다닐 때도 운동권 써클 같은 데가 전혀 없는 곳이었으므로 이런 질서를 몰랐던 나는 심드렁하게 말했다. "그럼 효소 드시면서 물만 드시는 분하고, 저는 블랙커피하고 물만 먹을 테니까 누가 먼저 죽는지 보면 되겠네요." 결국 논쟁은 단식 중에 기호품을 섭취해서는 안 된다는 것으로 중론이 모아지려 했다. 그러자 행란 언니가 매서운 눈을 하며 말했다. "그러면 남자 동지들, 아무도 담배 태우지 마." 이후 나는 커피 마시는 데 누구의 참견도 받지 않을 수 있었다.

김소연, 유홍희 조합원은 하루가 갈수록 말라갔다. 손목이 서너 살짜리 어린아이 손목 같았다. 최동열 회장 이 나쁜 놈, 그게 내가 처음으로 접한 파업 현장이었고 왜 파업이 노동자의 학교라 불리는지 알게 된 곳이었다. 나는 내 몸이라 잘 알지 못했지만 열흘 가까이 곡기를 끊자 15킬로그램 정도가 빠져, 보는 사람마다 기겁을 했다. 키가 166인데 몸무게가 39킬로그램쯤 나갔다(물론 지금은 저 것보다 ××kg쯤 더 나간다!).

몸 씻을 데가 딱히 없어서 근처 테크노밸리의 회사 사무실을 몰래 이용했는데, 새벽녘 아무도 안 다니는 시간을 이용해 뼈밖에 안 남은 몸을 잘 접으면 대걸레를 씻는 수도꼭지 딸린 스테인리스 물통에 마치 욕조처럼 기어 들어갈 수가 있었다. 그러면서 또 알게 된 것은 샴푸고 바디워시고 폼클렌저고 이거 다 장사하는 놈들의 상술이구만, 하는 거였다. 폼클렌저 하나만으로 목욕하고 샴푸하고 북치고 장구 치고 다 해도 아무 문제가 없었다. 폼클렌저도 없으면 비누도 만사 오케이였다. 내가 비쩍비쩍 말라가는 걸 유심히 본 건 뜻밖에도 경비실 위의 김소연, 유흥희 조합원 두 분이었다. 워낙 많은 사람이 오가던 곳이라 나라는 존재가 얼쩡대고 있다는 걸 아실 거라고도 생각지 못했는데, 몇 년이 지나 얼마 전 함께 팟캐스트를 하게 됐을 때 흥희 언니가 그랬다. 우린 그때 많이 걱정했다고. 핸드폰으로 전화를 걸어서 저 동지 단식 풀게 하라고 몇 번이나 말했다고, 저러다 죽는다고. 나처럼 하찮은 글 쓰는 사람에게도 그 절체절명의 와중에 관심을 기울여줬다는 것이 고맙고 황송했다.

결국 내가 10일째에 단식을 그만둔 것은 르포 원고 마감이 다가

와서도 있지만, 컨테이너 안에 자빠져 있을 때―오래 굶으면 사람이 왜 그리 졸리던지―냉장고에서 밥을 해먹는 기륭 동지들의 모습을 보고 나서였다. 커다란 양푼을 가져와 냉장고에 남은 반찬을 처치하자며 각종 나물, 김치, 남은 반찬을 고추장 넣고 밥과 함께 쓱쓱 비벼 참기름을 한 방울 떨어뜨리는데 세상에! 똑 하고 떨어지는 그 참기름의 입자 하나하나까지 보일 정도였다. 동지끼리 이럴 수 있나! 이후 바닥에서 몸을 일으키다가 풀썩 쓰러진 다음, 이제는 충분히 체험기를 쓸 수 있겠다 싶어 단식을 멈추고 체험기를 기고했다. 그해 말까지 농성장을 종종 찾아갔고 경찰이 털어버린 텐트 잔해 위에 앉아 엉엉 울기도 했다. 그러면서 간혹 하루씩은 동조 단식을 꼭 했다. 오늘 동조 단식이에요, 라고 하면 행란 언니는 넌 하지 마, 하면서 컨테이너 뒤로 나를 끌고 들어가 두유에 빨대를 꽂아 억지로 내 입에 밀어 넣곤 했다. 그건 기독교에서 말하는 중생, 구원의 경험 같은 거였다. 이런 사람들 때문에 내가 여름에 시원하고 겨울에 등 따신 데서 일했다. 이렇게 싸우는 사람들 때문에 주 5일 근무제가 왔다. 사장이 착해서 우리에게 내려준 게 아닌 것이다. 바로 이 사람들 때문에. 한없이 빚진 기분이었다. 그래도 그 단식의 경험은 나에게 큰 교훈을 두 가지 주었다. 첫째, 김영삼은 굶지 않았다. 보름달빵을 먹은 것이 틀림없다. 둘째, 사람은 그렇게 쉽게 굶어 죽지 않는다. 우리는 흔히 그런 말을 하며 서로의 두려움을 고조시킨다. 특히 자기가 하고 싶은 것, 즉 남들 보기에는 헛꿈을 꾸며 살아가는 사람에게 이렇게 말하는 게 우리의 버릇이다. 너, 그렇게 살다 굶어 죽어. 이따금씩 했던 동조 단식까지 합쳐서 총 40일가량 단식해봤더니, 굶어 죽는 것도 쉬운 노릇이 아니었다. 그러니 그렇게 두려울 게 없다. 특히 처자식 안 딸린 홀몸이라면, 잘 안 굶어 죽으니 쫄지 말고 모험을 해도 좋을 것 같다는 생각을 그때 했다.

매일 경비실 옥상에 올라가 시체처럼 누워 있는 두 분을 보면서 눈물이 글썽글썽했어도 내가 뭐라고 주책맞게 이러나 싶어 운 적은 없었지만 딱 한 번 예외로 운 적이 있었다. 기륭전자 정문 앞 골목길에 털썩 앉아 텅 빈 위를 움켜잡고 있는데 웬 할머님이 부축을 받아 힘겹게 경비실 옥상으로 올라가고 계셨다. 저기에 올 노인분이 없는데, 자세히 보니 전태일 열사의 어머니 되시는 이소선 선생님이었다. 단식도 100일에 이르러 가던 참이었다. 죽어서 내려오겠다고 짜놓은 관이 옥상 위에 불길한 징조처럼 놓여 있었다. 이소선 선생님은 한참이나 내려오지 않으셨다. 얼마 전에야 홍희 언니에게 그때 이소선 선생님 왜 그렇게 오래 계셨어요, 하고 여쭤보고서야 그렇게 오래 그 위에 그분이 머무신 까닭을 알 수 있었다. 오시자마자 신나 내놔라 신나, 하며 혹시라도 분신을 할까 봐 기름을 찾는다고 온 구석구석을 몸이 편치 않아 떨리시는 손으로 뒤지시더라는 거였다. 정말 우리 그런 거 없어요, 아무리 말해도 선생님은 듣는 둥 마는 둥 그 좁은 곳을 이 잡듯이 뒤지셨다고 했다. 그래서 그렇게 시간이 오래 걸렸던 거였다. 결국 신나를 찾아내지 못한 선생님은 두 사람에게 단식을 그만둘 것을 종용했다. 내 새끼 먼저 보낸 것도 가슴이 터지는데 여러분까지 목숨을 잃어서는 안 된다, 살아서 싸워야지 않겠느냐, 하고 몇 시간이나 설득하시는데 단식 중이던 두 분도 몸이 힘들어 너무나 곤란했다. 큰 어른이 오셨으니 일어나 맞이하고 이야기를 하는 게 도리인데 후에 들으니 그때 두 사람은 이미 앉아 있을 힘조차 없었다 했다. 홍희 언니는 정말 죽을힘을 다해 몸을 일으켜 앉아 어지러움을 견뎠다고 털어놓았다. 그렇게 선생님은 신나를 내놓으라고 협박도 하고 단식을 그만두라고 애원도 하다가 미라처럼 바싹 말라 집념만 남은 두 사람에게 끝내 지고 천천히 사다리를 내려오셨다. 바닥에 발을 간신히 딛고 치마를 터시는데 주름진 눈이 눈물로 젖어 있었다. 골목에 멍하니 앉아 있던 나는 그분이 우시는 이유를 몰랐지만 두 사람을 설득하러 오셨겠구나, 정도는 알았고 그 눈물을 보니 잘 안 됐구나, 정도는 알 수 있었다.

선생님은 모시고 온 분의 부축을 받아 한 걸음 한 걸음 발을 옮기면서 걸음마다 눈물을 떨어뜨렸다. 뜨거운 아스팔트 위에 눈물이 똑똑 떨어졌다. 그 뒷모습이 어찌나 애처롭게 작던지, 그 울면서 가시는 모습이 얼마나 애처롭고 아프던지, 어찌할 바를 모르고 나는 콘크리트 벽만 주먹으로 쾅쾅 쳤다. 최동열 이 나쁜 놈아. 선생님 가시는 걸 내다보면서 하염없이 울던 김소연, 유흥희 조합원, 그리고 발자국마다 눈물을 뿌리면서 불편한 걸음으로 골목을 떠나가시던 이소선 선생님의 그 작고 작아서 마음이 아려오는 그 뒷모습…… 2008년까지 '임을 위한 행진곡'도 들어본 적 없이 살던 내가 얼결에 가봤던 기륭전자 농성장에서 배운 건 그냥 이런 것이다. 배운 게 아니고, 그냥 기억이라 할 수 있겠다. 폼클렌저 혹은 다이알 비누로도 머리며 온몸을 다 씻을 수 있다, 사람은 쉽게 굶어 죽지 않는다, 그리고 멀어져 가던 이소선 선생님의 그 작은 등…….

어쨌거나 기륭전자 노조는 나에게 겁대가리를 상실하게 해주는 큰 공을 세웠다. 우리가 흔히 하는 말, 굶어 죽으면 어쩌지? 하면서 내키는 일이냐, 이걸 꼭 해야 할 것만 같은 일이냐 중 택해야 하는 인생의 기로에 놓일 때마다 사람 그렇게 쉽게 안 굶어 죽어, 하면서 안전빵을 아직까지는 피해가며 살아올 수 있었다. 그리고 행란 언니나 소연 언니나 홍희 언니같은 우리 노조원들 같은 사람들이 신바람 나게 일할 수 있는 사회를 만들어야 한다는 것, 그런 사회가 좋은 사회라는 것이 글공부로 배우지 않아도 가슴에 생생히 박혔다. 굶어 죽는다는 건 생각보다 쉽지 않다. 그러니까 사는 것처럼 살기 위해 힘내야 한다. 이러다 굶어 죽을까 봐 고민하는 당신이 있다면, 당신도 힘내라. 아사는 우리 생각보다 상당히 어렵고 골치 아픈 일이다. 이게 기륭전자 노조가 내게 가르쳐준 아주 소중한 진실이다. 밥이 얼마나 귀한지, 그러므로 밥 먹는 사람들은 밥값 하고 살아야 한다는 것. 그리고 이웃의 입에도 밥이 들어가는지 살펴야 한다는 것을 기륭 선생님들이 말을 않고도 내게 가르쳐주었다.

남의 남편 밥을 차리면서

남자 둘을 위한 밥을 차렸다. 정성껏 장을 봐다 썰고 지지고 달달 볶았다. 아들과 남편을 먹였다고 거짓말을 하고 싶은 마음이 태산 같은데 흥, 나는 아버지도 없다. 이건 다 남의 남편들이 먹을 밥이다. 뭣 하러 이러고 있냐 하면, 그 남의 남편들이 평택 쌍용차 공장 굴뚝 위에 있는 쌍용차 해고노동자 이창근 씨, 김정욱 씨 두 사람이기 때문이다. 내가 참여하고 있는 팟캐스트 '과이언맨'에서 쌍용차 특집 방송을 하게 되어 한겨레신문 허재현 기자와 쌍용차 해고노동자 고동민 씨를 모시고 이야기를 들었는데 결국 말미에 가장 궁금한 것은 '그래서 어떻게 연대할 수 있는가'였다.

어쩔 수 없이 자본주의 틀 아래 살면서, 나는 늘 최상의 연대는 입

금이라고 믿는다. 그러나 돈 만 원 계좌에 던지고, 트위터에 알티 몇 번 하고, 페이스북에 '좋아요' 한 번 누르고 할 일 다 한 듯 마음이 편해지는 간편한 연대의 남루함도 늘 경계해야 한다고 믿는다. 늘 잘 놀다가도 어떤 이들을 생각하면 왈칵 마음 한구석이 불편한 것이 연대라고 믿는다. 그동안 내 힘겨움에 휩싸여 그렇게 살지 못했다. 그래서 쌍용차 해고노동자들을 위해 할 수 있는 일 중 '굴뚝 밥상'에 제일 마음이 갔다. 최근 1년 정도 지방의 어느 대안학교에서 주방 봉사를 하면서, 밥 해먹이는 것이야말로 가장 낯 안 서고 품 드는 일이라는 생각이 들던 차, 밥 차릴 거리가 있다기에 기꺼이 그걸 하기로 했다. 굴뚝 위의 두 사람이 먹을 두 끼 식사를 매일매일 밧줄로 달아 올리는데, 해고자 가족이 그 밥 차림에서 일주일에 하루 한 끼라도 손이 놓이도록 토요일 저녁 식사를 차려 배달 가는 것이 '굴뚝 밥상'이라 했다. 평택 역에 내려 택시를 탔다. "쌍용차 공장 정문 앞이요"라고 말하자마자 기사님이 "아, 그 데모하는 데요?"라고 받았다. 2009년에 와본 평택 공장과 주위 풍경은 그리 변하지 않았지만 장기 투쟁 현장의 어딘가 초현실주의적인 느낌은 어디나 비슷했다. 2008년 기륭전자 농성장에서 뼈와 가죽만 남은 김소연, 유홍희 조합원을 보며 뭐? 사람이 100일을 굶었다고? 하고 정신이 멍해지던 기분은 까마득한 굴뚝을 올려다볼 때 다시 찾아왔다. 사람이 저 위에 있다고? 한 달이나 넘게? 2009년 이맘때의 용산 풍경도 같았다. 저기 사람이 있다고?

몇 년 전 시사주간지에 글을 쓰기 위해서 KTX 고공농성장을 찾았을 때는 보다 사실적인 취재를 위해 철탑에 올랐다. 사다리가 닿지 않는 곳에서부터 농성장을 꾸려놓은 곳까지 올라가려면 슈퍼마리오처럼 재주를 부려야 했다. 대소변을 양동이로 내려야 했기 때문에, 여승무원들은 아주 조금 먹었다. 몇 안 되는 남성 조합원의 운명으로 철탑에 올라가 있던 이는 등산용 로프로 철탑에 몸을 꽁꽁 묶고 있었다. 지독한 고소공포증 때문이라 했다.

"이게…… 도움이 돼요?"
"기분상 도움이 되지 뭐~"

로프로 몸을 묶은 이는 덜덜 떠는데 옆에서는 코를 쓱 만지며 그냥 기분이라고 웃었다. 차마 울 수는 없어서 웃을 수밖에 없는 기분. 얄궂게도 KTX 열차가 지나갈 때마다 철탑은 덜덜 흔들렸다. 보통 장기 투쟁 농성장을 찾아갈 때는 담배나 몇 보루 사 가면 모두가 기뻐하는데, 여기는 젊은 여승무원들이 있지 않나 싶어 크리스피 크림 더즌 박스를 몇 개 지고 가서는 어째 미제의 똥물을 퍼다 나른 것 같아 머쓱해 있는데 자다 일어난 어느 여승무원이 눈을 비비며 반갑게 말하던 그 조그만 목소리를 지금도 잊을 수가 없다.

"아, 크리스피 크림…… 어제 ××가 먹고 싶다고 했는데."

지금도 고공에 몇 사람들이 있다. 영하 10도까지 기온이 떨어지던 밤 오체투지를 했던 사람들이 있다. 세월호의 유민 아빠 김영오 씨는 겨우 회복된 체중이 56킬로그램이라고 한다. 사람이 사람답게 이야기하지 못하고, 제 몸을 깎아가면서 목소리를 내야 하는 세상은 언제까지 계속될까, 아니, 제 몸을 깎아도 정말 죽을 때까지 깎아내야 들어줄까 말까 하는 세상은. 아가씨들이 그까짓 도넛도 못 먹고, 사람이 100일을 굶어야 쳐다볼까 말까 하는 세상은. 우리는 좀더 불편해야 한다. 잘 놀다가도 왈칵 마음이 가야지 싶다. 그럴 때면 돈 만 원 쏘고 알티도 하고 좋아요도 누르고 밥도 차리고 함께 가자. 어디로? 어디든 거기 말이다. '그 데모하는 데'로.

주여, 이 주둥이를

이석기의 '내란음모죄' 소동이 일어났을 때 나는 세상이 너무 복고풍이었던 게 불만이었다. 당시는 주둥이를 닥치고 기도할 수 있기를 바랐다. 지금도 그럴 수 있기를 바란다.

아버지가 살아 계셨을 때 우리는 톰 크루즈 주연의 〈작전명 발키리〉를 보러 갔다. 하일 히틀러, 라는 말만 빼면 모조리 영어로 암살 계획을 짜고 있는 독일인 무리가 좀 웃기긴 했지만, 그들을 가리키며 아버지 저 사람들 중에 목사가 있는 것 알아요? 하고 아버지에게 시비를 걸었다. 어디서 얇게 주워들은 지식이었다. 목사가 암살에 가담했다니, 아주 보수적인 교단의 목사였던 아버지로서는 편할 리가 없는 주제였다.

"누구 중에 말이냐?"

"히틀러 암살 계획을 짰던 사람들 중에 말이에요."

"그게 누군데?"

"디트리히 본회퍼라고⋯⋯."

아버지는 큼, 하고 헛기침을 했다. 이건 내 말이 마음에 들지 않는다는 신호인데, 가엾게도 아버지는 거의 평생 동안 큼, 큼 하며 나와 대화해야 했다.

"목사로서 그런 일에 가담한다는 건 문제가 아닐까?"

"디트리히 본회퍼는 미친 사람이 차를 몰고 사람들을 해칠 때 그 차에 치인 사람들을 구명하는 것이 먼저가 아니라, 그 운전대를 그에게서 빼앗는 것이 먼저라고 했어요."

아버지는 다시 큼, 하고 기침을 했다. 이번에는 눈도 꽉 감았다. 유니온 신학교, 라인홀트 니부어, 에큐메니컬⋯⋯ 디트리히 본회퍼, 라고 했을 때 그와 관련된 이러한 단어들은 아버지를 바짝 굳어지게 할 만한 것들이었다. 나는 그것들이 아버지의 뇌 속 주름을 하나하나 괴롭히고 있을 걸 물론 알았고, 'Now loading⋯⋯'이라고 이마에 떠올라 있는 듯한 아버지의 얼굴을 장난 반, 심술 반으로 흥미진진하게 쳐다봤다. 아버지와 나는 늘 싸웠지만 서로 사랑했다. 적어도 나는 그렇게 믿는다. 아버지는 가끔 내가 사탄에 씌인 게 아닌가 의심하긴 했지만 나를 사랑했고, 내 마음 속의 절반 정 도는 아버지에 대한 분노, 어느 정도는 경멸, 그 나머지는 도대체 어찌할 수 없는 사랑과 연민이 뒤섞여 있는 상태였다. 그리고 나는 끝내 사랑과 연민을 구분할 수 없었으며 그것 때문에 아버지를 더 욱 미워했고 더 사랑했으며 하염없이 연민했다. 나는 생활력도, 말 년에는 기백도 없었던—말년이라고 해봤자 고작 50대였지만—아 버지를 툭툭 무시하곤 했지만 나 아닌 다른 인간이 그를 무시하는 것은 참지 못했다. 아버지는 정말로 나를 사랑했다. 그 증거로 2007년 대선 때 이명박이 아니라 이인제를 찍었으니까. 아버지의 표정에서 로딩이 끝났다.

"디트리히 본회퍼는 너무 위험한 사람이다!"

아버지는 무엇을 쉽게 대답할 수 없을 때 틀렸다고 말하지 않고 위험하다고 말하곤 했다. 하지만 본회퍼는, 알다시피 위험한 얼굴 과는 거리가 멀지 않은가. 37세에 19세의 약혼녀를 얻었으니 하나 님께서 허락하신 옴므파탈이었는지는 모르겠으나 그의 둥글고 사 람 좋아 보이는 생전의 초상은 도무지 '위험한 사람'과는 너무나 거리가 멀어서 나는 심술궂게 신이 났다. 아니 위험하다니, 위험한 얼굴이라면 함석헌 선생의 간지 정도는 되어야지. 못돼 처먹은 기집애 같으니, 그때는 심술 맞게 아버지의 부아를 그렇게 돋우어놓는 것이 그렇게 재미있었다. 지금 이 정도는 돋우어놓은 것도 아니었다. 민중신학, 해방신학, 이런 단어를 주워섬기기만 하면 그는 겁에 질렸고 마침내 내가 전태일이라는 이름을 들으면 예수님이 떠오른다고 했을 때 완전히 패닉 상태에 빠져버린 아버지는 할 수만 있다면 나에게 엑소시즘이라도 행했을 것이다. 그런 건 우상 숭배라며 아버지는 내가 우상 숭배에 빠질까 봐 늘 우왕좌왕했고 우상 숭배에 빠진 척하는 게 아버지를 곤란하게 만들 수만 있다면 전태일과 예수를 구분 못하는 척하는 것이 그때 나에게는 소심한 복수였다.

그렇다, 복수. 아버지는 마땅히 벌을 받아야 했다. 그런데 무엇에 대한 벌? 생각해보니 그것은 아버지가 그의 전 인생 동안 나를 스스로 죄인이라고 느끼게 만들려고 애쓴 것에 대한 벌이었다. 나는 내가 죄인이라는 사실을 귀에 못이 박히게 들을수록 점점 더 아버지가 죄로 여기는 것들에 빠져갔다는 걸 가엾게도 아버지는 알지 못했고, 나는 아버지가 나에게 바란 것이 내가 지옥에서 바삭바삭 타버리는 것이 아니라 각종 죄에서 돌이켜 빛으로 향하는 것임을 도무지 알 수 없었다. 우리는 그렇게도 서로 멀리 있었다. 죄에서 돌이켜 빛으로 가봤자 아버지가 내가 가길 원한 자리는 주일학교 교사, 예배 반주자, 성가대 대원, 십일조 제일 많이 내는 사람,

그때는 뭐 그런 것밖에 보이지 않았다. 사실 그런 직분들 쪽에서 나를 써먹어줘야 그걸 할 수 있었지만 무조건 달아나고만 싶었다. 죄에도 색깔이 있다면 아버지가 나를 바라보았을 때 아마 나는 피처럼 시뻘건 빛으로 보였을 것이다. 그것도 보혈의 붉은 색이 아니라, 뭐 인공기의 붉은 색 같은 뭐 그런 불안한 붉은 빛깔.

아버지가 하나님 곁으로 가고 나서야 나는 아버지를 괴롭히려는 의도 없이, 순수하게 본회퍼를 읽을 수 있었다. 가엾은 디트리히 미안해요, 그런 데나 이용을 당하다니. 그때가 되어서야 나는 나를 위해 디트리히 본회퍼를 읽었으며, 나를 위해 성서를 읽었고 아버지의 말이 맞다는 것을 깨달았다. 디트리히 본회퍼는 과연 위험한 사람이었다. 죽기를 두려워하지 않다니 어찌 위험한 사람이 아닌가? 안전을 추구하려다가는 결코 평화에 도달할 수 없다고 말하는 사람은 얼마나 위험한가? 심지어 하나님은 우리가 하나님 없어도 성숙하기를 바라신다고 말하는 사람은 섬뜩하도록 위험하지 않은가. 그보다 2000년 앞서, 나는 이 세상에 평화가 아니라 칼을 주러 왔노라고 말한 위험한 신의 아들처럼. 아버지가 그의 곁에 갔을 때 나는 아버지를 대신해 우리 교회 앞 눈을 치웠다. 생전에는 우리가 함께 치웠는데, 아버지는 교회 앞만 치우는 게 아니라 아버지는 온 동네에 자동차가 제대로 다니고 아이들이 다니다 미끄러지지 않도록 아무도 시키지 않는데도 힘들여 길을 뚫어놓으시곤 했다. "요

앞만 치우면 되지 뭣 하러 저기까지 나가서 눈을 치워요" 하면 아버지는 "이런 건 다 자기 집 앞만 치우니까 아무도 안 하지, 이런 일을 목사가 해야 은혜가 된다"라며 삽과 빗자루를 놓으시지 않았다. 그뿐 아니라 눈이 내리지 않을 때도 새벽기도를 마치면 빗자루로 교회 앞길을 쓰셨다. 누가 시킨 것도 아닌데 아버지는 빗자루로 길바닥을 쓸면서 교회가 있는 동네를 깨끗하게 하는 것도 다 목사가 해야 할 일이다, 그러시곤 했다. 세상에는 목 좋은 교회 땅을 사서 이문을 남기고 팔아먹는 목사들도 많다는데, 아버지는 그저 눈 치우고 바닥을 쓸 따름이었다. 적어도 그럴 땐 땅값에 명민한 예수쟁이들보다 아버지가 좋았다. 한 손에 빗자루, 한 손에 삽을 든 아버지는 눈사람처럼 보였다. 이렇게 빨리 녹아버릴 줄도 차마 몰랐다.

아버지 잔소리 없이 성서를 보니 예수께서 서로 사랑하라고 이르면서 왜 이것을 굳이 '새 계명'이라고 했는지 조금은 알 것도 같았다. "새 계명을 너희에게 주노니 서로 사랑하라, 내가 너희를 사랑한 것같이 너희도 서로 사랑하라, 너희가 서로 사랑하면 이로써 모든 사람이 너희가 내 제자인 줄 알리라." 이거야말로 놀라운 구절이었다. 돈 없이, 적게 벌면서, 스스로 만족하면서 신자유주의와 어떻게 싸울까 고민하던 중에 들은 복음 중의 복음이었다. 왜냐하면 이 이야기는, 사랑할 만한 것이 없어도, '뭣도 없어도' 서로 사랑하라는 혁명적인 선언이었기 때문이었다. 돈이 없어도 서로 사랑하라, 굶어 죽을 지경이라도 서로 사랑하라, 잘난 것 없어도 서로 사랑하라, 사랑은 얼어 죽을, 먹고사느라 미치겠는데, 싶은 순간에도 서로 사랑하라. 그러면 모든 사람이 너희가 내 제자인 줄 알리라. 적어도 예수쟁이라면 그런 사랑은 할 수 있어야 하겠구나 싶으면서, 돈이 세상의 전부인 사람들한테는 쥐뿔도 별것도 없는 것들이 서로 사랑하는 걸 보면 약이 올라 미치겠구나 싶어 조금 고소했다. 얼른 사랑해야지. 그들의 눈에는 아니 이것들이 쥐뿔도 없는 것들이 뭐가 예쁘다고 서로 사랑하고 난리야, 돈도 없는 것 같은데 왜 사랑하고 난리야, 이렇게 보일 것 아닌가. 절대 비결을 안 가르쳐주고 우리 서로 열심히 사랑하면서 용용 죽겠지 하면 참 재미날 테다. 그러나 우리는 위험이 없이 사랑할 수 있을까. 위험하지 않은 채로 용감할 수가 있을까. "목사님은 전쟁이 일어난다면 어떻게 하시겠습니까?"라는 질문을 받자, 디트리히 본회퍼는 이렇게 대답했다고 한다.

"하나님이 우리에게 총을 들지 않을 용기를 주시기를 기도하겠습니다."

그리고 나는 이제야 그런 용기를 위해 기도하기 시작했다. 그런 사랑을 주십사 기도하기 시작했다. 이를테면 내란음모죄처럼, 아무리 복고풍이 유행이라지만 너무 심한 복고풍으로 이 세상이 돌아가는 꼬라지를 보고 입찬소리로 까고 말 게 아니라 조국을 위해 기도할 용기를 주시기를. 하나님, 부디 그 용기를 주십시오. 함부로 주둥이를 열지 않을 용기를. 주둥이로 일단 까면 속 시원할 것을 알면서도 이 주둥이를, 까기보다 먼저 기도에 사용할 용기를 주십시오. 부디 주여, 이 주둥이를 당신께 맡깁니다.

당신은 누구시기에

디트리히.

　내가 중얼거리고 있는 이름은 물론 디트리히 본회퍼다. 아직 개신교에 대해도 잘 모르면서 가톨릭 신도들이 부러울 때가 언제냐면 묵주 같은 성물은 물론이고 성인이나 성녀를 모시고 의지하며 세례를 받을 때 존경하는 분의 이름을 세례명으로 새로 받을 수 있는 것이라든가, 축성을 받은 성상 같은 것을 기도하는 공간에 모실 수 있는 것을 볼 때다. 나란 작자는 누구 못지않게 연약한 인간인지라 못내 아쉽다. 다시 말하지만 사람이 연약한지라, 눈에 보이는 것이 있을 때 조금이라도 마음의 의지가 되지 않을까 하는 동경의 마음이다. 게다가 복장이 사람을 만든다고 수녀님들의 꾸밈없는 차림은 얼마나 거룩해 보이고 신부님들은 어찌나 위엄 있어 보이는지. 교황님까지 올라가면 이건 뭐 사도 바울의 앞치마를 몸에 대기만 해도 병이 낫는 정도가 아니라 그 복장을 보기만 해도 화려해서 눈이 멀 판이다.

개신교에도 만약 그런 식으로 성인 한 사람을 정해서 자기 마음 속에서 의지할 수 있다면 나는 디트리히 본회퍼를 내 성인으로 삼고 싶지만, 내가 읽은 디트리히 본회퍼라면 누군가의 성인이 되는 것을 길길이 뛰며 화를 냈을 것이다. 둥글둥글한 인상과 온유한 성품으로 보아 길길이 화를 내지는 않더라도 극렬히 반대했을 것이다. 심지어 그는 "하나님은 우리가 하나님 없이도 성숙한 길로 나아가기를 바라신다"라고 이야기했을 정도니까. 이것은 근본주의자—그러니까 아주 나쁜 뜻의 근본주의자 말이다—들이 이단이다! 라고 화를 내기에 아주 좋아 보이는 문장이지만, 하나님의 마음은 그럴 것도 같다. 죽고 난 다음에 지옥 가기 싫고 천당 가고 싶어서, 출세하고 돈 벌고 잘살고 싶어서 하나님을 믿는다면 하나님은 좀 서운하지 않을까.

하나님 없이도 성숙하기를 하나님이 원하신다는 것은 우리가 하나님을 배제하고 안중에 없이 살면서 제 마음대로의 성화의 길을 걸어 제 스스로 성인이 되라는 것이 아니라, 말씀에서 끊임없이 나오듯 하나님이 우리에게 바라는 그토록 바라는 그분과의 '연합'을 이룬다는 것이 아닐까. 자기 자신이라는 나에게는 크지만 하는 짓이

벌레 같고 나 자신이므로 버릴 수 없고 죽여도 도무지 죽지 않는 존재가 마침내 하나님 안에 녹아 구분조차 못할 정도로, 그렇게 성숙한 길을 날마다 나아가기를 바란다는 의미가 아닐까 혼자 깊이 생각해보곤 한다. 사람으로서는 죽을 때까지 도무지 이루지 못할 성화의 길이지만 사도 바울처럼, 사도 야고보처럼, 디트리히 본회퍼처럼, 자기를 쳐서 복종시킨 이들이 있지 아니한가.

너 요즘 예수쟁이 됐니? 하는 질문을 누가 했다. 나는 신도의 삶을 살려고 마음먹은 지금도 다소 그러하고, 하나님이고 뭐고 될 수 있는 한 척지고 알게 모르게 마귀의 편에 살아가던 때에도 예수님의 팬이었다. 그러니까 팀 지저스^{TEAM JESUS}였던 것이다. 제자까지는 못 되지만 그를 아주 좋아하는. 그가 나의 구세주가 아니더라도, 굳이 나를 위해 죽어주지 않았더라도 그가 좋았다. 예수를 알고 어찌 그를 좋아하지 않을 수가 있겠는가. 디트리히 본회퍼를 싫어할 수 없는 것처럼.

내가 부모와도 같이 여기는(이것은 부모처럼 사랑하기도 하면서 부모에게 하듯 불효도 마구 저질렀다는 의미다) 김선주 선생께서 최근 한겨레 지면에 '팬심'을 털어놓은 프란치스코 교황 같은 경우도 그렇다. 가난한 자를 기억하고 사회 문제에 침묵하지 않기를 당부하는 이 천진난만한 교황을 가톨릭 신도가 아니더라도 싫어할 수 있는가(그즈음 사랑하는 친구에게 선물받은 어린 강아지를 그런 경의의 뜻을 담아 '프란치스코'라고 이름 붙였지만 놈은 뼈다귀라든가 장난감을 너무 많이 가져서 무소유로 살아가는 성 프란치스코 성인을 닮기에는 유감스럽게도 애초에 틀려먹었다)? 싫어하기는커녕 깊은 경의를 가지고 사모할 수밖에 없는 이 사람들, 내가 유독 사모하는 그들이 그토록 닮기를 원했던 사람을 기억해볼 때 예수 그리스도라는 한길로 통하고 육신의 아버지가 하필 목회자였던 인연 때문에 그렇다면 그를 좀 더 알고 싶은 하는 마음 상태, 이 '팬심'을 예수쟁이라 부른다면 예수쟁이라고 불려도 어쩔 수 없겠다.

비틀즈 카피 밴드에 반하여 비틀즈를 듣게 되듯이, 그의 삶을 따라 살고 싶었던 사람들을 돌아보며 내가 사모한 사람들이 사모한 그를 알고 싶은 이 마음, 그러나 너무 어렵다. 물론 아주 초보적으로 예수님이 하나님이고 하나님이 성령님인데 성령님은 '영'이라니 아이고 헷갈려라. 자주 헷갈리고 사탄이 멀리 있는 게 아니야 바로 네가 마귀잖아, 할 때마다 디트리히, 하고 가을철 산들바람처럼 조용히 입술에 얹혀졌다 떠나가는 이름을 다만 불러보고, 전태일이 주일학교 선생이었다는 것과 이소선 선생님이 권사님이셨다는 것을 잠시 기억해본다. 이소선 선생님의 장례는 정말이지, 일단 고인의 신앙대로 교회식으로 치러진 다음 거리에서 꽹과리 치고 싶은 사람은 꽹과리 치고 소리하고 싶은 사람은 소리하고 만장에

다 '어머님 사랑합니다, 이명박 타도'라고 써서 저마다 자기 좋은 대로 가는 게 사랑스러웠다. 우리가 맛있는 음식을 한 번 먹어도 맛이 괜찮다 싶으면 원조집에 가서 온전히 그 맛을 보기를 원하는 것처럼, 우리가 사모하는 사람들의 아름다움이 클수록 원조를 알고 싶어지는 것이다.

예수님, 33살에 못 박혀 죽으신 영원한 오빠, 영원한 청년, 평강의 왕자, 당신은 누구시기에 우리가 사랑하는 사람들을 이토록 사랑스럽게 하셨는지요. 당신이 본래 가진 사랑스러움이 도대체 어떠하시기에 당신을 닮으려고 살아가다 당신에게 돌아간 이 사람들이 이토록 사랑스러운지요.

안녕, 이재영, 상큼함의 빛과 소금이여

2012년 12월 12일, '진보정치의 꽃' 이재영 진보신당 전
정책국장이 세상을 떠났다. 그는 내가 아는 진보 인사 중
가장 '상큼한' 사람이었다. 그 상큼함은 한국 진보 진영의,
한국 사회의 다시없을 자산이었다. 그는 90년대 민중당과
국민승리21, 2000년대 민주노동당과 진보신당에 이르기
까지 대한민국 진보정당의 정책과 역사를 일구어 세우는
데 전 생애를 바쳤다. 영세 상인과 재래시장을 지키기 위
한 대형마트 규제, 상가 및 주택 임대차 보호법, 복지확대
를 위한 조세 개혁, 신용카드 수수료 인하 등 현 시대의 화
두가 된 민생 복지 정책들을 만들고 다듬었다. 지금 민생
정책들 중 대다수가 그와 유관하다.

박근혜 대통령이 당선되었던 2012년 12월, '댓통령'의 당선 소식보다 나를 더 멍하게 한 것은 진보의 영원한 정책실장이라 불리는 이재영 선생님이 우리 곁을 떠났다는 사실이었다. 박근혜를 대통령, 이라고 발음해야 한다는 모욕감조차 이 슬픔, 이 충격보다 크지는 못했다. 사실 '박근혜 대통령'의 탄생에 그리 충격받지 않은 것은 이미 '인간 이재영'의 죽음에 충분히 얼떨떨해져 있던 상태라 이미 맞은 데 몇 대 더 맞아서 안 아픈 것과 같았다. 개인적으로 이재영 선생을 사랑하고 존경하기도 했지만, 소위 '운동판'에 저렇게 산뜻한 사람이 꼭 있어야 한다고 생각했고 그 산뜻함에 늘 탄복했다. '운동판'이라는 곳에 있으면서 어쩔 수 없이 몸에 붙는 결기나 절박함은 어쩔 수 없지만 절박해야 한다는 포즈, 진정성을 증명해야 한다는 강박, 옷처럼 갈아입는 결기, 특정 이슈에 대한 알티 한 번 하고 모든 진보적 이슈에 대한 할 것을 다 한 것처럼 구는 소위 '알티 진보(트위터를 죽어도 안 하는 내가 혼자 그렇게 부른다)' 등등에 대한 본능적인 거부감이 내게 늘 있었으므로 그토록 오래 이쪽 판에 있었다는 이재영이라는 사람의 미소나 산뜻함은 그저 신기한 것이었다. 그가 진보의 정책실장이라고 불릴 정도로 오랫동안 '운동판'의 등골 노릇을 하던 사람이라는 사실은 아주 나중에 알았다.

　　진보의 정책실장이라니. 그런 무거운 말을 짊어지고 있는 사람이 그토록 산뜻할 수 있다는 것이 신기했고 존경스러웠다. 하긴 박래군 선생님 같은 분이 늘 어딘가 깊이를 알 수 있는 미소를 얼굴의 '기본값'으로 장착하고 계신 경우를 보더라도 그렇게 발을 완전히 푹 담근 사람이야말로 오히려 산뜻한 건지도 몰랐다. 도망칠 핑계를 버린 사람들, 이제 나는 완전히 이쪽 사람이며 내 인생은 이제 어쩔 수 없다, 라는 식으로 자기 삶에 대한 회한이나 '가지 못한 길'에 대한 우울한 돌아봄이 전혀 없는 것이 그분들의 마치 봄바람과도 같은 상큼함의 비결이 아닐까, 하고 나는 감히 짐작만 해볼 따름이다. 나는 진보신당 시절 가입해 5년째 노동당 당적을 유지하고 있긴 하지만 대의원 투표에 참여해본 적도 없고, 당 게시판에 들어가본 적도 없다. 이것 때문에 싫은 소리를 들은 적이 꽤 있지만 그렇다고 잘 알지 못하는 일에 어설픈 열심을 내기 민망해서 닥치고 당비만 열심히 냈다. 최근 몇 년 다들 탈당하는 추세길래 나도 할까, 잠깐 고민했다가 총선 때 갑자기 당대표가 된 홍세화 선생님이 "늙은 척탄병의 심정으로" 투신을 하시는 바람에 탈당에 실패했다. 차마 우리의 늙은 척탄병을 홀로 싸우게 둘 수 없었기도 했지만 아마 나는 이재영이 첫 상근자였던 당을 떠날 수는 없었을 것이다.

사실 내가 노동당에 대해 잘 아는 거라면 홈페이지 주소 정도밖에 없었고 지금도 그렇지만, 척탄병의 투신이 아니었더라도 이재영이 첫 상근자였던 당을 떠날 수는 없었을 것이다. 다만 내가 가입해 있는 당이 여러 가지 좋은 정책들을 만들어냈는데 그 대부분이 이재영의 작품이라는 것 정도는 들어서 안다. 물론 그가 직접그런 이야기를 한 적은 한 번도 없다. 다 그의 주변 사람들이 살짝살짝 해준 이야기들인데 이재영은 늘 손사래를 치며 웃었다. 아휴별것도 아니야~ 지금 보면 뭐 되지도 않을 일이었어~ 애만 썼지이~ 그게 내 버릇이야아~ 하며 웃는 게 그였다. 되지도 않을 일에 청춘을 바쳤는데 어떻게 저렇게 상큼하게 웃을 수가 있을까, 나는 때로 경건해지기까지 했다. 내가 가입한 당에 대해서 그 정도만알면 족했다. 나중에 그가 레디앙 편집위원을 했을 때 레디앙에서뭘 하라거나 우석훈 선생의 저서 《혁명은 이렇게 조용히》 같은 데추천사를 쓰라고 했을 때 만취한 주제에 여의도 레디앙 사무실에가서 바로 업무용 데스크톱을 하나 끼고 앉아 추천사를 적었던 것도 다 이재영 때문이었다. 여러분을 믿으니 그저 잘들 해주세요,하는 뜻으로 자동이체로 당비만 내고 아무 말 안 하고 흰소리 안하는 것도 일종의 정치의사 표현이라고 생각했다(나중에 노회찬 당대표 시절 월간 〈인물과 사상〉 좌담 건으로 그를 우연히 만났을 때, "김현진씨처럼 당비 자동 이체시키고 대의원 투표 같은 거 안 하고 참견 안 하는 사람들이야말로 진정으로 우리보고 정치 좀 해보라고 하는 사람들이지"라는농담에 한참 웃었던 기억은 있다). 그래서 2012년 봄 진보신당 홍보대사가 되어달라는 요청이 왔을 때도 나는 활동도 제대로 하지 않는당원이다, 하는 이유를 들어 한사코 거절하다가 결국 승낙하게 된

게 머릿속에 스쳐간 이재영의 웃는 얼굴이었다. 내가 속상한 일이 있어 얼굴을 구기고 있으면 그는 특유의 환한 미소를 지으며 뭐 어때~ 하고 어깨를 톡톡 치곤 했다. 뭐 어때, 죽지 않아. 결국 그의 뭐 어때, 하는 말의 마법 같은 울림 때문에 홍보대사직을 수락했고 물론 우리는 졌지만 이재영이 알았다면 또 그랬을 것이다. 뭐 어때 ~ 맨날 이길 수가 있나. 하지만 우린 지는 법이 없지!

지는 법이 없긴. '88만원 세대'라는 말이 한참 화제가 되었을 때 그가 잠깐 어두운 얼굴로 "그나마 우리 때는 슬쩍 이겨본 맛이라도 봤는데, 당신 때부터는 지는 데 철저하게 익숙해져야 할지 모른다"라고 마포의 어느 호프집에서 맥주를 기울이며 말했다. 그 덕분에 나는 미리 각오를 했던 것 같다. 우리는 이기는 법이 없을 것이라고. 80년대 이후 태생들은 혁명하는 법보다 오욕을 감내하는 법을 배워야 할지 모른다고. 사실 그랬다. 취업과 혁명과 복고적 정국과 자신들이 세상을 바꿨다고 믿는 윗세대의 모욕을 감내해야 하는 게 우리였다. 88만원 세대, 삼포 세대, 7포 세대들은 그렇게 지는 법만 배워야 할지 모르지만 훗날 우리가 그나마 살아남을 수 있다면 그건 이재영 같은 사람이 품위 있게 지는 법을 자기 인생으로 보여주었기 때문이 아닐까. 나는 생전 그를 자주 뵙지는 못했으나 특유의 "뭐 어때~"라는 말과 표정만은 선명하게 기억한다. 그건 체념이 아니었다. 패배의 단어도 아니었다. 비눗방울처럼 산뜻한,

툭툭 털고 다시 일어날 때 쓰는 그런 말이었다. 내가 도대체 이놈의 인생을 어떻게 살아야 하느냐고, 진보란 도대체 뭐고 어떻게 살아야 진보적인 삶이냐고, 웬만한 대학교 1학년생도 안 할 만한 유치한 질문을 해댈 때마다 이재영은 산뜻한 미소를 지으며 엄청난 지혜를 줄 것처럼 눈썹을 찡그리고는 눈동자를 장난스럽게 굴린 후 이렇게 말하곤 했다. "현진 씨, 일단 있어봐. 사람이 너무 애쓰면 죽어." 그게 그가 다른 사람의 어깨에서 힘을 빼주는 방식이었다.

한때 내가 아르바이트하던 가게에 아내분과 동네 친구들을 데리고 놀러오셨을 때 내가 카운터에 앉아 읽고 있던 유명한 현장 투쟁가의 회고록 표지를 보더니 그는 또 상큼하게 웃었다. "다 믿지는 마. 뻥쟁이야." 내가 정말요? 하고 충격 받으려는 낌새를 보이자 그는 여전히 미소를 지우지 않은 채 말했다. "그럼, 저 사람 1년 수입이 얼만데. 근데 외로우면 다 뻥치는 거야, 외롭고 먹고는 살아야 되고 어쩌겠어, 사람이란 게 원래 그렇게 어쩔 수 없는 거야 현진 씨." 그럴 때 그는 이국의 현자 같기도 하고 《이상한 나라의 앨리스》에 나오는 체셔 고양이 같기도 했다. 매번 내가 알쏭달쏭한 표정을 짓고 있으면 그걸 보고 그는 또 상큼하게 웃어젖혔다. 선생님, 왜 이렇게 일찍 가셨어요. 진보한다는 사람들한테, 좌파라고 불리는 곳에 특히 부족한 게 있다면 당신의 그런 미스터리한 상큼함이었는데요.

장례식장에서 본 그의 영정 속 얼굴에는 생전의 상큼함보다 내가 몰랐던 고뇌, 그리고 엄숙함이 묻어 있었다. 그 고뇌와 상큼함이야말로 아마 이재영의 양면이었을 것이다. 그런 고뇌가 있었기 때문에 그토록 상큼할 수 있었을 것이고, 상큼하지 않고는 그 고뇌를 견뎌낼 수 없었을 것이다. 그걸 알았기 때문에 그는 그토록 상큼했구나. 손등으로 눈물을 닦으며 돌아서다 화가 나서 벽을 쾅쾅 쳤다. 노태우나 전두환은 평생 살 것 같은데 왜 이재영이야? 왜 이재영이냐고!! 그가 세상을 떠나기 얼마 전 우리가 통화했을 때 이재영은 또 산뜻한 말투로 거짓말을 했다. "사람이 다 살다 보면 한두 군데 아프지, 나는 괜찮아." 나는 그가 어떤 상태인지도 모르고 어떻게 지내냐길래 회사가 힘들어 죽겠다고 했다. 정작 죽음이 얼마 안 남은 건 그 사람이었다. 끊기 전에 그는 갑자기 말을 덧붙였다. "당신은 행복해지고 축복받을 자격이 있는 좋은 아가씨야." 그게 그가 마지막으로 나에게 주머니에 찔러 넣어준 보석이랄지, 복권이랄지 그런 거였다. 그는 나 말고도 아주 여러 사람에게 그런 걸 주었을 것이다. 원래 그런 사람이었으니까. 행복해지고 축복받을 자격이 있는 좋은 아가씨라니, 그런 말을 생전 들어본 적이 없어서 나는 수줍음까지 타면서 소중하게 그 말을 마음에 품고 책 사이에 끼워 말려둔 꽃잎처럼 자주 꺼내 보았다. 돌이켜 보니 그게 그가 내게 마지막 남긴 격려였다. 고작 향년 47세였다. 절친한 친구 우석훈 선생에게 "석훈아, 출산에는 일단 '진로'지" 하고 농을 치던 게

엊그제 같은데. 2012년 우리는 많은 것을 잃었지만 그중 가장 큰 상실은 그의 미소를 잃은 것이다.

'박근혜 대통령'의 등장으로 수많은 사람들이 '멘붕'에 빠져 있는 이때에 그의 "뭐 어때~"라는 말이 지금에야말로 그립고 필요한데. 그리고 당신이 자주 말하곤 하시던 "우린 지는 법이 없지!"라는 그 말도. 선생님, 정말로 우린 지는 법이 없습니까. 당신이 없는데 누가 우리에게 우린 지는 법이 없다고 상큼하게 뻥을 쳐준단 말인가요.

안녕히 가세요, 이재영 선생님.
상큼함이 절대적으로 부족한 이 땅에
당신은 빛과 소금이었고 어두운 창턱 위의 등불이었습니다.
편히 쉬시길.

왜소한 철의 여인, 이소선

죽음 중 가장 고통스러운 것이 화마에 의한 죽음이라고 한다. 온전히 살이 타들어갈 때의 고통은 뭐라 표현할 수 없을 정도라 하는 것을 1000분의 1도 못 따라가겠지만 짐작만이라도 해보는 것이, 무신경하게 오토바이를 타다가 3도 화상을 두어 번 입었을 때였다. 처음 탄 오토바이는 혼다였다. CL-50에 은색과 파랑색의 좀 드문 조합이라 무척 아꼈는데, 이 녀석을 탈 때는 머플러 위에 착실하게 보호 장치가 되어 있어 다리를 델 일이 없었다. 바늘 도둑이 소도둑 된다고 2종 소형 면허를 따고 나서부터는 슬슬 좀 큰 걸 타고 싶어졌다. 250cc정도면 어떨까 싶었지만 주머니 형편도 형편이고, 서울 시내만 다닐 텐데 그렇게 배기량이 큰 걸 탈 필요가 없다고 생각해 결국 고른 것이 대만 SYM사의 울프였다. 위낙 네이키드 스타일을 좋아하는데다 125cc라서 회사건 약속 장소건 서울 여기저기를 쏘다니기는 딱 좋았다. 오토바이에 있어 나는 이른바 '혼빠'지만 혼다 스티드 같은 걸 살 형편이 못 되니 울프로 만족할 수밖에. 그리고 나는 충분히 만족하고 있었으므로 사람들이 '짱깨'라고 놀릴 때마다 대만산 오토바이가 얼마나 합리적인지에 대해 열렬히 설명했다. 어느 날, 아르바이트하는 곳에서 급한 심부름을 하느라 짧은 옷을 입고 오토바이를 탔다가 지나가는 꼬마 때문에 슬립해 오토바이에 깔려서 다리에 커다란 머플러 자국이 나기 전까지는.

'짱깨' 소리를 늘 거슬려하던 나는 오토바이를 일으키며 속으로 이를 갈았다. 이 ×× 새끼들…… 아낄 게 없어서 머플러 위에 바르는 걸 아끼냐? 삼겹살이 지글지글 타들어가는 냄새가 났다. 그건 삼겹살이 아니라 내 다리였다. 순식간에 발목부터 허벅다리까지 퉁퉁 부어올랐다. 수소문해서 화상을 잘 본다는 오래된 병원에 갔더니, 3도 화상이라고 했다. 그리고는 끊임없이 호스로 식염수를 뿌리며 때수건 같은 걸로 화상 위에 덮인 죽은 살점을 긁어내서 악, 악 하고 소리는 못 지르고 꺽꺽 소리만 냈다. 그 뒤로는 흉터고 뭐고 신경을 안 쓰고 그냥 다녔지만 어떤 친구는 내 다리를 멍하니 보더니 이랬다. 넌 왜 다리에 육포를 붙이고 다니냐.

시간이 흐르니 흉터가 고맙게도 거의 없어졌지만, 아픔은 아직도 부르르 떨 만큼 생생하다. 그럴 때마다 생각이 나는 건 엉뚱하게도 전태일이라, 흉터를 볼 때마다 마음이 숙연해진다. 나는 겨우 손 한 뼘만 한 부근이 타들어간 주제에 죽는 줄 알았는데, 그가 감내해야 했을 고통은 도대체 어느 정도였을까. 소화기까지 다 타들어가 목이 타는 것 같으니 물 한 방울만, 하고 외쳤지만 끝내 그 물 한 방울 먹지 못한 그의 고통은. 그것도 자기를 위해서가 아니라 남을 위해서. 회사에 다니던 시절 온갖 일로 짜증이 날 때 그와, 동일방직 여직원들과, 수많은 투사들을 생각했다. 내가 여름에 시원한 데서 일하고 겨울에 뜨신 데서 일하는 것도 다 그 사람들 때문이다. 그러면 사정 없이 빚진 마음이 들었는데 도대체 어떻게 갚아야 할지 몰랐다.

그러다 아주 요만큼이라도 갚을 기회가 왔는데, 그건 월간 〈작은 책〉에서 주최한 이소선 선생님 생전의 강연회에 참석했기 때문이었다. 참가한 사람들은 저마다 선생님께 드릴 선물을 손에 들고 왔는데, 나는 몇 주 전부터 선생님께 무엇을 드릴지 곰곰 생각한 후 내 주머니를 먼지까지 나올 만큼 톡톡 털어 꽤 비싼 재료를 샀다. 이제는 한국에 수입도 되지 않는다는, 일본 고산 목장에서 유기농으로 길렀다는 산양으로 만든 털실이었다. 넉넉하게 목도리 하나 짤 수 있는 만큼 사려 했더니 그때 돈으로 16만 원인가 들었다. 그래도 그 돈을 냈던 것은 그 털이 과연 천사 날개의 감촉 같았기 때문이었다.

그냥 앞으로 굶지 뭐, 하며 실을 사서 틀리면 풀고 다시 틀리면 또 풀고 하면서 겨우 강연회 날까지 목도리를 완성할 수 있었다. 강연회가 끝나고 선생님께 인사를 드리려고 줄을 서 있는데 시판하는 목도리를 사온 어떤 아가씨가 어머니 이거 너무 잘 어울리세요, 하며 그걸 둘러드리는 바람에 꺼내서 보여 드리기 멋쩍어진 나는 그냥 그렇게 고생고생해서 싼 목도리를 넣은 보퉁이를 멋쩍게 내밀었다. 선생님은 활짝 미소를 지으며 팔을 내밀어 내 목을 안고는 어깨를 톡톡 하고 두드리셨다. 그 품은 참 따뜻했다. 전태일의 죽음을 묻는 대가로 목숨 값을 내미는 놈들 앞에 그 돈을 뿌리며 여기 돈 있으니 돈 갖고 있는 놈들 가져가라! 하고 외쳤던 결기 있는 젊은 날의 이소선의 몸이 이 작고 가녀린 육체가 맞을까. 잠시 이소선 선생님을 안고 있는 동안 그분이 겪었던 수많은 고통과 싸움들이 머릿속을 스쳐 지나가 왈칵 눈물이 날 뻔했다. 이 육체, 금방이라도 부서질 것 같은 이 가녀린 몸이 그 수많은 엄혹한 나날들을 용감하게 통과한 것이다. 몸은 어린아이처럼 작았지만 나는 선생님을 안은 그 짧은 순간 그 세월들의 무게에 압도되어 살짝 비틀거렸다.

이제 선생님도 아드님의 곁으로 가신 지 오래다. 선생님을 떠나보내는 발인 예배를 인도하시는 목사님은 성서 중 디모데후서의 한 구절을 읽으셨다. "내가 선한 싸움을 싸우고 나의 달려갈 길을 마치고 믿음을 지켰으니 이제 후로는 나를 위하여 의의 면류관이 예

318

비되었으므로 주 곧 의로우신 재판장이 그 날에 내게 주실 것이며 ……."(디모데후서 4:7, 8) 어머님을 천국으로 배웅하기에 더없는 말씀이었다. 야 이놈들아 비정규직이 옛날로 치면 시다 아니냐, 하고 마지막까지 선한 싸움을 그치지 않던 선생님의 모습, 돌아가시는 순간까지 나보다 더 어려운 사람을 근심하시던 이 사람이야말로 그리스도의 참된 제자가 아닌가. 내 고향 대구는 막대기를 꽂아 놔도 1번이면 당선된다고 악명이 자자하지만, 그래도 이 도시에 자랑거리가 있다면 전태일, 그리고 이소선을 낳은 고장이라는 것이다. 고향 사람들도 그게 얼마나 큰 자랑거리임을 깨달아주면 얼마나 좋을까. 아직도 살그머니 안아보았던 이소선 선생님의 작은 어깨가 생각난다. 그 조그마한 어깨에 얼마나 많은 것을 지고 살았던가, 헌옷 지게부터 유신의 탄압, 노동자 대통합까지. 그분의 아기 새처럼 작은 어깨로도 그토록 많은 것들을 감당해왔건만 오늘을 살아가는 사지 멀쩡한 나는 도대체 무엇을 해야 할 것인지, 그 아기 새 같은 감촉을 떠올릴 때마다 입술을 깨물게 된다. 그래, 뭐라도 해야지. 뭐라도.

우리에게 한때 '작은 선녀'가 있었다. "아침 빛 같이 뚜렷하고 달 같이 우아하며 해처럼 순결하고 깃발을 날리며 행진하는 군대처럼 위엄 있는 이 여인이 누구인가?"

아가서 6:10

영원한 사상의 오빠, 리영희

리영희 선생께서 생전에 명동 백병원에서 오래 계셨다. 생전에 나온 책 《리영희 프리즘》에서 선생님을 인터뷰했던 인연으로 종종 뵈러 가곤 했다. 녹즙 배달이 끝나면 터덜터덜 리영희 선생님의 병실로 갔는데 선생님은 내가 좀 귀찮았을 것이다. 그러거나 말거나 뻔질나게 녹즙 들고 가서 시대의 지성과 하기엔 좀 시시한 대화도 나누고 그랬다. 넌 왜 그렇게 옷이 짧으냐 여기는 생명을 다루는 곳인데 환자에 대한 존중이 없다, 아유 이 핫팬츠 다시는 안 입을게요 당장 갖다 버릴게요 됐죠? 밖에는 꽃이 피었더냐, 네 양달은 꽃이 피었어요. 방금 면회 다녀간 누구누구는 글쎄 나한테는 영 별로야, 그러게요 방금 가신 분 인상이 좀 느끼해 보이더라구요, 뭐 그런 이야기들이었다. 그러다가 갑자기 "NLL선은 말이야, 우리나라가 일방적으로 정한 거야. 협의에 의해 정해진 게 아니지." 뭐 그런 말씀도 하시고. 휠체어를 밀고 백병원 앞마당에 햇볕 쬐러 나가자 선생님은 봄이구나, 하며 잠시 눈을 감았다 뜨시더니 긴 한숨을 뱉으셨다. "난 죽는 것은 전혀 두렵지 않아. 단지지금 내 몸의 고통이 지긋지긋할 뿐이지." 나는 괜히 꽃들에게 불평했다. 이것들은 왜 게을러 터져 가지고 만발도 안 하고 지랄이야, 그럼 잠깐이라도 딴 생각을 하실 텐데.

그렇게 종종 찾아뵙다가 한 번은 내 청년백수 팔자를 한탄했더니 선생께서는 "네가 지금 백수인 것은 자유의 대가가 아니냐, 지금 시대가 그렇게 살 수도 있는 것이기 때문에 혜택이다"라고 하셨다. "그럼 어떻게 하면 자본주의를 조금이라도 극복하면서 살 수 있을까요?" 하고 여쭙자 선생님은 단순 명쾌한 해답을 주셨다. "자족할 것." 물론 있는 놈들이 너희는 이 정도가 딱이니까 거기에 만족하고 살아, 일하는 만큼 받고 싶은 건 너희의 욕심이고 네 팔자가 한심한 것은 죄다 네 탓 네 탓 네 탓이야, 하는 신자유주의적이고 비자발적 만족이 아니라 정말로 만족하는 것, 물질을 소유하려다가 물질에 소유당하는 것이 아니라 내 생활의 주인이 되는 것. 그러면서 선생님은 "그러나 자본주의는 모든 것을 더 벌고 더 가지는 것만을 성공의 척도로 삼으니 그런 틀로 친다면 그 아래에서 나는 평생 낙오자였지"라며 미소를 지으셨다. 무슨 낙오자가 그렇게 눈부실 정도로 당당할 수가 있을까. 나는 그저 할 말이 없어서 미지근해질까 봐 바리바리 얼음팩에 싸서 챙겨간 녹즙 샘플 중 뇌경색에 좋다는 걸 꺼내 빨대를 꽂아 건네드릴 따름이었다. 샘플 분량이 30밀리리터밖에 안 돼서, 선생님은 몸에 좋은 쓴 것 한 입 드신다음 좀 맛이 달달한 것 없냐고 청해서 드시고 그랬다. 어쩌다 내녹즙 수입 현황도 물으시고는 당신께서 책 외판하던 시절 성적이 상당히 좋았다며 은근히 자랑도 하시고. 그러면서 종종 이렇게 말씀하시곤 했다. "변혁이 올 거다. 반드시 와. 지금 사회 돌아가는꼴에 이토록 한탄하고 상처받는 사람들이 많으니 꼭 올 거야. 그것이 역사의 변증법이라는 것이야. 이렇게 괴로워하는 사람이 많을때 늘 역사적으로 혁명이 일어났지. 물론 몇몇은 파출소도 가고 감옥도 가야 하겠지만 말이야(감옥이라는 단어를 발음하시면서 나를 유심히 쳐다보시는 것만 같아 나는 괜히 딴 데를 봤다)."

　선생님을 전담해서 돌보던 30년 경력의 노련한 간병인은 독실한 기독교 신자로 교회 권사님이었다. 어느 날 우리 셋이 하릴없이 앉아 있을 때 권사님이 말했다.

　"선생님은 아주 유명하시고 훌륭하신 교수님이시라면서요. 선생님이 예수님을 믿으시고 병 고쳐달라고 기도하면 예수님께서 선생님을 고쳐주실 텐데요."

큰일 났다 큰일 났다! 조마조마하면서도 나는 흥미진진, 그 장면을 지켜보았다. 과연 그러면 그렇지, 선생님의 이마에 빠직! 하고 굵은 힘줄이 돋았다.

"나에게 전도하려고 하지 말아요! 나는 특정한 종교가 인간을 구원한다고 믿지 않는 사람이오. 게다가 내 병을 낫게 해달라는 지극히 개인적인 청탁을 신에게 하고 싶지도 않소."

"그래도 하나님의 권능으로 병 고친 사람, 30년 동안 이 일을 하면서 제가 많이 봤어요."

"예수교는 예수교대로의 구원이 있고 불교는 불교대로의 구원이 있고 각 사람마다 자기 구원이 있는 거요. 나는 불교 신자도 아니고 어떤 특정 종교의 신자도 아니나 스스로 그리스도의 제자라고 생각하고, 때때로 금강경을 읽으면서 위로를 받곤 합니다."

그러더니 선생님은 반야심경을 한참 외셨다. "반야바라밀……이건 한국말로 하면 영 말이 맛이 안 난단 말이야." 그리고 이 부분은 이런 뜻이야, 하고 몇 구절을 설명해주시더니 선생님은 갑자기 소년 같은 미소를 지으셨다. 그 미소는 무척이나 장난스러웠다. "넌 내가 찬미가는 하나도 모를 줄 알지? 이북에 찬송이 먼저 들어왔다는 거 아니?" 갑자기 선생님은 찬송가를 몇 곡 부르셨는데, 그 목소리가 맑고도 우렁차고 아름다워서 나와 권사님은 둘 다 숨을 죽이고 귀를 기울였다.

"내 주는 강한 성이요, 방패와 병기되시니. 큰 환난에서 우리를 구하여 내시리로다."

내가 장난스럽게 '사상의 오빠'라고 불렀던 선생님, 그 찬송의 2절은 다음과 같다. "내 힘만 의지할 때는 패할 수밖에 없도다. 힘 있는 장수 나와서 날 대신하여 싸우네." 의식화의 원흉이라 불렸던 사상의 오빠는 과연 오랜 시간 우리를 대신해 싸웠던 장수였다. 이 노래는 이렇게 끝난다. "재물과 명예와 생명을 다 빼앗긴대도, 진리는 살아서 그 나라 영원하리라." 리영희 오빠는 종교에 관계없이 아마도 지금 자신이 원하던 나라에 계실 것이다. 진리가 살아 있는 나라에. 그리고 여기에는, 남은 사람들에게는 이토록 시시하고 이토록 사랑스러운 추억들만 남는다. 시시해서 더 사랑스러운 것들, 진리만 사는 것이 아니라, 이것들도 같이 살아서, 영원히, 영원히……